新典社選書
122

廣田收 著

旅の歌びと　紫式部

典社

目　次

はじめに

紫式部が「旅の歌びと」だというと、「え、紫式部って旅に出たことがあるんですか」とか、「いくらなんでも紫式部は「旅の歌びと」ではないだろう」とか、意外なことと思われるかもしれません。

もちろん、紫式部とて勅撰集に登録された歌人としての評価を受けた人ですが、「彼女の本質が和歌を詠むことにあったと言えるのか」と、正面切って問われると「ちょっと待てよ」と、誰でも立ち止まってしまうに違いありません。

紫式部といえば、何を措《お》いても『源氏物語』の「作者」であるというのが、いわば「常識」でしょう。ところが本書は、彼女が旅先で詠んだとされる、幾つかの歌をめぐってあれこれと論じた小文を集めたものです。だからといって、「そんな小さいテーマなんて意味があるのか」と、がっかりなさらないで下さい。わずか何首かのことだけで、一書を出すのかと笑われてしまうかもしれませんが、これにはひとつの企みがあります。

幼い頃、凡庸な男兄弟より利発だと父為時から褒《ほ》められたこともあったようですが、学者だった父の書物を一日中読んでいた少女は、あるとき、国司に任命された父に伴って都を離れ、下向することになります。おそらく、すでに母を亡くしていた彼女は、都を離れること生まれて初めての長旅に出ます。琵琶湖は舟で、山路は輿《こし》に乗せられて、越前国武生《たけふ》—今の福井県越前市まで、およそ数日を費して着き、ひと冬をかの地で越しています。

その折、彼女は旅の行き来の途中で、いくつか歌を詠んでいます。ところがその何首かの歌は、今となってはどうも読み方が難しい。どうやらそのときの心情をそのまま詠んだだけではないようなのです。

ところで、『紫式部集』という家集を御存知でしょうか。[1]

『紫式部集』は、紫式部個人の家集で、最近ようやく取り上げられることが多くなりました。私事で恐縮ですが、『紫式部集』については、大学生のころから長年馴染《なじ》んできたはずなのですが、今もって実に難解で、なかなか読み方の定まらない手強《てごわ》いテキストです。読み方の分からない箇所があったり、読めば読むほど次々と疑念が浮かんできたりするからです。しかしながら、この家集は紫式部について、歴史学や従来の国文学では陽の当たらなかったことが、まだまだ明らかにできる可能性を秘めています。

つまり、紫式部の旅の歌に注目すると、この家集の特徴だけでなく、これまであまり知られていなかった彼女の一面が見えてくると思います。すなわち、このテキストは、紫式部の生き方や精神性 mentality を考える上で、大きな手掛かりを与えてくれると思います。なぜなら、『紫式部集』の中に、紫式部の歌の公《おおやけ》と私《わたくし》、晴《はれ》と褻《け》とが見えるからです。紫式部は未亡人となった後に宮仕えしたときには、否応なく中宮付きの女房としての役割―公と晴を担う女房としての役割を強いられたと考えられます。『紫式部日記』には、役割を演じる彼女と、役割を演じきれない自分と、両方の間で揺れ動く葛藤が記されています。

状況証拠的ですが、紫式部は中宮彰子の教育係として藤原道長によって召されたと考えられます。ただ、中宮教育だけではなく、日記や家集から分かることですが、紫式部が中宮の代わりに和歌を詠む責任と栄光の重さは、他の女房とは比べものにならない、独自のものだったと思います。

あるいは、日記や家集の中に、道長から無理に歌を試されたり、中宮御産の祝賀の折に酔った道長から繰り返し賀歌を求められたりしながら、女房の立場で緊張感の中みごとに歌を詠みおおせるというのは、紫式部の得意とするところだったと思います(2)。

しかしながら、本書においてすでに少女期において、彼女は歌を詠むにも古代人として「役割」を生きたということが明らかになると思います。

平安時代には沢山の個人歌集が生まれ、今に伝わっていますが、他の家集を読めば読むほど、紫式部の家集は実に特異だということに気付かされます。紫式部と同時代、ともに藤原道長の娘中宮彰子に仕えた赤染衛門や和泉式部の家集などと比べると、歴然とした違いがあります。試みに『新編国歌大観』で見ると、『赤染衛門集』は六一四首、『和泉式部集』は正集だけでも八九三首がありますが、『紫式部集』は定家本系を代表する実践女子大学本で一二六首（古本系を代表する陽明文庫本では一一四首）の小品に過ぎません。

それぞれの家集の成立過程が違うので、簡単に比較はできませんが、家集によると赤染衛門は夫の国司下向に伴って旅をし、途次に多くの歌を詠んでいることが分かります。今の滋賀県の石山寺や、今の奈良県の長谷寺に参詣した折にも、歌を詠んでいます。和泉式部も同様です。この時代の女性の旅といったら、そういう機会しかなかったと思います。それに、赤染衛門や和泉式部二人の間に交流があったことも、それぞれの家集に見えています。

ところが、『紫式部集』には（あってもよさそうなはずですが）赤染衛門や和泉式部との贈答が、なぜか記されていません。あるいは、石山寺や長谷寺に参詣したことも記されていません。[3] おそらく紫式部は家集編纂に際してたくさんの歌を捨てたのでしょう。ですから、残された彼女の歌にはそれなりの意味があるはずです。

旅の歌人といえば、すぐに能因（九八八年～?）や西行（一一一八～九〇年）のことが思い付かれるでしょう。ただ、彼等は旅にあって歌を歌うことをもって存在理由 identity としたのでしょうが、紫式部は事情が少し違います。旅の歌については、家集に越前への行き帰りの歌群がわずかに残されているだけなのです。

　私はこれまで『源氏物語』を近代小説のように読むのではなく、まさしく古代物語として読むことを心掛けてきました[4]。そうであるならば、紫式部の歌をまさに古代和歌として読むにはどうすればよいのか、その切り口のひとつが旅の饗宴歌ではないかと考えた次第です。これは賭けにも似た問題提起です。そのためには、現存する『紫式部集』をめぐって、歌が最初に詠まれた場と、それらが集められて家集として編纂された場と、二つの視点から紫式部歌を考え直してみたいと思います。そのことで、これまで知られなかった紫式部像と、『紫式部集』というユニークな家集の姿が浮かび上がってくるに違いありません。

　できればこの書を、古代文芸とりわけ紫式部の物語や和歌に興味のある大学生の方々や、各種講座などで勉強されている市民の方々に読んでいただければ幸です。

第一章　『紫式部集』の地名 ―― 旅中詠考 ――

はじめに

およそ紫式部の歌は退屈だ、理屈がすぎる、歌が下手だといった批評は、今でもよく耳にします。一方、和泉式部の歌は、自らの心情を率直に表明した恋の歌が多く、耳に心地よいリズムや調べもあって、愛唱される歌が多いように思えます。

別に紫式部を贔屓《ひいき》するつもりはないのですが、現代に残されている紫式部の歌は、『源氏物語』の和歌は措《お》くとして、『紫式部日記』においても『紫式部集』においても、複雑な人事の中で詠まれた歌が多く、歌の詠まれる事情や状況を踏まえて読まないとよく分からないという違いがあります。

旅の歌ということで言えば、私もこれまで紫式部の足跡《そくせき》を訪ねて京都から大津へ、さらに越前武生《たけふ》まで、友人・知人たちと、時にはひとりで、何度か出掛けたことがあります。それに、琵琶湖の周辺は、私自身が関西に生まれ育ったということもあって、馴染《なじ》み深い地が多いことも確かです。そこかしこの地に立ち、千年の昔に思いをめぐらしただけでも、古代の旅は大変だっただろうと想像するばかりです。

ところが、この『紫式部集』の伝えることは、実地に踏査して感じたことはそれとして、単に紫式部の経歴や事実の記録といったことではないように思えるのです。つまり、現地に赴くだけで歌を理解できるわけではないということです。少し面倒なことを申せば、『紫式部集』は詞書と和歌とで、言うまでもなく言葉によって織られたテキストですから、歌が最初に詠まれた時と、後になって家集として編纂された配列の中に置かれた時と、どちらに焦点を当てるかによって、歌の持つ意味合いは随分と変わってきます。

そのような目配《くば》りができれば、紫式部の歌をもう少し的確に摑《つか》まえることができるでしょう。

さて、『紫式部集』という家集は、これまで『源氏物語』の「作者」が書いた「作品」として研究されてきたのですが、『紫式部日記』と並んで、長く『源氏物語』研究や紫式部その人の伝記的研究の資料として重視されてきたという経緯があります。つまり、これまでややもすると、『紫式部集』の研究は、およそ紫式部その人に関心があるか、もしくは『源氏物語』の研究のために奉仕するものと考えられやすかった、と言うことができます。もちろん『紫式部集』をめぐる、紫式部その人の伝記的研究や考証的研究の進展によって、それまで知られていなかった「紫式部」像が明らかにされた、ということも間違いありません。

また、伝本研究については、諸本を博捜《はくそう》され整理された南波浩氏の『紫式部集の研究　校異篇・伝本研究篇』（笠間書院、一九七二年）があり、三八本の伝本が知られるところとなり、注釈・評釈研究においても同氏の『紫式部集全評釈』（笠間書院、一九八三年）という総合的な研究の達成によって、私たちはこの領域の開拓者の学恩に浴することができます。

とはいえ、『源氏物語』研究の伝統に比べると、私家集としての『紫式部集』の本格的研究は歴史的になお新しい、と言わなければなりません。ここでは、『紫式部集』における地名を、歌の解釈の鍵語 **key word** として取り上げることで、従来の『紫式部集』の読み方とは異なった問題の立て方を試みようとするものです。

特に、『紫式部集』における地名の多くは、行旅に集中的に見られます。それゆえ、従来『紫式部集』における地名の扱い方においては、父為時の任官に伴う紫式部の越前下向の行路を推定するという地理考証や、作歌時期とそのときの紫式部の心理状態の推測などに、論議が集中する傾向があったことは否《いな》めません。確かに彼女の伝記を明らかにすることで、歌に関する疑問の解明されることが多かったことは言うまでもありません。

ところが、です。そのような考察によって、歌や詞書の内実、ひいては歌の配列から全体の編纂にかかわる問題までもが、歴史上の事実なるものに押し戻される恐れがないとは言えないのです。ここに、個人歌集としての私家集ははたして文学たり得るのかという根底的な問いが、改めて必要になります。

それでは、私家集を文学としてどのような視点から捉えればよいのか、この問いに答えるためには、地名が私家集の読み方に重要な手掛かりを与えるのではないかと思います。

例えば、詞書や歌の中に琵琶湖周りの地名が見えるということは、彼女がその地を訪れた証拠だと単純に考えてよいかどうか、ということがあります。歌枕などはその地へ行かなくとも歌は詠めるからです。ところが、ここで取り上げる地名は、そんなに有名なものばかりではありません。ですから、歌に詠まれた地名は、そこを訪れたことの証拠と言われれば、恐らくそうなのでしょう。しかしそれだけでよいのかということなのです。

紫式部がその地で歌を詠むということは、動機や目的が美しい風景や珍しい光景に魅かれたというだけでなく、地名の持つ言葉として興味を持ったことが要点ではないかと疑われるからです。

つまり、いったい歌における地名とは何か、その問いに答えることがすなわち、『紫式部集』という私家集を文学として読む読み方のひとつに他ならないのではないか、と考えるものです。ここでは、比較的古態をとどめると考えられる、近衛家の陽明文庫蔵本(1)を用い、諸本との異同を参照しつつ(2)、いささかの考察を加えたいと思います。

一　言葉の遊戯性への関心 ――「知りぬらん」の歌 ――

しほつ山といふ道のいとしげきを、しづのをのあやしきさまどもして、なほからき道なりやなどいふをききて、
しりぬらんゆきゝにならすしほつ山よにふる道はからきものぞと
（陽明文庫本、二三番歌）

この歌は、一般に紫式部の越前下向、いわゆる往路の歌として考えられています(3)。この点、私も異存はありません。ただ、早く岡一男氏は、『紫式部集』を『源氏物語』研究のために全面的に取り上げたことで記憶されるべき著名な研究者ですが、流布本のひとつ群書類従本に従って『紫式部集』の歌の配列が、「ほぼ年代順である」（傍点・廣田）という見解を述べています。

そして「（20）から（24）までの五首は琵琶湖畔の詠であるが、（25）から（28）までの四首が越前国府においての作であるから、それは越前への旅の歌であることがわかる」と、この歌を下向の旅に位置付けています。[4] ですが、意地悪く言えば、歌集における配列は時間経過の順だとする岡氏の考えは、これから述べますように、残念ながら後々の研究を「縛り」続けたと言えます。

また、注釈の先駆的な業績を残された竹内美千代氏は「旅の歌は往きには都恋しさ、心細さの旅情を率直に詠んでおり、帰りは帰京の喜びにはずんだ心を即興的に、機知に富んだ歌を口ずさんでいる」[5] とされていますが、例えば、二三番歌については、往路・帰路のいずれの歌か、結論を必ずしも明確には示されていません（本書、第二章、注（19）参照）。一方、清水好子氏は、越前下向途中の歌として位置付けています。[6] さらに、南波浩氏は「夏の繁路であり、往路の歌であることが明らかである」[7] とされています。

その後議論の集中したように、旅の歌の詠歌時期が往路か帰路かという判断から、紫式部のそのときの心境を詮索《せんさく》することもできるでしょう。逆に歌の内容から往路か帰路かを推察するという議論もあります。そうすると、こうした考察方法は、歌の時期の確定が歌の内容から推定され、さらに推定された時期がどのように歌の解釈にかかわってくるか、というふうに、堂々巡りの議論に陥る可能性があります。

それでは何をもってこの桎梏《しっこく》から抜け出すことができるでしょうか。

繰り返しますが、私家集の歌を検討するとき、まず留意されるべき問題は、歌が個別に歌われた生成の場と、後の時期において編纂される場との関係です。歌われた場における歌の意味や価値は、他に参考資料がなければ、現存伝本から透かし見ることで推測する以外にありません。ただ、それは簡単なことではありません。この区別を問わない議論が多すぎるように思います。今に残されてある『紫式部集』は、当初はある意図のもとに編纂されたものであり、また後代さらに編纂が加えられ伝写されることにおいて、その段階ごとに完結性を有していると考えることができます。ですから、今のところまずは家集の現在形において詞書に即して歌を読む以外にはありません。

いずれにしても、現在の詞書と歌の配列において、詞書と歌は詠歌時点の「紫式部」の心情を記憶し、記録しようとするためにだけあるのではない、と考えられます。問題はそこにあります。

例えば、一二三番歌の「猶からき道なりや」という言葉は、

・「やっぱりここはつらい道だわい」　（竹内『評釈』七〇頁）
・「相変わらずえらい道だなあ」　（清水『紫式部』四七頁）

・「何度通っても、やはり、歩きづらい道だわい」

（南波『文庫』二二頁）[8]

・「平素何度も歩いている道だのに、何度歩いてもやっぱり歩きづらい道だなあ」

（南波『全評釈』一三九頁）

などと現代語訳されています。

「やはり」や「相変わらず」に含まれているのは、いつも通っている道であるが、というニュアンスだけでしょうか。「何度通っても」という補助的な解釈が加えられる根拠が、どこに認められるのでしょうか。詞書の文脈に即せば、むしろ「猶」という言葉は、まず提示された「塩津山」という名を受けて、「やはり」の意味であるはずです。「塩津山」の名のとおりやはり、の意味です。「（「塩津山」の名のとおり）「猶からき道なりや」と「賤《しづ》の男《を》」が秀句をものしたのです。詞書は、「賤の男」が「塩津山」の名のとおり、「猶からき」という言葉を発したということに関心を寄せています。あるいは、「賤の男」が「何度通っても、やはり、歩きづらい道だわい」と発言した、と読むこともできます。つまるところ紫式部は「賤の男」のものした秀句《しゅうく》に興味を示したということです。

そのとき、紫式部がこの言葉に対して、「塩津山」という地名との関係に注目したということが重要です。いずれにしても、「賤の男」は歌わない。というよりも、和歌を詠むことはありません。『紫式部集』はその言葉の意味や価値を「賤の男」たちが理解できない、知らないのだと捉えています。**たまたま「賤の男」の発した言葉の遊戯性に触発されて、言語営為として歌を喚起させられたのだと『紫式部集』は記しています。**つまり、「賤の男」が辛い道であると言葉を発したとき、たまたまそこが塩津山であった、ということに私は気が付いた、ということです。詞書は思いがけない言葉の取り合わせの面白さを示しています。歌が初めて言葉の取り合わせの面白さを読み解くのではありません。詞書ですでに興味のありかは尽くされています。そして、縁語、掛詞などによって歌が生成されるに至る、言語の連鎖と増殖性に興味は向けられています。

ちなみに、繁雑で申しわけないことですが、『紫式部集の研究　校異篇・伝本研究篇』によると、松平文庫本など定家本系統の多くの伝本や別本系本文では、「しほつ山といふ道のいとしげきを」に相当する語句がありません。この異同は、一八番歌の下句「鏡の神や空に見ゆらむ」から、二三番歌「しりぬらん」の詞書の前半まで、四首分の歌群の脱落かとも考えられるのですが、これによると、「賤の男」の言った言葉の理由が、歌によって初めて種明かしされるということになるわけです。「塩津山」と「なをからき」の関係はより深いと言えます。

そもそも本文の異同は、歌に対する伝本それぞれの解釈の差異を示すものです。どちらが、あるいはどれが古態か、原形に近いかということはにわかに議論ができません。残されてある伝本における統一性、完結性において、詞書は歌をどのように読んでほしいのかということを、それぞれの伝本において示していると考えるより他はありません。

さて、「賤の男」の発した言葉に対する『紫式部集』の理解を考えるとき、『土佐日記』の次の条は参考になるでしょう。

かくうたふをきゝつゝこぎくるに、くろとりといふとり、いはのうへにあつまりをり。そのいはのもとに、なみしろくうちよす。かぢとりのいふやう、「くろとりのもとに、しろきなみをよす」とぞいふ。このことば、なにとはなけれども、ものいふやうにぞきこえたる。ひとのほどにあはねば、とがむるなり。(9)

これは有名な箇所で、楫取《かじとり》が発した言葉に『土佐日記』はいたく興味を示しています。「なにとはなけれども、ものいふやうにぞきこえたる。ひとのほどにあはねば、とがむるなり」において、楫取の言葉に注目した理由は示されています。すなわち、楫取が「ものいふ」ことは、「ひとのほどにあは」ないゆえに、咎《とが》められているのです。「黒き鳥のもとに白き波を寄す」という言葉は、「風流めいた秀句(10)」と捉えられてきました。あの紀貫之だからということとと もに、『土佐日記』の方法から考えれば、景物における色彩の対照的な手法においては「なにか詩句でもいうように」という訳出が、修辞に触れる読みとして重要です。(11)

この問題を『紫式部集』二三番歌・詞書に戻して言えば、徒歩で行く「賤の男」たちに対して、「世に経る道は」と世間慣れしたかのような口ききをするところに、現代から見れば、階級的・階層的な優越感や若さゆえの勝気さなどがあると読み取ることは許されるでしょう。

『紫式部日記』の中に、土御門殿へ帝が行幸する条、「御輿むかへ奉る。船楽いとおもしろし。寄するを見れば、駕輿丁《かよちやう》の、さる身のほどながら階《はし》よりのぼりて、いとくるしげにうつぶしふせる、なにのことごとなる、高きまじらひも、身のほどかぎりあるに、いとやすげなしかしと見る」とあります。(12)これは、あの苦しむ駕輿丁は私だという、紫式部独自の認識です。(13)当時の身分意識からすると、卑しいとされた駕輿丁の姿に、出仕することでいやというほど思い知らされたわが「身の程」と、宮仕えにおける憂鬱《ゆううつ》な思いを重ねています。寡婦《かふ》となって出仕した自らと駕輿丁とを引き比べるというまなざしは、越前に出掛けた若き日には持ち得なかったものでしょう。そう考えると、この和歌については、晩年の家集編纂の折に、思い上がっていた若い頃の自分を自嘲的に思い返したものかと想像できます。

いわば、二三番歌に、貴族の姫君としての高慢な意識が滲《にじ》んでいるとしても、それはあり得ることです。

しかし、見落としてならないことは、「人の程」であることにおいてこそ「ものいふ」ことが許されるということです。「人の程」とは、「人」として数えられるような身の程という意味で、簡単に言うと貴族だということです。つまり、地名の持つ挑発力への関心も、言葉への興味も、この時代にあっては、より階級的・階層的な問題だったのかもしれません。先に見たように、『土佐日記』を参看すれば、『紫式部集』二三番歌において、「賤の男」が「塩津山」という名を受けて「やはり」の意味で、「猶からき道なりや」と言うことこそ、あたかも「ものいふ」ことのように感じられたことに触発されて、歌は呼び起こされたと言うことができます。つまり、この場合、地名に絡んで、**言葉の結び合わせの面白さに『紫式部集』は関心を寄せていると言えます。**このことは、歌の歌われた時の往路・帰路の判別の議論とは別だということなのです。地名という言葉に反応するところに、『紫式部集』の文学的営為を見てとることができます。(14)

二　歌を喚起する地名 ——「老津島」の歌 ——

水うみにおいつしまといふすさきに向かひて、わらはべの浦といふうみのをかしきを、
くちすさみに、

おいつしましまもるかみやいさむらん波もさはがぬわらはべの浦

（陽明文庫本、二四番歌）

これについてはすでに、歌われた時期が往路・帰路のいずれかという区別とともに、記された地名が現在のどこに比定されるか、という議論があります。南波氏は『おいつ島』・『わらはべの浦』については、諸説があって紛糾している[15]」とされ、詳細な検討を加えられた結果「最も該当性のあるのが湖東の『奥津島』であり『乙女浜』であろう」と結論付けています。[16]私もこの考えを支持しています（本書、第三章参照）。

ところで、問題をその先に延ばして行くことは許されるでしょうか。すなわち、この歌の中に「おいつ島」と「わらはべの浦」という、地名における「老い」「童べ」という老・若の対照が見られるのは偶然なのかという疑問です。というのも、歌一首の中に、地名の二つあることが、すでに珍しいことだからです。例えば、『古今和歌集』から、任意に、一首の歌の中に地名が複数ある例を取り出せば、

題しらず　　よみ人知らず

都出でて今日みかの原泉川川風寒し衣《ころも》かせ山　（四〇八番歌）

音羽山音に聞きつつ**逢坂の関**のこなたに年を経るかな　（四七三番歌）[17]

在原元方

などが挙げられるにすぎません。

前者は「みかの原（瓶の原）」「泉川」「かせ山（鹿背山）」という三つの地名があります。「今日見」「瓶（みか）の原」と音による結合があること、さらに「衣貸せ」と「鹿背山」とが音によって結合されていることで、地名が修辞として働くことにおいて歌の全体が成り立っています。地名と言いつつ、「みかのはら」も「逢坂の関」も述語的に機能しています。「音羽山」は「音」に結び付き、「音にききつつ逢ふ」「逢坂の関」と結び付いています。いずれも修辞的機能を持つところに地名の特質があります。

であるとすると、『紫式部集』二四番歌において、「老い」と「童べ」との対照contrastは明らかです。問題は老・若の語の対照をもって何が表現されているのか、ということです。「童べの浦」は波立つことがない、という歌の表現はいかにも理屈かもしれません。それは、「老いつ島」が諫《いさ》めるからだと説明しています。そこには「老い」が「童べ」を抑える、老による若への優位という関係が隠されています。「老いつ島」と「童べの浦」という地名の取り合わせに興味を引かれたと詞書は指摘しています。この歌でも、歌に歌う前に、詞書が説明を施してしまっているのです。その点は一二三番歌と同じです。『紫式部集』は旅の歌群では、詞書に比重のかかった歌集であると言うことができます。

なお、松平文庫本など尊円本系統の諸本には、「神やいますらむ」という異同も存在します。(18)この場合も、「童《わらは》べの浦」の波立たない理由が認められることに変わりはありません。

確かに、詞書はまず眺望として「入海のをかしきを」ということに注目しています。そのことを現実の体験を踏まえた感慨と了解することに異論はありません。言い換えれば、関心はすばらしい景色に向けられてはいるのですが、それだけに向けられているのではないのです。繰り返しますが、詞書が入海の光景を実際に見た、そして讃美していることは間違いありません。その上で、特に地名に注目している、と見ることができます。「波もさはがぬわらはべの浦」とあるように、いわば騒ぐことを本性とする「童べ」、その「童べ」という名を持ちながら「童べの浦」が騒ぐことのないのはなぜか、という謎を「老いつ島守る神」との関係で解こうとしています。『紫式部集』は、言葉の対照性と矛盾とに注目しているわけです。呼び起こされる契機は、「老い」と「童べ」という語の対偶・対照を、地名のうちに読み取り、興味を差し向けたことにあります。つまり、詞書で「おいつしま」と「わらはべの浦」と共に並べて記すのには理由があるのです。『紫式部集』の編集の意図や目的は、わが人生における旅の途中の心情の追憶にのみあるのではないでしょう。歌は地名における言葉の面白さによって喚起されているのです。

ちなみに、「くちすさみに」とありますので、『源氏物語』の用例を見ると、紙幅の都合上略しますが、声に出して呟いたということですが、これは文脈が違います。『紫式部集』の場合は、むしろ謙遜の表現なのかもしれません。[19]

三　地名に対する親近感 ——「見し人の」の歌——

世のはかなき事をなげくころ、みちのくに名あるところどころかいたる絵を見て、しほがま

見し人のけぶりになりし夕べよりなぞむつましきしほがまの浦　（陽明文庫本、四八番歌）[20]

歌の中の地名に注目すると、これは旅の歌ではありませんが、深く死の影を潜めている『紫式部集』において、この歌は「嘆く」という直接的な表現が特異であることに注目することができます。[21]同じ『紫式部集』の中で、他に「嘆く」という語が見られるのは、

ちる花をなげきし人は木のもとのさびしきことやかねてしりけん　（四三番歌）

身をおもはずなりとなげくことのやうやうなのめにひたぶるのさまなるを思ひける

（五五番歌詞書）

の二例です。四三番歌は、夫の宣孝とおぼしき人が散る花を嘆いたことを言うもので、四八番歌とただちに比較することはできません。また「数ならぬ」「心だに」という五五番・五六番歌の抽象度の高い表現に組み込まれている語としての「嘆く」が、四八番歌にも見られることは重要だと思います。四八番歌も、宣孝の死を嘆く歌ではあるのですが、近親の死を契機に、より超越的なものに思いを致す苦悩を言うと見るべきかもしれません。つまり「世のはかなき事を嘆くころ」の歌が、他界した者への悲しみの溢《あふ》れ出るような慟哭《どうこく》として表現されないのは、なぜかということなのです。言い換えれば、「嘆く」ことと「なぞむつましき」とはどのように結び付くのか、です。そうすると、「むつましき」とは、どう理解すればよいでしょうか。(22)

四八番歌に関しては、すでに『源氏物語』に類歌のあることが知られています。ひとつは、

空のうち曇りて風ひやゝかなるに、いといたくうちながめ給ひて、

見し人のけぶりを雲とながむれば夕《ゆふべ》の空もむつましきかな

と、ひとりごち給へど、えさしいらへも聞えず、「かやうにて、おほせましかば」と、思

ふにも、胸ふたがりておぼゆ。　（夕顔、一巻一六九頁）[23]

です。もうひとつ、次のような事例があります。

八月廿余日の有明なれば、空の気色も、あはれすくなからぬに、大臣の闇に暮れ惑ひ給へるさまを見給ふも、ことわりにいみじければ、空のみながめられ給ひて、

のぼりぬる煙はそれとわかねどもなべて雲井のあはれなるかな　（葵、一巻三四〇頁）

葵巻の例では、「あはれなるかな」という表現に、光源氏のわが妻の死に対する悲哀感を読み取ることが可能です。煙が雲井に至り、混じり合った状態となることのうちに、他界した者のようすがを探そうとする思いがあります。煙が雲井の広がりの中に溶け込んでゆくさまに思いを寄せるところに、奇妙な安堵《あんど》すら帯びていると感じられます。

夕顔巻の例は、夕顔を火葬にした光源氏が、煙の行方を見つつ「夕の空もむつましきかな」と詠む条です。人によると、違和感を持たれるかもしれません。この歌には悲哀感よりは、他界した者の至った「夕の空」に対する親近感が強く感じられます。

それでは、『紫式部集』に『源氏物語』同様、「むつましき」というのはなぜか。これを古代

霊魂観念の介在を言うだけでは充分ではないと思います。木船重昭氏は「塩釜の浦の縁語の陸奥が掛けてある」とする岡一男説[24]を支持するとともに、夕顔巻の「夕のそらもむつましきかな」という「感覚は奇異である」と述べています。[25]一方、四八番歌については、すでに「この上なく抑制された表現」であるという指摘があり、[26]「理知を超えた、しほらしい心情の表明であり、実感のこもる素直な哀傷歌」だとも評価されています。[27]ただ、抑制か率直かを問うことにこだわると、表現の担うこととはいささかずれてしまいます。『紫式部集』の関心の向かうところが異なる、と言わなければなりません。

『源氏物語』の例においては、死者が火葬されて煙となり空に昇って行った後、「雲」「空」「雲井」に対して、光源氏は「むつましきかな」「あはれなるかな」と感じています。[28]とは言うものの『源氏物語』と『紫式部集』とが同じ「作者」だからといって、同じ語彙であれば、意味用法も同一であるというわけには行きません。

すなわち、これらの『源氏物語』の例と『紫式部集』の例との決定的な相違は、後者が「名ぞむつましき」と、「名ぞ」とあえて言うところです。「夫が葬られて煙と化した夕べからこちら、塩釜の浦という名さえ懐かしく思われる」[29]と、さりげなく解釈するのでは「名ぞ」が生きてきません。なぜ「名」がむつましいのか。情愛を感じた者の他界において、その名残りやよすがとして可視的な媒体に心動かされることは、心情として理会することはできるでしょう。

ところが、『紫式部集』では「名ぞむつましき」なのです。これほど明確に関心が地名という、名に向けられていることは重大です。木船氏が「「塩釜の浦」は「うらさびしく」「悲し」き歌枕として定着していた」として、「夫を荼毘《だび》に付した煙の絶えてはかない思い出から、あの貫之の有名（ママ）哀傷歌の連想を契機に、歌枕《塩釜の浦》の《名》は、すなわち「うらさびし」・「悲し」・「恨み」にほかならず」「その《名》を《むつましき》と、式部は詠ずるのである」と考えられたことが、解釈として妥当でしょう。(30)

ところで、また面倒なことを申しますと、松平文庫本など尊円本系統、および谷森家旧蔵本など定家本系統の諸本では、「名も」という異同があり、これだと「名ぞ」に比べて表現は相対的に弱められています。だとしても、亡き人に対するむつましさとともに、「名も」となぜ「名」が持ち出されてくるのか、やはり問題は残ります。

また、詞書の末尾「しほかま」には、群書類従本に「しほかまの浦」という異同もあります。これは詞書のありかたとして、わざわざ歌枕を付加的に示しているのであり、「名」に関心を寄せずにはおけないことを明らかに表しています。

もうひとつ、歌の異同として注意しなければならないことがあります。「見し人のけぶりになりし夕よりなぞむつましきしほがまの浦」には、松平文庫本のみですが、「むつかしき」という異同があります。あえて言えば、これでは歌をもって言挙《ことあ》げする必要がなくなってしまうのです。

ちなみに、『源氏物語』の歌「見し人の」にも、同様の異同があります。『源氏物語大成』によると、葵巻の歌「のぼりぬる」の異同は、河内本では「けふりは―けふりを　七毫源氏・尾州家本・大島本」、別本では「けふりは―けふりを　陽明文庫本」というものです(31)。一方、夕顔の巻の歌「見し人の」の異同は、青表紙本では、

むつましきかな―むつましきかなと　(朱)大島本
むつましきかなと　三条西家本(32)

というものです。また、一七世紀末の注釈書、中院通勝の『岷江入楚』掲載の本文でも「むつかしき」という異同に触れています。

〔弄〕そらのうちくもりたるけしきよりよめるにや、九月廿日あまりのそらのけしきなと思ふへし。〔秘〕時雨かちなる空なるへし。烟を雲とは変化して跡もなくみなせはなり。〔箋〕同。此外之義、弄に同し。／〔聞書〕花にはむつかしき哉とあり、逍遥院かくのことくよまる。夕の空も物むつかしく、心にかゝり、おもひをもよほすなり、しなえうらふれ

などいふやうの心歟。称名はむつましきにて、聞えたりと云々、然れとも後にはむつかしきか（が）、面白きよし申さると云々。私云〔新〕「見し人のけふりとなりし夕より名もむつましきしほかまの浦とあり。此歌紫式部の詠なり。夕の空の雲はさなからなき人のけふりの行へにやとなかむれは、物うかるへき夕の空さへなつかしきといへる義にや。(33)

これらに見える〔弄〕や〔箋〕などは、先行する注釈書のことで、「〔聞書〕花にはむつかしき哉とあり」とありますが、室町時代一五世紀の注釈書、一条兼良の『花鳥余情』にはこの点に触れたものがありません。(34)なお江戸時代一七世紀の注釈書、北村季吟の『湖月抄』は異文として「むつかしき」を傍書しています。「みしひとのけふりを」の条、

〔私〕夕の空の雲は、さなからなき人の、煙の行衛《ゆくゑ》にやとなかむれは、ものうかるへき夕の空さへ、なつかしきといへる義にや。或本にむつかしき哉とあり、夕の空もむつかしく心にかかりて、思を催す也。是逍遥院との御説なり。〔玉〕二の句、けふりと雲をいはでは、事たかへるやうなれど、然らず。けふりを、あの雲ぞと思ひてなかむれば也。結句、むつかしき哉とあるは誤也。(35)

とあります。ちなみに、逍遥院とは、室町時代の学者三条西実隆のことです。

ここで『岷江入楚』は「むつかしき」について「夕の空も物むつかしく、心にかゝり、おもひをもよほすなり、しなえうらふれなといふやうの心歟」とあります。また『湖月抄』には「夕の空もむつかしく心にかかりて思を催す也」とありますが、「むつかしき」は気分の問題だけでしょうか。むしろ「むつかしき」は、夕顔の他界によって光源氏が穢れたと認めたと解釈する本文の表現であると言うことができます。『湖月抄』の「結句、むつかしき哉とあるは誤也」とする考えは、異同に対する考え方としては少しばかり行き過ぎているでしょう。

ともかくこのように検討してきますと、『紫式部集』に地名が絡んでくるとき、「塩津山」「童べの浦」以下、いずれも言葉としての地名に喚起されて歌は詠まれている、と言うことができます。

四　即境性としての地名 ——「難波潟」「三尾の海に」の歌 ——

つのくにといふ所よりをこせたりける

難波がたむれたる鳥のもろともにたちゐるものと思はましかば　（陽明本、一七番歌）

この歌は「紫式部」の旅の歌ではありません。詞書からすれば、他人の歌です。[36] これについては、次のような見解があります。例えば、清水好子氏は「水鳥が干潟に群れる光景は《ママ》早速目にした」とされ、[37] また南波浩氏は「西の海へ旅立って行く友」が「途中、難波の浦の辺りで、鳥どもが仲よく群れ遊んでいるさまを見て[38]」と解釈されています。「目にした」とされ「さまを見て」ということは、現代語訳の上で見過ごされてよいほどのことなのかもしれません。

ただ、必ずしも、実景を見て直接詠歌に及んだことだけを言う必要はありません。実景を見たことに触発されたとしても、ひとたび言葉として捉えられ歌われるとき、**「難波潟」「群れたる鳥」は、「津の国」という語から喚起されてくる、と見ることができます。改めて言うまでもなく、歌の主旨は、あくまで下句にあります。あなたと一緒にいると思いたいという気持ち、それをどのように表現するかは、歌の修辞にかかっています。**その意味で、「難波潟」「群れたる鳥」は即境的景物[39]と捉えることができます。

あふみの海にてみをがさきといふ所にあみひくを見て
みをの海にあみひくたみのてまもなくたちゐにつけて宮こ恋しも　（陽明本、二〇番歌[40]）

これは紫式部の旅の歌ですが、これも同様です。一首の歌の主旨は、下句「たちゐにつけて宮こ恋しも」にあります。それを導いてくるのが、上句「みをの海にあみひくたみのてまもなく」であり、「たちゐ」という語で、網引く者の立ち居と詠者の立ち居とが重ね合わされています。詞書によれば、「三尾の海」で働く人のようすに触発されて歌ったというのです。そのことを「みをの海にあみひくたみのてまもなくたちゐにつけて」と歌うとき、即境的景物をもって組み立てられる上句は、心情を導く修辞として機能する言葉だということになります[41]。

　ここでちょっと問題であるのは、『紫式部集の研究　校異篇・伝本研究篇』によると、群書類従本は「ひまもなく」、紅梅文庫本や別本には「手もたゆく」という異同があることです。南波氏は岩波文庫『紫式部集』の校訂本文に「手間もなく」を採っています[42]が、後には「手間もなく」の用例が「他に見当たらない」ことから「ひまもなく」が分かりやすいとして『紫式部集全評釈』では、「ひまもなく」を本文に採用しています[43]。また、木船氏は「《ひまもなく》の本文を採るべき」だと述べています[44]（この本文校訂の是非については、本書、第三章、注（76）参照）。

　いずれにしても、この歌の主題は「宮こ恋しも」の第五句に尽きています。羇旅歌には、これから行く先に対する、わくわくした気分や思いは見られないのです。と同時に、都を離れて目にする光景は、この歌の場合、不安感であるよりは、好奇の対象に向けた興味です。それは、二四番歌の詞書と同様です。家集編纂の時点から見ると、詠歌の時点において「ほとんど外出の機会のない中流貴族の娘にとって、はじめて見るもの[45]」を詠歌の動機だとして説明するだけでは、歌の表現それ自体が閑却されてしまうことになるでしょう。

五　歌における地名の有無

（1）はやうよりわらは友達なりし人に、年ごろ経て行きあひたるが、ほのかにて、十月十日のほどに月にきほひて帰りにければ

めぐりあひて見しやそれともわかぬまに雲隠れにし夜半の月かな

（2）その人遠き所へ行くなりけり。秋の果つる日きてあるあか月に、虫の声あはれなり

泣き弱るまがきの虫もとめがたき秋の別れやかなしかるらん

（3）さうの琴しばしといひたりける人、まゐりて御手よりえむとある返りごと

露しげきよもぎがなかの虫の音をおぼろけにてや人の尋ねん

（4）方たがへにわたりたる人の、なまおぼおぼしきことありて帰りにけるつとめて、あさがほの花をやるとて

おぼつかなそれかあらぬかあけぐれの空おぼれするあさがほの花

（5）返し、手を見わかぬにやありけむ

いづれぞと色わくほどにあさがほのあるかなきかになるぞわびしき

（6）**つくし**へ行く人のむすめの
西の海をおもひやりつつ月みればただになかるるころにもあるかな

（7）返りごとに
西へ行く月のたよりに玉づさのかきたえめやは雲のかよひ路　（以下を略す）
〔西の―見せ消ち「へ」〕、諸本に従う。

このように『紫式部集』の冒頭部分には、下向して行く女友達に代表される離別歌が、比較的に集中しています。冒頭二首の童友達は、六・七番歌の「筑紫」へ行く女友達と、同一の人物と見るべきなのかどうか、また歌われたことが同一の出来事についてかどうかは、不明であるとしか言いようがありません。[46] というよりも、その問い自体が成り立つかどうかについて、『紫式部集』は関与しないと思います。いわば、冒頭二首と六・七番歌二首とは、表現の次元が異なっています。すなわち、**地名の要請される歌と、地名を必要としない歌があるということを認める必要があります。**「筑紫」は、必ずしも律令に制定された国・郡名―法制上の律令語ではありませんが、明らかに地域を特定した地名であり、歌語の「西の海」と連鎖しています。これに対して、「遠き所」とは父や夫の任国・郡名を朧化《ろうか》した表現であるとは必ずしも言い切れません。また、「遠き所へ」とは語句において「雲隠れ」という語と響き合っているかもしれません。朧化というよりは、語の質の問題です。この歌語「雲隠れ」には他界が象徴されているはずです。離別は同時に死別を意味していたという思いが、冒頭歌には籠められています。すでに木村正中氏が冒頭歌について、「月が雲に隠れたことに友人との離別が比喩されているだけでなく、その「雲隠る」には「死」が暗示されているのではないか」として、他の用例から特に「月」との関係に注目され、「極限的な別離としての「死」」を読み取ろうとされています。(47) まさしくそのとおりでしょう。

二番歌の詞書について、「遠き所へ行く」人を思うとき、「虫の声あはれなり」とあります。詞書に導かれて歌を読むとき、その虫は「秋果つる日」の「鳴き弱る」虫です。虫と人とが重ね合わされてきます。命の終焉《しゅうえん》を予感させる虫の音とともに、離別した人に、やがて不意に訪れてくる他界への予感が冒頭の二首の配列の中で表現されていると言ってよいでしょう。(48)

まとめにかえて ―― 言葉としての地名 ――

繰り返しますが、いったい私家集は、文学研究の対象たり得るのでしょうか。何よりもまず、それぞれの伝本の編纂の意図に従って読むことが、求められるでしょう。そのとき、言葉の意味するところを、歴史的事実なるものに還元しては表現が見えなくなります。確かに、伝記資料の少ない女性歌人を調べるのに、私家集が注目されることも理解できます。とはいえ、詞書がそのまま事実であるということにはなりません。それでは、私家集が資料化されてしまうことになるでしょう。言うまでもなく、『紫式部集』は詞書と歌という、言葉によって捉えられたテキストに他なりません。詞書は歌に対するひとつの解釈であり、歌の意味を確定しようとする言葉の動きを持っています。

　そのような中で、紫式部にとって**地名は挑発性を持っています。『紫式部集』羇旅《きりょ》歌群の詞書には、言葉遊びとして地名に対する関心が見られます。視点を変えれば、地名は歌を喚起するのです。**『紫式部集』の段階で、いわゆる歌枕がどれくらい出来上がっていたかということが気になるかもしれません。しかし、『紫式部集』に取り上げられる地名は、多くが少なくとも彼女の旅において初めて出会った、新規な地名であるからこそ、挑発性が強いと言った方がよいでしょう。

　その際、いささか詭弁《きべん》を弄《ろう》するように見えるかもしれませんが、『紫式部集』にあっては、歌はそれ自体として独立しては読むことができないと言えるのかもしれません。まさに逆のようにすら覚えるのですが、歌は詞書に対して付属的であるとさえ言える位置にあります。ともかく、『紫式部集』において地名は、事実の記録としてではなく、修辞の表現の問題に関係していると考えるべきでしょう。地名は私家集における重要な鍵語 key word です。とりわけ、

『紫式部集』では多くの歌の中から、（あるいは都にいるときならば、地名に寄せて題詠風に詠むこともあるかもしれませんが）結果的には題詠のような歌が排除されている、とも推測されます。

例えば、この家集は面立《おもだ》たしい献上歌を率直に光栄なものとして列記するというものでもありません。何よりも、ここで取り上げた歌・詞書の例の一端をもって明らかなように、地名を手掛かりにすれば、言葉遊びとすら言い得るような、言葉の組み合わせに対する興味が感じられます。その点で、『赤染衛門集』や『和泉式部集』の事例と比較することが有効だ(49)と思います。

さらに言えば、『紫式部集』は（恣意的に排列されて、特に編集の原則を持たない）雑纂《ざっさん》と見えて、配列とは別の問題として、言葉の取り合わせの面白さへの注目、言葉の組み合わせに対する関心、言葉の遊戯性に寄せる興味が働いているのではないでしょうか。その意味で『紫式部集』は私家集の中でも、いささか特異なものに違いありません。

私家集において、地名を手掛かりとする分析がどれくらいの有効性と一般性を持つのかは、まだよく分かりませんが、問題の端緒《たんしょ》として、地名の問題は、私個人の関心云々の問題だけではなく、私家集としての『紫式部集』それ自身の関心がどこにあるかに依拠する問題だと言うことができます。

第二章　『紫式部集』旅の歌群の構成

はじめに

私家集研究の全般の現況について、私は不勉強で明るくありませんが、平安歌人を中心とする個別歌集の本文整定と注釈とがひととおり出揃い、研究史上ひとつの段階を迎えていることは慶賀すべきことだと思います。その中で、多くの私家集に比べると、ひとり『紫式部集』については、注釈書や研究書が数多く刊行されてきたことも間違いありません。ただ、残念ながら『紫式部集』が長く『源氏物語』研究や紫式部研究に資する「資料」として扱われてきたことも疑えないことです。

そのとき、私が『紫式部集』研究において決定的に欠けているなと感じる点は、これまで繰り返し発言してきたことですが、家集は編纂物であるという認識です。(1) つまり、家集に採られている和歌が、家集に採られる以前、すなわち最初に詠まれた局面と、後になって選択と配列とをもって編纂された局面とを分けて考える必要がある、ということです。

選択と配列ということは、家集を編纂するとき、歌人自らが詠んだ歌であってもなくても、結局はどの歌を選び取り、さらにどう並べるかという原理が働いているだろうということです。もう少し分かりやすく言えば、もともと表現そのものがどんな言葉を選び、どう並べてものを言うかということから始まっているということです。

なぜそんなことにこだわるのかと言うと、家集に記されていることがそのまま紫式部の人生の「事実」としての出来事を記すものだと捉えることで引き起こされる「混乱」が、このような想定によって解決できると思うからです。そして何よりも、『紫式部集』の特質は編纂において際立つと考えられるからです。

そもそも、平安時代の和歌は、歌が詠まれるにあたり、未だ古代的な場の機制をなお強く受けていたと思われるのです。なぜかと言うと、詠まれる歌が、場に即して伝統的な形式を踏まえて詠まれていることが多いからです。したがって、当初の詠歌の場と、自撰であれ他撰であれ家集編纂の場に拠っていることで、私家集というテキストを生成において二重の場 context

を抱えるものと考えたい(2)のです。さらに、後代における書写、改変の場も加わって、家集の現在形、最終形は成立していると考えることができます。

ところで、古代における詠歌の場については、例えば『萬葉集』で見ると、題詞《だいし》から歌の場の儀礼性が明らかになる場合は多々あるのですが、平安時代の私家集では、年中行事や儀式にかかわっているとしても、詞書《ことばがき》というものが歌の場を強くは明示しないという性格があるのかもしれません。むしろもっと私的な場で詠まれたものが圧倒的に多いために、現代の我々からすると、歌が詠まれた文脈が分かりにくいという事実もあります。ただそうは言っても、晴《はれ》と褻《け》といった区分だけでなく、さらに褻の晴・褻の褻といった区分を考えることで、歌の生成と歌の属性がより明らかになるにちがいありません(3)（本書、第三章参照）。

そう捉えることで、この「不幸」な家集の持つ従来の読みを覆《くつがえ》すことができるでしょう。

もちろん、周知のとおり陽明文庫本を代表とする古本系と、実践女子大学本を代表とする定家本系といった伝本の対立とともに、自撰・他撰の問題は取り扱いがなかなか厄介です。およそ『紫式部集』は、もともと自撰歌集であったものが、誰と特定できるかどうか、またどの程度の改変があったものかは定め難いのですが、後人の関与のあったことが予想されます。私は、少なくとも現存伝本は、自撰を基礎として他撰部分を複合させ、最終的には表現が「他撰」によって覆われていると考えています。

本文についての理解を、一応そのように捉えた上で、家集の分析を進めようとするとき、私は考察の対照軸として、紫式部と同じ時代を生きた赤染衛門や和泉式部の家集は、比較の考察に適していると考えています。(4)

私の印象では、『赤染衛門集』は、自ら歌をどのような機会に詠んだものかを記録することに、もっぱら留意していると見えます。また、『和泉式部集』は冒頭の自撰部分に対して、後人が和泉式部の歌と思しき歌を追補することが何次にもわたって重ねられており、(5)後人たちの手によって他撰部分を重ねて行くことで、どちらかと言うと歌そのものをできるかぎり集めて記録しようとしていて、この家集は生成過程において、あたかも和泉式部の和歌全集、和歌総覧をめざしていると見えます。

翻《ひるがえ》って、他の私家集に比べ、歌を捨てることに潔《いさぎよ》いと見える『紫式部集』には、必ずや歌の選択と配列とに一定の編纂原理が働いているに違いありません。逆に言えば、捨てるに潔いがゆえに、『紫式部集』が彼女の「人生のすべて」をそのまま記録しようとしていると見ることはできないと思います。全くの「虚構」とまでは言わないにしても、この家集が一定の構成を志向していることは動きません。

すでに、清水好子氏の著書『紫式部』(6)は紫式部の「娘時代」を発見したものとして高く評価

されてきました。すなわち、清水氏は『紫式部集』を、

娘時代
旅
結婚
宮仕え

と区分し、もちろん冒頭歌と末尾歌とをも含めて、歌の解釈を試みるとともに、紫式部の人生の事蹟を推定しています。かつて私は、これを逆転させ、三谷邦明氏の説を承けて、この家集の本文が、元服から辞世までの構成を持つ『伊勢物語』と同様、一代記という枠組みを持つということを論じたことがあります[7]。すなわち、成人式に始まる冒頭歌群に続いて少女期歌群を置き、結婚期歌群、寡居期歌群、出仕期歌群、晩年期歌群という構成が見られることを指摘しました。

　繰り返しになるかもしれませんが、右の構成案について、確認しておきたいことがあります。そのひとつは、四番歌「おぼつかな」と五番歌「いづれぞと」の配列上の役割です。冒頭歌に「成人式」の痕跡を見るとすれば、四・五番歌には『伊勢物語』や『竹取物語』などの代表的

な古代物語の要件である「垣間見」と求婚の痕跡があります。つまり、本家集の歌群構成と物語の構成との間には相同性があると見ることができます。[8]

今仮に、冒頭歌から二六番歌までを包括して少女期歌群と呼び、その下位分類として、

冒頭歌群
離別歌群
旅中歌群

があるというふうに、分類しておきたいと思います。[9] この家集全体にわたる編纂原理の考察については別に譲るとして、本章はいわゆる旅の歌群を手がかりに、この家集の編纂の独自性について考えてみましょう。

一　旅の歌群の問題点

これまでの『紫式部集』の諸注釈や諸論考を読み返すと、特に旅の歌群の中でも、いわゆる越前下向に関係する歌群の読み方については、『紫式部集』をめぐって紫式部の旅の「事実」

を推認することを第一義とする「分析」のみならず、ややもすると思弁的にすぎるとか、恣意的にすぎると思われる理解も混じっています。それが議論をいやが上にも繁雑なものにしています。最近に至るまでの諸見を総括的に論じた考察としては、久保田孝夫「紫式部　越前への旅」ならびに横井孝『『紫式部集』の旅』[10]が有益です。本書はこれらの成果を踏まえています。

そこで、考察の客観性、実証性を担保するために、考古学の成果を参看すると、古代の琵琶湖や海運は、今から空想することだけでは辿れないもののあることが分かります。さらに言えば、例えば「三尾の海」「磯の浜」「老津島」などをめぐるこれまでの議論の中には、目を覆いたくなるような的外れの見解が見受けられるだけでなく、旅の歌のどれが往路のものか復路のものかなどという議論に至っては、議論そのものにあまり意味がないと思います。なぜかと言うと、往復の経路の実際がどうあろうとも、編纂物としての『紫式部集』の配列においては、「事実の記録」といった文脈とは異なった原理が働いており、従来の考察が歌の配列の次元は時代順だとする通説に縛られてきたことが、逆に明らかになるからです。すでに、一代記的な構成の上に、部分的に類聚性や対照性を加えて配列するという原理のあることは疑えないことだと思います。[11]

本章において、私は『紫式部集』を伝記資料としてではなく「ひとつの文芸作品」として捉えようとすると、旅中の詠は地名に反応して言葉の遊戯性をもって詠まれたものが多く、家集そのものの関心が「事実の記録」にではなく、修辞の表現そのものに向けられていたと述べてきました。[12] 包み隠さず申しますと本章には、この問題意識を、さらにどう展開できるか、という課題が含まれています。

もちろん、国司上京の途次のさまを記した『土佐日記』にも、新奇な地名に対する興味は強く、例えば「池」「羽根」などといった地名に寄せて「貫之」は歌を詠んでいます。一方、在地の神々への祭祀として海路ながら「手向けする所」や、地勢への讃美として「おもしろきところに船を寄せて」歌を詠んでいます。[13] 改めて言うまでもなく、美しい地勢を讃美することは在地の神々に対する讃美です。その上で、これは面白いという地名に反応して、歌を詠んでいるわけです。いずれにしても、詠歌の機会は『紫式部集』のそれと共通する点も多いのです。『土佐日記』における詠歌の場の検討については他日を期すとして、本章では『紫式部集』の歌を行旅の「事実」に求める理解から解放し、改めて家集編纂の原理を問うべきではないかという問題提起を、歌群の理解を中心に展開させてみたいと思います。

二　旅の歌群と宴

まず、ここで考察の対象とする歌群の範囲を示しておきましょう。

次に掲げた本文は、A群旅に出る前から旅中及び武生滞在までの歌群と、これまでB群帰途の歌群とされてきた三首とです。分かりやすくするために、詞書・歌は改行せずに送り込むことにしました。また本文は、広く用いられているという点から、定家本系の最善本とされる実践女子大学本を用いました(14)。ただし、理解を促すために適宜漢字を宛て、句読点を施しましたが、仮名遣いは原文のまま残しています。このうちA群と冠した歌群の中で、先に一三・一四番歌について検討し、さらに□で囲った二〇番歌から二四番歌が、主として本書で扱う部分で、越前国武生に下向する折に、琵琶湖周辺で詠まれたとされる歌群です。まずこれらについて検討してみましょう。

A群

一三　**賀茂**に詣でたるに、ほととぎす鳴かなんといふ曙に、**片岡**の木末(15)をかしく見えけり
ほととぎす声待つほどは**片岡の杜**のしづくに立ちや濡れまし　(緩衝)

一四　弥生の朔日、**河原**に出でたるに、傍らなる車に法師のかみをかうぶりにて、博士だちをるを憎みて
祓戸のかみの飾りのみてぐらにうたてもまがふ耳はさみかな　(緩衝)

一五　姉なりし人亡くなり、また人のおとと失ひたるが、かたみに行きあひて、亡きがかは

りに思ひかはさんと言ひけり。文の上に姉君と書き、中の君と書き通はしけるが、をのがじし遠きところへ行き別るるに、よそながら別れ惜しみて

北へ行く雁のつばさにことづてよ雲の上がき書き絶えずして

一六　返しは西の海の人なり

行きめぐり誰も都にかへる山いつはたと聞くほどのはるけさ

一七　津の国といふ所よりをこせたりける

難波潟群れたる鳥のもろともに立ちゐるものと思はましかば

返し

（二行空白）

一八　筑紫に肥前といふところより文をこせたるを、いと遥かなるところにて見けり。その返りごとに

あひ見むと思ふ心は松浦なる鏡の神や空に見るらむ

一九　返し　又の年もてきたり。

行きめぐりあふを松浦の鏡には誰をかけつつ祈るとか知る

二〇　あふみのみづうみにて、三尾が崎といふところに網引くを見て

みをのうみに網引くたみのてまもなく立居につけて都恋しも
二一　又磯の浜に鶴の声々鳴くを
磯隠れ同じ心に田鶴ぞ鳴く何思ひ出づる人や誰そも
二二　夕立しぬべしとて、空の曇りてひらめくに
かき曇り夕立つ波の荒ければ浮きたる舟ぞ静心なき
二三　塩津山といふ道のいとしげきを、賤の男のあやしきさまどもして、なをからき道なりやといふを聞きて
知りぬらむ行き来にならす塩津山世に経る道はからきものぞと
二四　水うみに老津島といふ洲崎に向ひて、わらはべの浦といふ入海のおかしきを口づさびに
老津島島守る神や諫むらん波もさはがぬわらはべの浦

二五　暦に初雪降ると書きたる日、目に近き火の岳といふ山の雪、いとふかう見やらるれば
ここにかく日野の杉むら埋む雪小塩の松にけふやまがへる
二六　返し
小塩山松のうは葉にけふやさは峰の薄雪花と見ゆらん

二七　降り積みて、いとむつかしき雪をかき捨てて、山のやうにしなしたるに、人々のぼりて、なをこれ出でて見たまへといへば、
ふるさとにかへる山ぢのそれならば心やゆくとゆきも見てまし
二八　年かへりて、唐人見に行かむといひける人の、春はとく来るものといかで知らせたてまつらむと言ひけるに、
春なれど白嶺のみ雪いや積りとくべきほどのいつとなきかな

B群

八〇（陽明本、七一）
都のかたへとて、かへる山越えけるに、呼び坂といふなるところの、わりなき懸け路に輿もかきわづらふを、おそろしと思ふに、猿のこの葉の中よりいとおほく出できたれば
ましもなをおちかた人の声かはせわれこしわぶる田子の呼び坂
八一（陽明本、七二）
水うみにて伊吹の山の雪いと白く見ゆるを
名にたかき越の白山ゆきなれて伊吹の岳を何とこそみね
八二（陽明本、七三）

卒塔婆の年経たるが、まろびたうれつつ人に踏まるるを

心あてにあなかたじけな苔むせる仏のみ顔そとは見えねど

この中で、一五番歌の詞書に「をのがじし遠きところへ」とありますから、現行の配列と表現において、一五・一六番歌は、友人の下向と紫式部の下向とが同時になされたものとして、旅の途次における贈答と位置付けられていることが分かります。

次に一七番歌「難波潟」は、実践本・陽明本ともに、次の返歌の詞書だけがあって返歌そのものは欠歌となっていますが（本書、第一章参照）、もちろんもとは単独で置かれたものではなく、贈答の形をなしていたものであることは明らかです。相手の友人が西国に下向するにあたり、難波津から瀬戸内海の航路を行くために船に乗り換えたとき催された（おそらく）宴の詠と見られます。井上亘氏は、国司の旅において『時範記』を例に「国境」だけでなく郡駅家でも饗応を受け、「山路を踏破して惣社の西の仮屋《かりや》」で「酒肴」があり「着府してまた饗宴」が開かれるなど「同じような酒宴は各所で行われている」と指摘されています[16]。**そのような饗宴こそまさに旅において歌が詠まれる機会だったと言えます。**そうであれば、この歌は「もろともに…思はましかば」は、「ずっと一緒にいたい」という趣旨を伝える、典型的な形式を備えた離別歌であることと対応しています。

私に探した限りで、例えば『能因集』三二番歌に、

嘉言《よしとき》、対島になりて下るとて、津の国のほどより、かくいひておこせたり。

命あらば今かへりこむ津の国の難波堀江の蘆のうら葉に(17)

という事例があります。これは大江嘉言が寛弘六（一〇〇九）年正月、対島国に国司として下向するにあたり、津の国難波潟から船に乗り換える折に詠んだ歌です。

すでによく知られているように、私家集では歌がどのような場で詠まれたかを必ずしも丁寧に説明するわけではなく、詞書の表現としては「そっけない」ものが多いのですが、国司下向に際しては当然のこととして饗宴は、具体的に「描かれない」「記されない」ことなのだと思います。これも歌の側から見ると、上句にいう「すぐにでも帰りたい」という形式を用いた典型的な離別歌、羇旅《きりよ》歌です。これを一七番歌と同様の事例として挙げることができるでしょう。

次に、一八番歌は、筑紫国肥前にいる相手が送って寄こした贈答歌を、紫式部が「いとはるかなるところ」で見たとされるものです。

つまり、旅中の歌群前に置かれた一五番歌から一八番歌の歌群は、如上の配列によって、友人とは西海と、紫式部は越路といった逆の方向で、遠き別れに「引き裂かれた」中で贈答を繰

り返したものとして構成されている、と言うことができます。

考えてみれば、紫式部の人生の中で、同様の境遇のもとで下向を余儀なくされた受領女たちとの離別の経験は、若い頃から晩年に至るまで数多く、枚挙《まいきょ》にいとまがなかったはずでしょうから、家集編纂の場において、離別にかかわる贈答歌を、あえて（家集の冒頭近くの）このあたりに選んで集め、離別歌群として置いたのには意味があるに違いありません。

ただ、その検討も別の機会に譲るとして、今私が最も危惧することは、現在の『紫式部集』研究においても、現行の配列を無意識のうちに「そのまま事実を記録したものと読む」ことがなお続いていることです。

言うまでもなく二八番歌以下は、明らかに男―宣孝との贈答・唱和の歌群です。二九番歌は、他の女性に心の動く男（おそらく宣孝）に対する不実を難じたものですが、このとき紫式部はすでに在京していると思います。それゆえ、帰京の経緯については、現存伝本では「遠く離れた」位置にあるB群が伝えるものと理解されてきました。

ちなみに、実践本に代表される定家本系と、陽明本に代表される古本系とによれば、家集のほぼ前半は歌群を共有していますが、後半は大きく異なり歌数も定家本系の方に増益があります。

そのため、A群は両系統の伝本に共有されていますが、B群は配列の位置が異なっています(その伝本の異同の問題については「『紫式部集』における歌群構成」廣田收・横井孝編『紫式部集の世界』勉誠出版、二〇二三年、参照)。

もともと古典は筆で書かれた写本の形をとっていますから、親本―元の本を写すときに生じた間違い(誤写)や、書物を綴《と》じていた糸が切れたりして、一旦ばらばらになったものを、装《そう》丁《てい》し直すときに起きる綴じ間違い(錯簡)などが予想できます。ただ、文字に起こされて整えられ校訂された本文が、どうも整合性がないとか、理解しにくいといった疑問を持った時、安易に「誤写」や「錯簡」の可能性を持ち出して「納得」するといったことは、テキストを損なう恐れがあるゆえ、極力戒める必要があると思います。

私はB群の置かれた位置からただちにB群を錯簡と即断することを留保し、できるかぎり現行の配列に沿って読むことで、家集の意図、表現の意味するところを理解する必要がある、と考えています。と同時に、もし現行の配列に仕掛けられたことを暴《あば》き立てることができれば、より深い配列の意味を理解できるに違いない、と考えるものですが、この検討については、今は措きたいと思います。

それでは、二〇番歌から二四番歌の歌群の歌と詞書に関する理解について概観してみましょう。

三　旅の歌群と往路・帰路の議論

まず、二〇番歌から二四番歌までが、旅の行程において往路のものか、帰路のものかについて、現在の諸説の出発点となった代表的な諸説を一覧しておきましょう。明確に自説を示していない場合は空欄としています。(18)

〔表1〕

歌	岡	角田	今井	竹内	清水	南波
20三尾の海	往路	往路	往路	往路	往路	（往路）
磯隠れ	往路	往路	帰路	往路(19)	往路	帰路
かき曇り	往路	往路	帰路	往路	往路	帰路
知りぬらん	往路	往路	往路		往路	（往路）
24老津島	往路	往路	帰路	往路		帰路

次に、家集の地名に対する（それが実際のどの地かを推定する）比定地もしくは想定地を示しておきましょう。郡・町の区別は出典における表記に基いています。

〔表2〕

地名	岡	角田	今井	竹内	清水	南波
20三尾が崎	滋賀郡	高島郡	高島町	高島郡	高島郡	高島町
磯の浜	対岸	米原町	米原町	米原町	注①	米原町
(ナシ)	対岸を行く湖上					
塩津山	浅井郡	塩津	(近江塩津)	西浅井村	湖北	浅井町
24老津島	粟田郡	注②	注③	塩津湾内		蒲生郡

注①普通名詞か。②西浅井郡塩津湾。③沖つ島か[20]、草津市山賀浦か。

かつて角田文衞氏は、二一番歌をめぐって、為時・紫式部一行が「大津から乗船し、三尾郷の勝津野に碇泊し」「進路を東北に取り、琵琶湖を斜めに横断して東湖岸に近く進んだ」と説いています。また「磯の浜」を現在の米原町大字磯と見て、「船は何らかの用事で入江に碇泊したか、或いはその近くを通ったのであろう」という説を出されていました[21]（同、一二二頁。

傍点・廣田）。つまり、二一番歌「磯の浜」が、対岸の「磯」であるとすると、一行は琵琶湖を「横断」して「磯」に渡ったはずだとされ、そこから塩津浜に向かったのではないかと考えているわけです。

あるいは、二五・二六番歌について角田氏は「当時の航路を考慮し、湖岸一帯の地形を検討」して「この砂州と入江」を塩津湾内に比定しています（同、一二三頁）。

なぜそうなってしまうのかというと、考え方として、家集の中の配列では、二三番歌「塩津山」の次に二四番歌「老津島」「童べの浦」は置かれているので、配列が時間経過に従うものであるから往路で、しかも近接しているはずだから、そうだとすると、塩津山の付近でなければならない、だから塩津山の付近に比定地を探す、というふうに思考されたものと見なせます。

繁雑さを避けるため、右に取り上げた以降の論考の一々を挙げることは控えますが、右の〔表1〕に見るように、議論の始まりは主として、往路で対岸の湖東の磯に行くか、その行程が果たして可能か、磯は地名なのか普通名詞か、老津島を東岸の奥津島と見るか、塩津湾内と見るか、などというところから、議論は錯綜しています。この間の経緯は、久保田孝夫氏が丁寧に整理しています(22)。

ここでは考察の詳細は省きますが、紫式部当時の琵琶湖の地名としての歴史的な重要さからすれば、結論から言うと、南波浩『全評釈』の考えのとおり、「磯」は現在の米原の磯であり、「老津島」は現在の近江八幡にある奥津島と考えることが穏やかな理解でしょう。[23] ただ、現行の配列が編年的、時間進行の順に配列されているという前提を外すことができれば、つまり、家集編纂において、二〇番歌から二四番歌の詠歌は往路か帰路かと関係なく選ばれたと見ることで、この問題は解決がつきます。なぜかと言うと、これらは羇旅歌群ですから、歌の主題や機能から見ると、さらに、

		(契機)	(主題)
二〇番歌	「みをのうみに」	地名	望郷
二一番歌	「磯隠れ」	地名	望郷
二二番歌	「かきくもり」	景物	所感
二三番歌	「しりぬらん」	地名	秀句
二四番歌	「おいつしま」	地名	秀句

と、前後二組ずつ類聚の配置になっているからです。

ここにいう「類聚」というのは、同類のものを集めるといった、中国古典に見える基本的な

分類編纂法です。日本の歌集でも、説話集でも、巻ごとに分類するとか、項目を立てて同類のものを集めるという編纂方法は広く用いられています。

ともかくこれが、この旅の歌群の配列の基本です。これは、旅の経路の問題ではありません。編纂の問題です。時間進行の順ではなく、家集の中で部分的にですが、**この類聚と対照といった配列の原理が優先すると言えます。**

四　高市黒人の羇旅歌と比べて

それでは、残った二一番歌「かきくもり」は、どう捉えればよいでしょうか。論考の詳細は別の機会に譲りますが、同時代の他の私家集と比べて見ると、『紫式部集』の歌は、歌そのものを記録するというよりも、歌をめぐってあたかもかけがえのない「記憶の光景」を残そうとしているのではないかと見えます[24]。なぜなら、冒頭歌以下、贈答・唱和であってもなくても（さらに、他の私家集の事例を参看する必要はありますが）詞書と歌とが相俟《あいま》って、絵画的もしくは視覚的、あるいは映像的な場面を作り出しているという印象を与えるものが多いからです。

記憶と和歌との関係を考えるために、私は先に別途、「紫式部にとって歌とは何か」という視点から、『紫式部集』の歌の言語化を層序化して表にしたことがあります。[25] つまり、皮相的な歌と比べたときに、歌「かきくもり」は彼女の精神の深層を湛《たた》える歌であると言えるのではないか、そのような試みです。

ただ、ここでは、『萬葉集』における羇旅歌と比較して『紫式部集』の旅の歌「かきくもり」の特質がどこにあるか、考えてみましょう。

さて、『紫式部集』二二番歌の鍵となる「浮きたる舟」を考えるために、『萬葉集』の羇旅歌を見ると、「舟」を詠んだ事例が多く見られます。これらを手がかりに調べてみましょう。『萬葉集』では、おそらく旅する都人にとって、「舟」はおのずと景物として取り上げられるものであろうと想像されます。

例えば、詠者が誰かは分かりませんが、「羇旅にして作りき」を題詞とする歌群には、一一六三、一一六九、一一七一、一一七二、一一七三、一一八一、一一八二、一一八九、一一九〇、一一九九、一二〇〇、一二二一、一二二三、一二二四、(一二二五)、一二二七、一二二八、一二二九、一二三二、一二四五などの事例があります。あるいは、柿本人麻呂の羇旅歌には、二四九、二五〇、二五六など、また高市黒人の羇旅歌には、二七〇、二七二、二七四などの事例があります。特に、黒人の二七二番歌は「棚なし小舟」を詠んでいて、『紫式部集』二二番歌と比較するのに適しているのではないかと思います。

そこで、この中から黒人の羇旅歌を取り上げてみましょう。題詞には「高市連黒人の羇旅の歌八首」とあります。[26]

旅にしてもの恋しきに山下《もと》の赤《あけ》の**そほ船**沖を漕ぐ見ゆ　（二七〇）
桜田へ鶴《たづ》鳴き渡る年魚市《あゆち》潟潮干にけらし鶴鳴き渡る　（二七一）
四極《しはつ》山うち越え見れば笠縫《かさぬひ》の島漕ぎ隠る**棚なし小舟**　（二七二）
磯の崎漕ぎたみ行けば近江の海八十《やそ》の湊に鶴さはに鳴く　〔未レ詳〕　（二七三）
わが船は比良の湊に漕ぎ泊てむ沖辺な離《さか》りさ夜ふけにけり　（二七四）
いづくにか我が宿りせむ高島の勝野の原にこの日暮れなば　（二七五）
妹も我も一つなれかも三河なる二見の道ゆ別れかねつる　（二七六）
早来ても見てましものを山背の高の槻群散りにけるかも　（二七七）

右の中で、「舟」と表現したものを**ゴチック**で示しました。

ただ、各歌がどこでどのような契機で詠まれたか、個別に題詞は付されていませんので、改めて虚心をもって読みますと、最初に受けた印象は、これらの歌群はひとつの旅程を表したものなのか、また実際にはもっと数多くの歌が詠まれたはずでしょうが、その中から選び出されたものなのかが分からないということです。

ところで、竹尾利夫氏は、右の歌「いづくにか」について、

二年壬寅、太上天皇の参河国に幸したまひし時の歌

いづくにか船泊てすらむ安礼の崎漕ぎたみ行きし棚なし小舟　（一・五八）

右の一首、高市連黒人

とある条を引いて、これが「黒人の歌の中で、昨歌年次を明らかにする唯一のもの」だとされています。そして、黒人の「閲歴は不明」であるとしつつ、「行幸従駕」の歌であることを重視しています。本章の主旨からして、この指摘は重要です。すなわち、これらの歌がおおよそ行幸における饗宴で詠じられたものだ（という可能性が高い）ということです。

竹尾氏はさらに、伊藤博氏の『全注』の説、すなわち竹尾氏のまとめによれば「宮廷の官人集団の座」について「第一次の場」を担うのが「人麻呂」であり、「第二次の場」（傍点・廣田）を担うのが、「長意吉麻呂と黒人であった」と言います。さらに歌「妹も我も」（第三巻二七六番歌）と「三河の二見の道ゆ」（一本云）について、「近時に、二首を宴席での遊戯的な歌と解

する論を多く見る」として「まさしく第二次の場の宴席歌」（傍点・廣田）だと述べています[27]（この区分に関しては、第三章第二節において詳述していますが、宴の場と、そこで詠じられる和歌の性格として、粛々と宴の主旨に沿って儀礼的に執り行われる国土讃美や主を讃美することを主題とする歌を詠む前半と、言語遊戯を主題とする歌を詠む「座興」の後半という構成に対応する問題だと思います）。

また、関谷由一氏は「船を描いた叙景的な作」は赤人にはないもので、しかも「見れば」「見渡せば」などの表現から、天皇による「国見歌的発想」があるとされています[28]。そして「棚なし小舟」は「〈頼りなさ〉や〈不安〉といった負の情意を象徴する景物」ではなく「旅先や遊覧の場における点景」であると言われます（二二六〜二二七頁）。そして「棚」を有する官船に乗る者の意識」より「景としての〈海人〉への賞翫的態度をこそ読むべき」だと言われます（二二七頁）。

さらに関谷氏は、別稿において、二七六番歌における「数字「一」「三」「二」を詠み込んだ宴席の戯れ歌として解される傾向」があると言われます。つまり、この歌は他の歌が多く望郷や讃美を主題とするのに対して、遊戯性の強い秀句的な歌だと言えます。

そのような指摘を踏まえると、右の羇旅歌八首の読み方は概ね定まるでしょう。すなわち、右のいずれの歌も、「従駕」に伴う饗宴の場における、望郷や国見的な国土讃美、並びに秀句性を主題とするものであると言えるでしょう。さらに言えば、二七一番歌における「鶴鳴き渡る」の二句・五句の繰り返しは、旅の饗宴歌である可能性が高いということです（本書、第三章、第三節参照）。

さて、歌の中に見える地名を辿りますと、新大系によれば、二七一番歌の「桜田」は尾張国愛智郡桜田とされ（二〇八頁）、二七二番歌の「四極山」は摂津とされています（同頁）。

一方、配列という点から見ると、二七三番歌の「磯の崎」は歌に「近江の海八十の湊」とありますし、二七四番歌の「比良の湊」や二七五番歌に「高島の勝野」とあって、いずれも琵琶湖西岸の港ですが、二七六番歌は「三河なる二見の道」とあり、二七七番歌「山背の高の槻」は新大系が「山城国綴喜郡多賀」と注しています（二〇九頁）から、これらの連作は、空間的時間的に並べて読み解こうとすると無理が生じます。

ところで、問題の「舟」についてですが、ここには、景物として「舟」という語が、三件（二七〇、二七二、二七四）認められますが、二七一番歌や二七三番歌、二七五番歌などは舟路の歌と見られます。二七一番歌は「鶴鳴き渡る」情景、二七三番歌は「漕ぎたみ行けば」という動き、二七五番歌は「高島の勝野」が琵琶湖の古くからの港であることなどから判断できます。

また、二七〇番歌は「沖を漕ぐ見ゆ」とありますし、二七二番歌は「うち越え見れば」とありますから、いずれも眼前の光景、景物としての舟です。ただ、この歌群が従駕のものとすると、天皇の国見の表現（をなぞるもの）と言えるでしょう。確かに「棚なし小舟」という表象は、紫式部や清少納言たちの乗った国司赴任の舟よりも小さく、今でいうボートのような大きさですから、詠出者の不安が投影されていると見たくなります。

しかしながら、主題から見ると、二七〇番歌は旅における望郷の思いの中で、光景の美しさを詠んでいます。二七一番歌は歌謡の特徴である繰り返しがあり、これも美しい光景を讃美したものでしょうから、二七二・二七三番歌も、二七〇番歌と同様、美しい光景の讃美と見てよいでしょう。これらにおいては、秀句性はいずれにしても、希薄だと言えます。すなわち、紫式部の旅の歌が讃美と秀句のいずれか、あるいは両方を抱えていることは饗宴において求められる歌の性格です。

一方、詠者自身が舟に乗り込んでいて詠んでいると考えられるのが二七四番歌ですが、この時代、続く二七五番歌の勝野津は西岸の代表的な港で、『紫式部集』では三尾が崎が同じ航路、同じ泊りとして注目できます。黒人歌二七四番歌は、船路の行く手を歌っていて、達成感・充足感が感じられ、従駕の歌の性格がうかがえますが、紫式部の「かきくもり」の歌の持つ不安とは、ベクトルが逆になっています。

つまり、『萬葉集』における「棚なし小舟」は天皇の国見的なまなざしによって讃美される景物と言えるでしょうが、『紫式部集』の「浮きたる舟」は自らが乗り込み、自らの比喩そのものであることにおいて大きく異なっています。

別途論じたところですが、このような点が比較によって明らかになることで、『紫式部集』の旅の歌群に見える二二番歌「かきくもり」における「浮きたる舟」の「静心なき」感覚は、和泉式部歌や赤染衛門歌の中に見える舟に寄せた、一過性の不安の感覚とも違います。『紫式部集』においては、この歌「かきくもり」が、旅程中どこで詠んだかを示さず、というよりもこの歌「かきくもり」の関心が特定の地名にかかわらないのは、その具体的な土地、もしくは地名に寄せた詠であることに意味があるのではなく、ともかく琵琶湖での体験による詠歌であるということを示しています。

とはいえ、宴の中の役割から見れば、紫式部が内面にどれほど深い傷を負ったとしても、あるいは、紫式部にとって恐怖の体験であったことも、会衆の前で披露するときには、都の姫君の恐がる姿に会衆が微笑ましいものと見るとすれば、これも「座興」のひとつだったと考えることができます（本書、第三章参照）。

そこで、『紫式部集』の二〇番歌を歌群配列の中で読もうとすると、詞書に「あふみのみづうみにて」とあり、二四番歌の詞書に「水うみに」とありますから、旅の行程が琵琶湖の「どこからどこまで」であるかを示しています。この五首の真ん中に置かれた歌「かきくもり」を、望郷の二首と秀句の二首の間に挟むことで、編纂時における意味付け、すなわち旅の思い出―記憶の中心に、自らの存在の根底を揺るがす、思いがけない貴重な恐怖の体験があったことを記しとどめているると言えるでしょう。

このように家集の中の歌は、歌の詠まれた場において詠んだ者紫式部にとっての意味と、宴の会衆にとっての意味とは異なるので、いわば二重性を持つことが分かります。

紫式部の越前への旅は、結婚以前の出来事であり、従って夫宣孝の急死以前の出来事ですから、舟の不安の体験はそのときはそのこととして記憶されたものだと思います。

くどいようですが、編者の立場に立って見れば、若き日の都の中の平穏な日常が、本当はあぶなっかしいものであったことに気付いたこともあるでしょう。もしくは天候の急変によって喚起された、今まで経験したことのない極限の不安だったことを、まさに若き日の思い出、かけがえのない経験の記憶として残したものだと考えられます。

家集の全体から言えば、さらに現在の歌群配列の中で見ると、宣孝との新婚時代の歌群に暗い影はありません。しかし、紫式部にとって疫病による夫の急死以降、受領《ずりょう》の妻としての人生の「方向」は思いがけず波乱に満ちたものになりますが、晩年になって家集編纂に臨み、若い日々の記憶を辿ってみたときに、みずからの半生は個別に経験した童友達の死から、（おそらく幼いころの母の死とともに）姉の死、友人の死、知人の死、そして何よりも夫の死に至るまで、「喪失の記憶」の連続であったことが記されています。その根底には、燻《くすぶ》り続ける蟠《わだかま》りがあると思います。[29]言い換えれば、わが半生には「見えない運命的なもの」の働きが感じられ、ひとつひとつの出来事が忘れ難い記憶の断片であったと見られます。この二一二番歌は、そこに繋がっていると見えます。

以下は、言わずもがなのことでしょうが、周知のように『土佐日記』では、突然暴風が起こり、やむどころかますます危くなる状態の中、住吉神に対して供物を捧げて祈願が行われ（注(13)参照、五二〜五三頁）、たちどころに海が凪《な》いだということが記されていますし、『竹取物語』でも、突然「疾き風吹きて、世界暗がりて」舟が翻弄され、雷が「落ちかかるやうにひらめく」ので、「壽言《よごと》を放ちて起き居、泣々よばひ給ふ事」をすると、雷は鳴りやんだとあります。[30]

それらの事例からすれば、為時・紫式部一行も、海上における急な天候の変化に際して、二二番歌詞書の背後では、もしかすると、同様に壽詞を述べたり、誓約《うけひ》や祈願をしたりしたかもしれませんが、家集においては紫式部のこの雷電霹靂《へきれき》の受け止め方は違います。すなわち下句の「浮きたる舟ぞ静心なき」ということに集約されている、と見なければなりません。舟に乗り「かきくもり」とありますから、関心は急に襲われた暗がりの中で揺れる舟の恐怖に向けられている、とすべきでしょう。言うならば、先に述べたように「「この浮きたる舟」は私だ」という認識は紫式部のものだからです(31)。

ちなみに、物語や説話では、雷電霹靂は『源氏物語』須磨巻における光源氏の禊祓に対する事例のように、神の顕現や神の促し、神の示しとしての意味を持つ場合があります。いわば光源氏の祈請に対する神々の答です。

それに比べると、『紫式部集』の場合、雷電霹靂は詞書の範囲では祈請や参詣参拝とは結び付けられて（もしくは強調されて）はおらず、むしろ「夕立しぬべし」という（供人なのか楫取なのかは分かりませんが）某《なにがし》の言葉に反応して、歌は詠まれているので、一挙に襲われた船上の不安に関心は向けられていることは間違いありません(32)。

五　旅の歌群の背景

さて、以下、従来の論点について、私の見解を申し添えておきたいと思います。

最初に、国司の乗船する船がどのようなものか、です。越前下向における琵琶湖周辺の歌の基盤はどのようなものか、確認することから始めましょう。考古学の発掘の成果を援用すると、例えば、塩津港の発掘調査をされた滋賀県文化財協会の横田洋三氏に直接うかがったところによると、古代から中世へ琵琶湖の水位が上り、元暦二（一一八五）年に大きな地震があって、塩津港は崩壊したまま水没し、そのまま保存されたと言われるのです。(33) このような報告から「生《な》ま」の古代に触れることができます。

横田氏によると、文献ではなく**発掘調査による復元からすれば、平安時代の舟は長さ約二〇メートルだと言われます。**この指摘は、他の知見と矛盾せず(34)蓋然性が高いものです。もしそうであれば、中世以後のような、大きな規模の舟ではないので、国司下向に用いられる舟も推して知るべしで、中世以前の舟はこの規模と考えてよいでしょう。

ところで、**『枕草子』**第二九〇段「うちとくまじきもの」には、清少納言の乗船のようすがうかがえます。すなわち、「船の道」において、最初は「海の面のいみじうのどかに」感じられたのに、やがて、

風いたう吹き、海の面、ただあしにあしうなるに、物もおぼえず、泊るべき所に漕ぎ着

くるほどに、舟に波のかけたるさまなど、かた時に、さばかりなごかりつる海とも見えずかし。

とあって、海の天候の急変に恐怖を抱いたことを記しています。この海が荒れる状況が似ていますから、そのときの心情は、『紫式部集』二二番歌と比較できるでしょう[35]。清少納言が前後不覚の状態であるのに対して、紫式部は自己の存在へと回帰する点が異なると言えるかもしれません。同時に、清少納言は操船の従事者たちが舟に乗る恐怖を感じていないかのように振舞うことに驚いています。

ただ、船の大きさについて興味深いことは、

屋形といふ物の方にて押す。されど、奥なるは頼もし。（略）わが乗りたるは、清げに造り、妻戸あけ、格子上げなどして、さ水と等しうをりげになどあらねば、ただ家の小さきにてあり[36]。

とあることです。この屋形は妻戸や格子を備えており、家に居るのと同じくらい快適だと言っており、揺れて怖いという記述は見当たりません。清少納言の父元輔は歌詠みとして有名です

が、周防守や肥後守などの受領であったし、夫則光は遠江守でしたから、このように舟に乗る機会は父や夫の国司赴任に同道した折のことかと想像できます。紫式部の乗った舟も同様の規模と推量できるでしょう。結局のところ、清少納言にとって船路は「安心できないもの」であり、時に「緊張を強いるもの」だったと言えます。(37)

また『土佐日記』の国司紀貫之の上京に乗った舟も「舟屋形」(一三頁、一五頁)を備えているので、内海・外海を問わず、国司下向に一行が乗り込んだ舟は、このような建屋を備えた舟だったのでしょう。

もうひとつ、留意すべきことは、為時・紫式部一行の舟は、内海のものだということです。古い碇泊地として、松原弘宣氏は「琵琶湖を中心とする津」について(次は北から南への順になっていますが)、

敦賀津、塩津、勝野津、和邇《わに》泊、三津、大津、粟津、志賀津

などを挙げています。(38)ここで「津」と「泊」とでは表記の違いがあり、語の使い分けがあるのでしょうが、松原氏によると、和邇泊は承和年間(八三四〜八年)の造営であり、三津の初見

は天元二（九七九）年とされています（同書、二六二、二六三頁）。ただ古代といっても、時代ごとに変遷は予想できますが、いずれにしても、塩津に至るには特に、大津と勝野（勝野津）の二つの港は早く『延喜式』に名前が見えており[39]、律令の施行細則上、特に重要です。一行がこの二つに寄港した可能性は高い。

そこで、現在知られているかぎりで、国司下向に用いられた舟が長さ二〇メートル前後と想定される大きさであれば、国司の下向・上京に際しては、何をさしおいても安全無事を旨としたでしょうから、琵琶湖を横切ることは「危険」この上ないことであって、考えにくい。

これまでの考察を総合すれば、航路を考えるにあたっては、天候を気にしつつ、当時の常識から最大公約数的に考えると、旅の実態としては、西岸に沿ってであれば、南から北への順に、

大津を出て、坂本、堅田、**勝野津**（高島、三尾）、木津《こつ》、今津、梅津、大浦、**塩津**

といった「八十《やそ》の湊」を、これらが為時・紫式部たちの立ち寄った、すべての港や泊《とまり》ではないでしょうが、少なくとも「この順番に」辿って行ったと考えるのが自然です。琵琶湖の西岸は常に風が強く、現在でもJR湖西線は強風でよく運行を休止することがあります。それでも、清少納言が告白しているように、舟は陸路より早く、乗客として屋形造は牛車や輿よりも快適

だったに違いありません。
同じ国司の旅でも、『土佐日記』の場合は、時代も違いますが、これはなにせ外海のことですから（船底が平らな川舟と、船底を深く重心を低くして造られた外海の舟とは、根本的に大きさも構造も異なるでしょうが）、出航は天候に大きく左右されるとしても、越前下向の場合も無理せず、安全を期して細かく寄港を繰り返し、岸伝い浦伝いに漕ぎ渡って行ったと考えた方がよいでしょう。

そもそも中世を突破して、さらに遡って古代の旅を見る手がかりは、歴史的にあまり動かないものを用いることが有効です。そのひとつは寺社であり、もうひとつが地名です。簡単に言えば、寄港と寺社参詣とは切り離せなかったと見られます。つまり、西岸か東岸かを問わず言えば、

塩津山と塩津神社
三尾が崎と水尾《みを》神社
奥津山と奥津島神社
磯浜と磯神社

と、寄港地と寺社とは繋がりが深いと考えられます。例えば、塩津港と塩津神社との関係は、港の端っこに神社の側溝があって隣接しており、港と神社とは切り離せません。横田洋三氏は塩津神社について「鳥居の先は琵琶湖」であり「正式な参拝は舟で訪れるものだった」[40]と発言しています。

寺社参詣と旅との関係で言えば、参詣の後に宴が行われることがあるでしょう。そのとき、和歌が詠じられるとすれば、まずは神々への讃美でしょう。歌「三尾の海に」もその折の宴の中で披露された可能性があると思います（本書、第三章「座興」の歌を参照）。

ちなみに、「三尾が崎」がどこに比定されるかには多くの議論があります。ただ、三尾が崎は、「崎」とある以上、洲崎や岬を意味するでしょうが、これとかかわりの深い勝野津は、古くからの港です。現在の勝野港から現在の水尾神社との距離は、歩いてみますと、相当の隔たりがあります。白井忠雄氏によると、水尾神社はかつて「水尾川（現・和田打川）をはさんで北本殿と南本殿が鎮座」[41]していたとするので、乗船したまま（小さな舟に乗り換えて）川を遡上した可能性があります。あるいは、水尾神社の北を並行して東西に流れる、安曇川や鴨川を遡行したものか、とも想像されます。今のところ、「三尾が崎」の比定地は、久保田孝夫氏の見解―鴨川河口説（注（22）を参照）に従いたいと思います。近くの川を遡上して参詣することが難しければ、遥拝もあり得たでしょう。なお、この地に置かれていた三尾駅とのかかわりも予想されますが、今これ以上の検討は措くことにします。

さて、なぜこのような胡乱《うろん》な検討を、いつまでも飽きもせず続けているかというと、今直ちに論証することは難しいのですが、『紫式部集』を古代のテキストとして据えたとき、旅の詠歌を成り立たせる要件として、私が予想していることは、

という、一見別々に見えることが「ひとつの連なった事柄」だったのではないかという考え[42]です。

地名・神社参詣・饗宴

確かに我々の目の前に在るのは、短詩型で独立性の強いテキストである和歌が、編者によって与えられる詞書をもって、選択と配列をもって整えられた家集です。そうであれば、個別の和歌の背景と言ってもよいし、基盤と言ってもよいのですが、特に『紫式部集』の和歌のひとつひとつを、この三点―地名・神社参詣・饗宴の交差する文脈の中で読み解く必要があると思

います。

具体的に言えば、家集に記されている港や神社、名所などは、当時すでに社会的に知られた地であったはずですから、動かしようもないことですが、為時・紫式部が訪れた先で催された宴の場において、紫式部があるときは旅の一行の心情を代表して詠み、あるときは集団を代表しつつ個人的な心情をもしのばせていることも予想されます。その度合いは、個々に歌の注釈によって明らかになるでしょう（本書、第三章を参照）。そのような想像を働かせることなくして、私家集は読めないと思います。

「残る課題」は、律令制度との関係です。確かに実態としての越前下向を考えるとき、港の問題とともに国府・国衙《こくが》の問題があるでしょう。

すでに小山利彦氏が「湖上の交通を管掌下に置いていたのが近江の国衙」であり、「為時一行も越前に北上するにあたり、近江国衙に立ち寄って」「為時一行は公的な舟旅としての備えを整えたはず」だと指摘されています[43]。ここで想起されるのが、かつて久保田孝夫氏が『土佐日記』で記事のない日に、貫之が山崎の国府へ国司源公忠に挨拶に行った可能性を明らかにしようとされたことです[44]。可能性はそれとして、いわば女性に仮託された『土佐日記』や『紫式部集』では、公事方のことは書かないという原則はあるでしょう。

ところで最近、森公章氏が『時範記』の日次の記録をもとに、『平安時代の国司の赴任』という研究書を出されています。(45) 国司下向を歴史の側から、文献に即して具体的に論じたもので、これによると『時範記』に記された下向に海路のないことは残念ですが、時範は因幡守に任ぜられた下向の途中に、駅や国衙に立ち寄っています。

ただ、事実としてはそうなのでしょうが、それは公事方のことであり、父に連れられて行く「姫君」である紫式部のあずかり知らないことだったでしょう。つまり、紫式部の場合、公事方の手続きのために、為時と一旦別れて単独行動をとるなどということも考えにくいので、紫式部も近江国衙に同道したかもしれませんが、**紫式部自身の興味は（おそらく）駅や国衙の公事に向けられることはなく、紫式部が歌を詠んでいるのは、寺社参詣の機会や下向途次の機会で、その多くは宴の折だったというふうに分けて考えればよいと思います。**

森氏の指摘によれば、『延喜式』「太政官」の条には、越前国他一〇国の新任の国司には、食糧その他が支給される規定があり、「雑式」の条にも、国司赴任に夫・馬の支給、海路には水《か》手《こ》を支給する規定が見えます。(46) そうすると、二三番歌の「塩津山」の「賤の男」はこの「夫」でしょう。ただ、『時範記』を参看すると、行政上の制度だけでなく国司の知人などが仮屋を建てるような便宜を図ることはあるので、実態は法制上の支給と、私的な援助と、公私にわたって国司の旅は実現しています。

また森氏は、『朝野群載』「国務条々事」に見える、国司は下向に際して道祖神に奉幣して途中の平安を祈願せよという条に注目しています。[47] これは『土佐日記』の手向けを想起させます。為時・紫式部の場合も、基本的にはこの施行規則に従っていると考えられます。

そういうことから考えると、二五番歌「ここにかく」は、雪の積もった「日野岳」を望んで詠んだものですが、[48] なぜ日野岳なのかと改めて考えると、確かに眼前の景物でしょうが、『朝野群載』のいう赴任した国司の「神事為先」「部内之豊稔」、つまり国司が任地の農業を振興することが決められていた（同書、五〇三〜五〇四頁）ということを踏まえたものか、その山の雪の積もり方から豊穣を占うといった、在地の山の神に対する信仰や祭祀が行われていたのではないかとも想像できます。

しかしそうであったとしても、ただ、それは国司為時には意味のあることですが、紫式部に**とっては、日野岳を祭祀したり畏敬讃美したりすることよりも、都を回想する契機として詠んだところに、国司為時とは違った他ならぬ紫式部の詠みかたがある**と思います。

かくて、二二番歌「かきくもり」の位置付けの検討について、随分と遠回りをしてしまいましたが、考古学や歴史学の成果を参看すれば、国司下向の実態が生々しく蘇ります。我々国文学の守備範囲から言うと、中世以降の絵巻や説話集でも、例えば遣唐使の船の形態や様式、正使・副使の乗船の順位などはすでに知られていますが、ここにいう国司の場合、『今昔物語集』に、任国薩摩国から上京するとき、「守ノ船」と「妻子・従者ナドハ別船ニテ有レバ」[49]という事例があるのと同様、為時・紫式部一行も全員が同じひとつ舟に乗ることなく、分乗したものと見られます。そうであれば、紫式部のまなざしが、藤原為時という国司の言動に対して、比較的「自由」であった可能性は高いように見えます。

言い換えれば、そのような航路の実際や公事方の手続きは『紫式部集』(の中の紫式部)にとっては活躍の場ではなく、極論すれば「どうでもよい」ことです。なぜなら、それらは「詠歌の場」と家集編纂の場というものに直接無媒介的にはかかわらないからです。

六　他の私家集と比べて

『紫式部集』に記された旅を考える上で、同じ受領女で道長・中宮彰子の元に集められた女性たちの家集、とりわけ最も参考になるのが『赤染衛門集』です。これを歴史的な資料として見ると、大江匡衡《まさひら》が尾張守となって下向するとき、これは疫病の流行したあの長保三(一〇〇一)年のこととされていますが、この年に対する受け止め方は、夫宣孝を喪った紫式部とは全く異なります。一六九番歌以下の歌群では、七月朔日ごろ逢坂の関に至り、大津で一泊、翌日大津から舟に乗っています。袋懸《ふくろかけ》を経て、七日に愛知川、これは今の能登川町です。翌日が朝津、ここでは水かさが多く、二、三泊。杭瀬川で泊、東海道の渡し場である馬津で泊。京を出て九日かかって尾張に着いたとされています。関根慶子氏の『赤染衛門集全釈』はこれを「予想外の長旅」と批評しています[50]。興味深いことは、航行において無理をせず下向していることです。さらに言えば、疫病に対する不安や恐怖の影がないことです。

ちなみに『和泉式部集』でも、これはどこへ出掛けたものかは不明ですが、下向の際、六六七番歌では、潮が満ちたから舟を出したとあり、六七〇・六七一番歌の詞書では「風に障りて」「日頃」足止めをくらっています。自然の天候ゆえに、なかなか簡単には進めなかったこともあったと見られます。

繰り返しになりますが、編纂の問題としてみると、『赤染衛門集』では、旅は歌日記のようであり、『和泉式部集』では「雨で足止めされた」ことを記しているときに歌を詠んでいますから、これらに比べると『紫式部集』では、歌を相当捨てた上で、選んで載せたことは間違いありません。

ただ、例えば、大津といっても、当時彼女たちが渡船したり停泊したりした大津の港が、考古学の調査によっても、今のどこなのかは分からない（『蜻蛉日記』では「打出の浜」から舟に乗っています。第二章注（35））とされています。古代の大津港が後代の大津港に吸収されたものかどうかは分かりませんが、その大津と、瀬田唐橋の東にある国衙とは、実際に歩いてみましたが、相当離れています（国衙との関係で、大津での乗船が瀬田唐橋付近と考えることもできますが、それとて明確な根拠はありません）ので、物資の支給や人員の手当てがどこで、どのように行われたのかなどは、今のところ必ずしも明らかではないと言うべきでしょう。

しかしそれもまた結局、旅の実態のことであり、実際のところどうだったかという問題であって、確実なことは紫式部が何首かの歌を詠んだこと、詠んだ歌が『紫式部集』に残っているということに尽きています。

言い換えれば、先にも述べましたように、家集において紫式部は、旅を「記録」するつもりはなく、残したい歌だけを残そうとしていることは間違いありません。あるいは、もしかすると和歌を核として「記憶の光景」を残し留めようとしているのかもしれません。(51) 自分にとって「優れた歌」を残そうというよりも、忘れ難い記憶を残そうとしていると見えます。ともかく、現存の家集の旅中の詠歌の地を、往路の折に訪れたか、復路の折に訪れたかの実際は分かりません。しかしそれはそれとして、私の主張は、『紫式部集』の旅の歌、特に琵琶湖周辺の旅の歌は、編纂された家集において往路・復路とは関係なく配列されているのではないか、ということにあります。

『紫式部集』では、歌群単位の纏《まと》まりが優先されるために、すでに清水好子氏が指摘されているように、歌群の前後では、歌と歌との間で、あたかも「時間を逆に遡らせて」いると見える現象が起こっています。(52)したがって、現行の配列でも、単純に時間経過を辿っていると見ることはできません。例えば、一八・一九番歌の「いと遥かなるところ」が越前武生（もしくは、そこに至るまでの途次）を指すとすると、二〇番歌〜二四番歌は（あたかも）一旦、時を戻して下向・上京の途次の詠を伝えていることになります。つまり、この家集は必ずしも歌を時間に沿って配列しているわけではないのです。時間的な前後関係を厳密に記録しようとするのではなく、このような歌群単位で構成する叙述法は、例えば、中国史書の伝の方法と同じであり、光源氏物語の叙述と同じであると言えるでしょう。(53)これはおそらく偶然ではないと思います。

また翻《ひるがえ》って「詠歌の場に対して編纂の場」という視点から考えると、賀茂社参詣の折の一三番歌「ほととぎす」のような、若き日の屈託のない歌、あるいは、禊祓の折に法師陰陽師に寄せた一四番歌「祓戸の」や、越前下向の折の二三番歌「知りぬらむ」と秀句を得意気に披露したり、越前の冬に詠んだ二七番歌「ふるさとに」など、寂寥《せきりょう》を慰めてくれた人々に対してわがままを通したりなど、旅先での生意気だったことなどの記憶を、過酷な宮仕えを経験することによって、自分が何ほどの者でもない受領の「姫君」にすぎなかったことをつくづくと思い知らされた後に辿っていると思われます。晩年に至り、わが生涯において越前への旅の重さ

をまだ受け止めていなかった若き日の自らを、自嘲的な思いを持って、と同時にかけがえのないものとして編纂したものと読めます。

いずれにしても、時間配列による理解を捨てて、類聚的配列を認めようとする、このような発想をするについては、以前から、三番歌の位置づけをめぐって重ねて論じてきたところです。例えば三番歌は、検討の詳細は省かざるを得ませんが、私は「露」「蓬が中」「虫の音」という歌語の用例の検討から、夫を亡くして悲しみに暮れている寡居期の詠と考えてきました。(54) また、配列から言えば、二番歌の「虫の声」と三番歌の「虫の音」とは時代順と考えず、類聚的に理解すればよいでしょう。と同時に、少女期の離別と寡居期の悲哀が対照的に配置されていると考えられます。すなわち、**この家集は全体にわたって、そこかしこに類聚性や対照性による歌や歌群の配置が見られます。**

あるいは、陽明本の末尾は一一四番歌「いづくとも」ですが、直前の一一二番歌「恋しくて」、一一三番歌「ふればかく」は、恋歌と思われます。この二首が本当に（相手が宣孝だったかどうかも含めて）恋歌だったかどうかはともかく、末尾歌に対して、対照的な配置がなされていることは、二・三番歌の対照的配置と同様です。(55)

つまり、本家集は、基本的には全体として「緩やかに」一代記的な構成をとりながら、(56) 部分的には類聚的、対照的な構成をとるという原則がある、ということを確認しておきたいと思います。そして、このような構成のありかたは『紫式部集』だけの属性ではなく、『源氏物語』のもつ古代物語として逃れられない雑駁な属性と相渉《わた》るでしょう。そこには、紫式部という表現者を考えるより他はないと思います。

　なお、B群について、家集の詞書を信じるとすれば、実態として帰路は伊吹山を見ながら琵琶湖の東岸を（おそらく船路で）行き京をめざしたのだろうと推測できます。ただ、これまで見てきたように、本家集、なかでもA群は、旅歌群を時間軸に沿うものとしては理解せず、配列は類聚的に構成されていると考えた方がよいと思います。

　詳細な分析は注釈を俟たなければなりませんが、紙幅の都合から、B群（定家本では八〇～八二番歌）について、今簡単に紹介しておきますと、例えば、八〇番歌（陽明本、七一番歌）は詞書に「都のかたへとて「かへる山」越えけるに」とあって、この表現を信じると帰路の詠歌だということになります。かねてより「かへる山」は、越前国敦賀郡の鹿蒜の山のことで、武生からの帰路に木の芽峠を越えて敦賀に出る途中にあたると言われています。この「呼び坂」が現在のどこか、比定地を探す議論もありますが、「かへる山」という地名を往路の詠歌に使わず、帰路の詠歌に使ったということが、帰京を願う歌として理解しやすいと思います。しかも「おちかた人の声かはせ」は、この後夫となる宣孝を思わせるものだとされてきました。すなわち、紫式部の帰京が宣孝との結婚のためだったという説が生まれてくるのも分かる気がします。

ちなみに、第一章でも触れましたが、こういう地名に寄せて歌う場合、この家集では、詞書が和歌の内容を先に説明してしまっています。これはこの家集の特徴だと思います。詞書と和歌との対応関係を見ると次のようです。

都のかたへとて　…　おちかた人の
かへる山越えけるに　…　田子の呼び坂
呼び坂　…　田子の呼び坂
わりなき懸け路に　…　われこしわぶる
輿もかきわづらふを　…　われこしわぶる
おそろしと思ふに　…　われこしわぶる
猿のこの〜出できたれば　…　ましもなを

また八一番歌「名にたかき」(陽明本、七二番歌)は「伊吹の山の雪」を見て、当時すでに歌枕として有名であった「越の白山」を持ち出すことで、苦しんだ武生の冬を回想していることからすると、これも帰路の詠歌ということになるでしょう。また七一番歌とともに、望郷を主題とする羇旅歌であると言えます。

一方、八二番歌「心あてに」（陽明本、七三番歌）は、歌の詠まれた場がよく分からない事例です。考えてみると、そもそも旅の歌なのかどうかも明らかでないように見えます。「人に踏まるるを」とありますので、『源氏物語』の事例で、

1　（光源氏を）寝殿にかへし移したてまつらむとするに、焼け残りたるかたもうとましげに、そこらの人の（焼跡を）踏みとどろかしまどへるに、御簾などもみな吹き散らしてけり。

（明石、二巻六〇頁）

2　崩れがちなる垣を、馬・牛などの踏みならしたる道にて、春・秋になれば、放ち飼ふ総角の心さへぞめざましき。

（蓬生、二巻一四〇頁）

などを見ると、八二番歌（陽明本、七三番歌）の詠まれた地は、かつての住居か、何かの旧蹟かもしれません。ただ、都の中の光景というよりも、行路における見聞かと推測されるばかりです。

「そとは」については、一般に笠をかぶった丸石を石積みにした形式の石塔と、板卒塔婆と

二種類ありますが「仏の御顔」と詠まれているので、石塔形式のものかと思います。『全評釈』が、「上部が塔の形になった細長い薄板」ではなく「石塔」であろうといわれる（四四八頁）とおりだと思います。

『源氏物語』松風巻の事例を見ると、

（光源氏）「こゝかしこの立石どもゝ、みなまろび失せたるを、情なりてしなさば、をかしかりぬべき所かな。（松風、二巻二〇二頁）

と、複数の立石が倒れていることが分かります。『紫式部集』八二番歌の詞書では、古びた卒塔婆が「まろび倒れつつ」とありますから、石塔形式のもので、しかも一基だけではないと見受けられます。歴史的には、石造の卒塔婆の成立、普及は一般に、平安末期から鎌倉期以降と言われていますので、これは早い時期のものでしょう。私家集の事例では、

『公任集』（四七八）

そとばある所を過ぎ給ひけるに、これをだいにしてよまんとて

おぼつかなそとはみながら磯のかみふるき都やいづれなるらん

『定頼集』（九七）

物におはしけるみちにて、**そとば**をはしにわたしたりけるをわたり給ひて

世をわたるちかひのかたをいひなしてそとはみながらこえわたるかな

などがあります。『公任集』『定頼集』の双方に敬語が見えるのは他撰の家集だからで、自撰家集の詞書とは性格が違うかもしれません。

前者は行旅の途中の詠ですが、後藤祥子氏は「廃都となった奈良の京の聚落跡であろう」と評しています(57)。『公任集』の配列では奈良の地「春日」の歌の次にありますから、至当な御説です。旧都の地を通り過ぎた折に「そとは」を「題」として詠んだ、いわゆる題詠《だいえい》ですが、ささやかな懐旧とか所感といった性格のものではなく、**戯笑歌や誹諧歌と呼ぶことができるでしょう。荒廃や盛衰を主題とすると見えて、言語遊戯的、秀句的であるのは、宴において披露された可能性がある**と思います（本書、第三章参照）。

とはいえ、後者は、「物におはしけるみち」とありますから、寺社参詣の途中で、卒塔婆を「橋」に「渡し」たというのは、板卒塔婆でしょうか。卒塔婆を踏んで渡るというのは、石塔でしょうが、そんなことをしてよいのかと、少しばかり気がひけるような振舞ですが、これもまた同様の性格の歌で宴の折に披露されたものかと思われます。

これらの事例を参照すると、『紫式部集』の旅の歌群が琵琶湖周りの詠であるということであれば、八二番歌（陽明本、七三番歌）は、もしや旧都近江京かと妄想しますが、確たる根拠はありません。ただ、古代では一般人個人の墓の成立は時期尚早でしょうから、貴紳の墓碑かと想像します。

いずれにしても、八二番歌（陽明本、七三番歌）は、武生から京への帰路の歌かと見えますが、詠歌の事情はよく分かりません。秀句的なものだということだけは明らかです。本章でも述べてきましたように、この家集の配列は時間に沿ったものというよりは類聚的ですから、今ただちに帰路のものと決めつけることは保留しておきましょう。

ともかく、B群の三首について、A群と同様に歌の性格を見ると、次のようになるでしょう。

実践本（陽明本）	主題
八〇番歌（七一番歌）	望郷
八一番歌（七二番歌）	所感
八二番歌（七三番歌）	秀句

つまり、この三首だって、上京に向けた時間的な配列に基くものかどうかは分からないのです。

ただ、この問題も古本系と定家本系とでは、B群をめぐる歌群配列が異なりますので、簡単に整理できません。すなわち、このB群の三首は陽明本七四番歌「けぢかくて」、また実践本八三番歌「けぢかくて」の前に置かれており、しかも歌「けぢかくて」の詞書には歌の欠脱を伴う問題もあるので、**B群全体を大きな錯簡と割り切るか、ここに置かれてあることに、一定の編纂意識（意味）を見るかは、さらに検討の余地があります。**もし叶うならば、B群の三首も安易に「錯簡」と「処理」せず、現行の配列の中でそのまま読むことはできないか、なお続けて考えてみたい[58]と思います。

まとめ

平安時代の多くの私家集は、おおよそ勅撰集の部立《ぶたて》の枠組みに倣《なら》っているものが多く見られます。逆に「春夏秋冬恋…」といった部立に従わない事例は少数にとどまります。『紫式部集』が『古今和歌集』以来の勅撰集の配列の規範に従わず、あえて私家集の大勢とも違う配列をとることも、『紫式部集』の独自性[59]だと言えます。

何度も繰り返しますが、家集は編纂物ですから、歌集の編纂という問題を、編纂の局面において考えると、紫式部が若き日に冒頭歌を詠んだときの歌の意味と、紫式部が晩年になって冒頭に置いた歌の意味は違います。ともかく個別の詠歌の場と、家集の編纂の場というふうに、「場」の違いを考えるべきでしょう。若き日の離別に寄せた思いと、自撰とすれば晩年になって家集の冒頭に置いた意義とは、分けて考えることができます(60)。すなわち、時系列だけではなく、類聚性でも繋ぐという構成法は、一見「矛盾」していると見えるかもしれませんが、物語だけでなく、家集でも共有されていることはもはや明らかでしょう。

今すべてを見通せたわけではありませんが、『紫式部集』を大きな視点で纏《まと》めて言えば、歌群と歌群との関係において、歌群単位で緩やかに一代記的な構成を基層としつつ、部分的には歌群の内部に、対照性と類聚性とをもって歌を配列、構成するというところに、古代家集としての『紫式部集』の配列の特質は認められるでしょう。

これまで『紫式部集』において、部分的に「物語」が読み取れるとか、『紫式部集』の現行の配列から「原形」の復元を部分的に議論しようという試みのあったことも承知していますが、家集の部分についてだけではなく、全体を見通すことのできるような仮説として、歌群構成の「配列の原理」をどのように推定し論証できるかが問われます。

この間私は、古代物語としての『源氏物語』の方法をめぐって論じてきましたが、今後さらに敷衍《ふえん》させて『紫式部集』にも共有される方法的特質について考えを深めたいと思います。

第三章　紫式部歌の解釈
—— 詠歌の場としての宴をめぐって ——

はじめに

平安時代の和歌を見ると、大別して、文字に書かれた歌と、声に出して詠まれた歌があると思います。そこには何か根本的な違いがあるでしょうか。

勅撰集にしても私家集にしても、歌集の中に記された歌を見ると、経験的なことからだけでは、書かれた歌か詠まれた歌かは、簡単に区別ができないことがあります。詞書だけでは両者の差異が認めにくい、識別しにくい。しかしながら、「いったいそれがどうしたんだ」と反撃されるかもしれません。そもそも書かれた歌と詠まれた歌との間には、歌そのものに根本的な違いなんてあるのか、という疑問すらあるでしょう。

勅撰集の部立を手がかりに考えますと、四季の歌にも、最初から書かれるべくして書かれた歌と、行事や儀式の折に、声に出してその場に参集した会衆に披露された歌との両方があるに違いありません。恋歌も、書かれた歌と詠まれた歌があるでしょう。ところが、**離別歌・羇旅《きりょ》歌・賀歌は、紙に書いて贈られるよりも、儀礼的・儀式的な場において声に出して詠じられた場合が本来的だと考えることもできます。**

なぜそんなことを考えたかと言うと、紫式部の歌といえば、すぐ彼女の「憂鬱で孤独な内面」を探したくなるのですが、そのような抒情詩的な理解が分析上いつも役に立つわけではありません。というのも、彼女の歌は複雑な人間関係や儀礼性の中で詠まれたものが多いからです。恋の歌を詠む和泉式部の心情なら、我々には即座に響き合うことがあるかもしれませんが、何か媒介項がなければ、紫式部歌の評価は難しいと思います。

ここで考察のテーマとして「宴の歌」を取り上げることにしたいと思います。(1) **饗宴というものの概念**については、祭祀・儀礼の後に催される宴という位置付けを重視する民俗学的な文脈のものと、酒を伴う宴そのものをいう、一般的な文脈のものとがあります。そこで、**本章では、「宴」という語を(I)祭祀における儀礼的な意義と、(II)例えば旅の途次**

における酒を伴う食事や友人同士の酒盛といった、世俗的な機会との双方を含むものとして用いています。漢字表記でも、神事や祭祀のあとの「竟宴」、賀の行事の後の「饗宴」、面白さをいう「興宴」など、幾つか種類や区分はあるでしょうが、本章では「宴」という語で括《くく》ることにします。

なぜ「宴」という語を包括的に用いるかというと、理由は三点あります。①は、主・客の座の形式の相違、②は、場の公・私、晴と褻、③は、①②に伴う和歌の性格、などを際立たせることに役立つと予想するからです。個人的に自ら独白的に歌を詠むことや、対人的贈答・唱和などに対して、饗宴の中で集団的に歌を詠むことの意義を考えることを意図してのことです。

和歌の場と儀礼性との関係については、すでに吉井祥氏の研究が印象的です。吉井氏は、最近のものでは、「集団性」と「個別性」とを媒介的な概念として餞の歌を分析し発表されています。[2] **私は、これまで場というものを文脈 context と捉え、目的とか意図に即して歌が詠まれる場というものを、古代和歌に対する考察の切り口としてきました。すなわち、①晴と褻、公と私、②宴の座、③音声言語による歌の特性、などをもって歌の分析を試みてきました。**[3] なぜかと言うと、歌の理解に近代的な解釈が入り込む危険を避け、あくまで古代性に即して理解したいと考えるからです。

例えば藤原実資の日記『小右記』には、藤原道長の「この世をば」という有名な和歌が饗宴の中の出来事として記されていることは印象的ですが、一般に、天皇の行幸や内宴、時には私宴において（詠まれた歌がどんな内容だったかは記されていません）、歌が詠まれたことだけが記録されていることが多いのです。当代において歌詠みと呼ばれた人々が召され、命じられて（おそらく）祝歌、賀歌が詠まれたと考えられます。ただ、この日記の性格からすると、ごくごく私的な宴などについては最初から記すつもりはなかったのだと予想できますから、ましてや内輪の宴などでは、どんな歌が詠まれたかは想像しがたいものがあります。

一方、後ほど触れたいと思いますが、『土佐日記』冒頭近くの旅立ちの記事を見ると、描かれていることが事実か否かは別にして、繰り返される餞《むまのはなむけ》には漢詩とともに繰り返し和歌の離別歌が詠まれたと記されています。特に宴の主と客との唱和が記されているところに、（記されていることが事実であろうと、なかろうと）酒宴における歌の生態の伝統（的心性）が伝えられていると見ることができます。

いずれにしても、このような問題を考えるにあたって、古代の物語・日記、勅撰集や私家集などにおける歌の問題については、（私的な酒盛も含めて）宴という場を媒介させることで、生態としての古代和歌の表現を考える方法が見えてくるかもしれない、と思います。

例えば次に掲げる『紫式部集』二一番歌は、「論理的」に詰めて行こうとすると、あたかも「腰折れ歌か」と見える歌です。ところが、詠歌の場というものを想定しますと、疑問が「氷解」するように思えます。すなわち、当初から「書かれた歌」なのではなく、この歌は会衆に向かって披露された歌ではないかということです。総じて古代の和歌は、すべてが書かれたものではなく、なお場に即して生成する性質を持つものも含まれていることが見えてきます。

ここで、『紫式部集』歌と言わず、**紫式部歌と呼んでいるのは、表現者としての紫式部の歌という意味と定義しておきたい**と思います。巷間《こうかん》、紫式部の歌は理屈が勝ちすぎるとか、漢詩を踏まえているために生硬すぎるなどと貶《おとし》められてきましたが、（いや確かにそのとおりの場合もあるのですが）そのような文脈とは違う問題があると思います。

本章もまた『紫式部集』の旅の歌を対象にしたいと思います。もちろん、紫式部歌と宴の場とのかかわりは、彼女の出仕後、すなわち『紫式部日記』や『紫式部集』に見られるように、例えば、皇子誕生後に道長のもとで開催された宴の場における（あるいは、饗宴の果てた後も、祝賀の気分をひきずる褻の場面においてですら、道長を相手に祝賀の歌を詠まなければならなかったと思います）、主家讃美の歌をすぐに想起するところです。そのような問題については、以前少しばかり考えたこともありますので[4]、本章では、饗宴とはかかわりのなさそうに見える旅の歌に焦点を当て、読み直しを試みたいと考えるものです。

一　紫式部歌の「ぎこちなさ」とは

勅撰集にしても私家集にしても、歌集は編纂物ですから、①歌の詠まれた個別の場と、後になって②これを編んだ場と、①・②二つの局面、二つの次元があると私は考えてきました。第二章は、主として②の立場から考察しましたが、ここではまず、①歌が最初に詠まれた場の問題として考えてみたいと思います。

次の二一番歌は、家集の配列と詞書の「磯の浜」という表現の双方から見ると、紫式部が旅の途次に詠んだ歌だと考えられますが、従来「磯」が地名か普通名詞かで、紫式部の旅の行程が、どういう経路を辿ったかで違ってくると、議論を呼んだところです。

ところが、少し違う意味で、この歌にはどうも「ぎこちなさ」が伴います。この歌を対象として、解釈上の問題点を整理してみたいと思います。

代表的な本文を示しますと、

実践女子大学本

二一　又いそのはまにつるのこゑ〳〵なくを

いそかくれおなしこゝろにたつそなく
なにおもひいつる人やたれそも

陽明文庫本

二一　又いその浜につるの声々にを
いそかくれおなじ心に田鶴そ鳴くなに思ひいつる人やたれそも
〔声々にを―欠脱あるか、不審〕、諸本「声々に鳴くを」(5)。

となっています。ところで、南波浩校注の岩波文庫（一九七三年）は定家本の最善本である実践女子大学蔵本を底本とする校本で、波線〰の部分は、

なに《(汝が)》思ひ出づる

と、丸括弧（　）で一案を傍記する形で校訂されています。そして、脚注に、

実践女子大学本その他多くの諸本「なに」とあるが、五句との連関から、「なか（汝が）」（類従本・中田本・六女集本）を採った（二一頁。傍点・廣田）(6)。

とあります。南波氏は、底本とする実践本の「なに」では、おそらく歌の解釈に違和感が残ると感じられて、「なに」をひとまずの本文として採りつつ、「汝が」を傍書して、文脈的には「汝が」がよいかもしれない、と迷って（留保して）おられるように見えます。

その後刊行された『紫式部集全評釈』（一九八三年）の校訂もほぼ同様で、両者の一〇年の間に氏の基本的な考え方は変化していません[7]。

つまり、南波氏は、諸本間の本文異同から、「なに」は誤写によって生まれた表現であって、「汝が」が原形もしくは古態としてあるべき表現だと判断されたのだと思います。ただ、その判断の「合理性」こそ皮肉にも、近代的なものであった、すなわち本文校訂において「原形」推定のために希求された古代性を求めたはずが、江戸時代の群書類従本の本文こそむしろ近代的な価値判断によって校訂された本文（であるのに、結果的に南波氏はそれに従ったにすぎないの）だったのではないか、と私は思います。

私の考えは、現存伝本のうち、実践本・陽明本といった系統の異なる代表的な二本が「なに」とある以上、そうたやすくは本文を改変すべきではないだろう[8]という確信に基いています。そのような前提をまず確認しておきたいと思います。

さて、この歌は先程も申しましたように、詞書の「磯」が地名かどうか、越前への往路か帰路か、ということばかりが議論されてきました。[9] しかしながら、この歌の本当の難しさはそこにはありません。

この歌は、望郷の思いを主題とする羇旅歌だと考えられますが、私の疑問は二つあります。

（一）疑問のひとつは「鶴の声々」とありながら、歌には「同じ心に」とある点です。これが分かりにくい。この季節に「鶴」は変だといった議論もあるのですが、「鶴」は『萬葉集』の羇旅歌に多く出てきますから、その伝統的な表現だと見るのに問題はないと思います。そもそもこの歌は、「田鶴ぞ鳴く」で一旦切れる、三句切れと見てよいでしょう。上句は眼前の情景を示しています。上句は情景で下句が心情だ、とは言えるのですが、田鶴同士が同じ心に鳴いているのかどうか、なかなか難しいところがあります。「声々」とありますから、用例を帰納的に集約すれば、鶴は思い思いに、てんでバラバラに鳴いているはずで、[10] 沢山の鶴たちが「同じ心」で鳴いていると見るには無理があります。結局、この解釈は、私が鶴と「同じ心」だということでしょう。[11] すなわち「鳴いている鶴、あれが私だ」という歌い方は（これまで幾度か論じてきましたが）、景物に対する紫式部独自の捉え方であることは動かないと思います。[12]

羇旅歌の形式から考えますと、

　鳴いている田鶴よ。誰を思って泣いているのか。

と呼びかける形式が伝統的だとすれば、

「磯隠れ」という表現が自らの立場や秘めた思いを言うとともに、「同じ心に鳴く」という表現が、田鶴と私が同じだという思い入れがある。

というところに、紫式部歌の特徴が出ていると思います。

（Ⅱ）もうひとつの疑問は、「なに思ひいづる」について、です。「なに」は一般に「なぜ」why、もしくは「何を」what を意味するでしょうが、上句から論理的に辿ってくると、この場合、「なぜ」の意と考えると、何故思い出しているのか、ということになりますから、下に繋《つな》がりにくい。そこで、「なに」を「何が」「何を」と理解する[13]と通じるように見えるのですが、さらに「思ひいづる人や誰そも」と、どう繋がるのか、これもまたなんとも分かりにくく、こなれない印象があります。

むしろ、この歌が実際に音声言語をもって詠じられたものだったと考え直せばどうでしょうか。私の考えは、この羇旅歌が鳥のすだく眼前の光景を見て、都を遠く離れて旅する自らの寂《せき》寥《りょう》感を、呟くように歌ったものと見るのではなく、一緒に旅行く人たちの前で（おそらく宴の折に）旅の心を詠んで披露されたものではないか、ということです。

　なに思ひ出づる　　　　何を思い出しているのか。
　　思ひ出づる人や誰そも　　思い出している人は誰なのか。

というふうに、上句と下句との接続部分が複線化して繫がって行くと理解することができます。それが、論理からすると、飛躍しているとか、屈折しているとか、曖昧とかというふうに見えるのです。掛詞が全く異なる意味の系を作り出すことを思い合わせると、そう突飛なことではないと思います。ともかく、

　何を思い出しているのか、（そしてその人は）誰なのか

という展開は、（ ）のように説明的に補って訳してみると、なんとなく分かったような気になるのですが、文法的には接続に齟齬《そご》があって、あたかも稚拙と見えます。「思ひ出づる」は

連体形で「なに思ひ出づる」は、「なに」という疑問詞に対して、もし「出づる」と連体形で結んでいると見たとしても、次の「人や誰そも」とは繫がらず、浮き上がってしまいます。なぜ分かりにくいのかと言うと、歌を論理で理解しようとするからだと思います。

結局、「思ひ出づる」は、次の「人」に係っていることになるのですが、もし音声言語の歌として、私たちが歌の詠まれるその場に居て歌が詠まれるときに立ち会っていると想像してみますと、耳に聞こえてくる事柄は、まず「なに思ひ出づる」（何を思い出しているのか）がひとつの纏《まと》まりと聞こえ、次に「人や誰そも」（誰のことを思っているのか）が、あたかも上書きするように、ひとつの纏まりとして聞こえて、句ごとに内容を了解することになり、むしろ各句が曖昧に繫がっていてよいのだと考えれば、何の違和感も感じなくなります。言い換えますと、この歌の場合、「なに」の意味が「なぜ」か「何を」「何が」のいずれなのかは「人や誰そも」を聞くところまで来ると、これは「何を」と理解すればよいのだと気付き、さらに「思い出している人は誰なのか」と鶴に向かって問いかけているのだと、ようやく歌意がそのまま了解できるという仕組みになっています。むしろそれが、歌われる歌というものの属性だと考え直せば、必ずしも紫式部歌が拙いと、一方的に咎《とが》められることはありません(14)。付かず離れず、表裏の文脈の曖昧な融合に、和歌の表現の特質があると考えてはいかがでしょうか。

小結

すなわち「なに思ひいづる」という表現が（論理的な構成ということから見ると）複線的に展開を仕掛けるといった構成について、**私の考えは、『紫式部集』二一番歌が個人的な独詠歌として書かれたものではなく、元々は旅行く集団の宴の場において朗唱、朗詠され披露されたものではないか、ということです**（ただ、この場合、集団といっても、家族を中心とするごく親しい間柄で、公で晴といった主・客の関係がこの歌の理解にまで及ぶとは考えにくいと思います）。

ともかく、そうであれば、『紫式部集』の旅の歌の中に秀句的な歌が多いことは、紫式部の性分とか、個人的な嗜好《しこう》というよりも、むしろ若き日の紫式部が同席している身内の人々、会衆から喝采《かっさい》を受けたもの（喝采を受けることを期待して詠んだもの）であることが推測できるのです(15)。

二　宴の歌と個人の歌と

先にも述べましたが、平安時代の私家集では、『萬葉集』の題詞とは違い、歌の詠まれた場、**特に宴の場のことは、詞書には明確に記されることが少ないために、我々には見えにくい**。それは平安時代に宴が行われなくなったということではなく、平安時代の私家集の詞書の性格が

『萬葉集』の題詞の性格とは違うからなのかもしれません。あるいは、平安時代が進むと、もはや宴で歌われるような「御決まり」の歌が評価されなくなり、個人名とともに記憶されるような「新しい」創作的な性格の強い歌が評価されるようになったからなのかもしれません。また、もしかすると平安時代になると歌の価値は、宴を基盤とするかどうかとは関係なくなったのかもしれません。

　その答えを、今簡単に導くことはできませんが、問題は、この歌「磯隠れ」の読み方と評価の問題です。

　そこで、**宴の場というものを想起することで、歌の読みを深めることができないか、**もう少し考えを進めてみましょう。例えば、宴における離別歌を例にとって考えてみることにします。『紫式部集』の冒頭の二首は、次のようです。諸伝本の中で、私が比較的古態を伝えると考える古本系の最善本である陽明本では、

　　はやうよりわらは友達なりし人に、年ごろ経て行きあひたるが、ほのかにて、十月十
　日のほどに月にきほひて帰りにければ
めぐりあひて見しやそれともわかぬまに雲隠れにし夜半の月かな　（一）

その人遠き所へ行くなりけり。

秋の果つる日きてあるあか月に、虫の声あはれなり

泣き弱るまがきの虫もとめがたき秋の別れや悲しかるらん　（二）

というものです。冒頭歌については、別途論じたことがあるのですが、この二番歌が、独詠歌か、あるいは贈答歌の片方かということについては、意見の分かれるところでしょう。ただ、後にも触れますけれども、この歌の表現のポイントは、鳴いている虫は、他ならぬ泣いている私だ、という景物との自己同一性が、ひとつの形式になっていることにあると思います。

ところで、南波浩氏は、『紫式部集』二番歌の比較対象として次の『古今和歌集』（以下、『古今集』と略称します）離別歌、三八五番歌を挙げています。(16)

藤原ののちかげが、唐物の使になが月のつごもりがたにまかりけるに、うへのをのこども酒たうびけるついでによめる　〔兼茂　延長元年参議〕

藤原のかねもち

もろともになきてとどめよきりぎりす秋のわかれはをしくやはあらぬ(17)

これは、「酒たうびける」とあり、しかも歌を詠んでいるのが参議ですから、明らかに公の饗宴の歌の事例です。

南波氏は、この『古今集』歌が、藤原「後蔭の送別宴での歌」であり、きりぎりすに向かって「同じく秋の末の友との別れを惜しんでいる私とともに、去りゆくものを泣いてとどめてくれ」と詠んだものであるが、「一種の挨拶の歌であり、式部集の別離の悲哀歌の切実性とは比較にならない」と述べています（注（7）、二五〜二六頁。傍点・廣田）。

この指摘を手がかりとして『古今集』歌と、紫式部歌との違いを考えてみましょう。要は、「切実性」の問題であるよりも、『古今集』の饗宴歌と、紫式部歌とどこが違うのか、どこが同じなのか、です。**本章の関心は、家集に編纂される以前、すなわち歌の詠まれた場における歌の生態にあります。**

私は、南波氏の示した『古今集』歌を、饗宴歌のひとつの典型としてみてはどうかと思います。

南波氏はこの『古今集』の饗宴歌に対して、紫式部歌が「「鳴きよわるまがきの虫」という表現によって、秋との別れの悲しさをすでに背負っている虫として把握し、別れの悲しさを共有する存在として、秋虫の内包するものと、作者の内包する心情との共通化・一体化を成立させている」（二六頁。傍点・原文のママ）と述べています。そして「送別宴での即興的な挨拶の歌と、階層的、生活的悲哀をたたえる式部歌との、内発性の濃淡の差異を示す」と結んでいます（二六頁。傍点・廣田）。私が魅かれる、南波氏の論のポイントは、「作者の内包する心情との共通化・一体化」という点です。

宴の歌である『古今集』歌は、虫に呼びかける形式をもっていますが、『紫式部集』二番歌は（おそらく）宴の場は介在せず、個人的な詠唱と見えますが、『古今集』の饗宴歌が虫に向かって「呼び掛ける」のに対して、紫式部歌は私が虫と「同化する」ところに違いがあります。(18)

ちなみに、『古今集』歌の宴における共同性の内実を言えば、「もろともに」とは、きりぎりすに向かって呼び掛けてはいるのですが、場を同じくする会衆に向かって呼び掛けてもいるのです。しかも、きりぎりすに対して「上から目線」の立場をとっています。一方、紫式部の場合は、虫と「同じ高さの目線」の立場にあるところが違います。

小結

繰り返しますが、私は、実践本に比べて、陽明本が概ね古態を伝えていると考えております。例えば、体言止めになっている実践本の「夜半の月影」が（おそらく『新古今和歌集』あるいは藤原定家に代表される）中世的な表現であり、陽明本「夜半の月かな」の末尾の「かな」に呼びかけのニュアンスがあるので、古代的な表現であると見られます。それぞれの書写、整理された時代の嗜好《しこう》が滲《にじ》んでいます。

いずれにしても、歌「めぐりあひて」は、友人に贈られた歌であり、この場合、相手の返歌は家集に記されていないと考えています。[19] ただ、二番歌は独詠歌なのか、贈答歌なのかは判断が難しいと思います。改めて強調すべきは、集団的な場における儀礼的な表現と、私的で個人的な表現との違いです。

ところで、以下に挙げる事例の検討を先取りすることにもなりますが、一般的なこととして、**歌の詠まれる離別の「場としての宴」を、主・客の関係に留意し、式次第として見ると、次のように構成されている**と予想できます。[20] 以下に述べる事例によって確認できると思います。

1　**宴の趣旨を、主《あるじ》が言挙げする。**
　この言挙げが、歌をもってなされることもある。このとき、高貴なる賓客が招かれることがあっても構わない。その場合、晴の度合いが増すことになる。
2　**主が会衆と一斉に盃を挙げる。**
3　**主と**（賓客が）**会衆が順番に歌を詠む。**
　惜別―別れを惜しむということを歌をもって言挙げすることで、旅の安全とともに祈念することを、集団で確認する。その場合、歌は、集団の意思を体現するものでなければならない。

4　1から3までが、「儀礼的」に進行するのに対して、次に「座興《ざきょう》」（上野誠、注（20）『万葉びとの宴』参照）の「くだけた」歌を詠む。

5　宴の閉じ目は、主・客の間で、儀礼的に立ち歌・送り歌が交わされる。

これは古代歌謡の研究者であった土橋寛氏が提示された宴の歌の儀礼性である。[21]　この儀礼性は、『源氏物語』でも[22]『土佐日記』の記事でも、推定確認できる。[23]

つまり、最初は粛々として始まった宴は、さまざまな祭りや儀式の行く果てを思い合わせると予想できるように、盃を重ねるたびに（場合によると楽曲や舞踊り、とりわけ）歌が披露されるというふうに、盛り上がりを示すといったわけです。

ただ、右は、仮に公の宴をモデルにした案ですから、紫式部の旅のように、父の国司とともに下向する「家族的」なケースはこれに準じる構成をとっていたと想像できます。

三 『萬葉集』宴で詠まれる歌

三―一 『萬葉集』巻一九・二〇に宴の示される事例

ここでなぜ『萬葉集』を参看するのかというと、何度も申しますが、平安時代の歌集においては、詠歌の場としての宴は必ずしも詞書に明示されていない。ところが、『萬葉集』の題詞では詠歌の事情・経過が明示されていることが多いからです。すなわち、平安時代の特に私家集における宴と歌との関係を明らかにするために、『萬葉集』と比較することは有効だと考えられます。ここで『萬葉集』を持ち出したのは、課題解決のための補助線、あるいは媒介項と御考えいただければ幸です。

一方、『萬葉集』では、題詞からは場としての宴を持たないと見える場合でも、詠歌の契機としての折節と感興を催したことの理由が明示されているように見えることがあります。言うならば、平安時代になると宴が消滅したのではなく、詠歌の場が歌集の詞書に明示されなくなったと見るべきでしょう。

ところで、編纂物としての『萬葉集』を概観しますと、巻一に代表されるように、勅撰集的な性格を帯びている部分もありますが、後半は家持の編纂といった性格が複合しているということが、すでに指摘されています。[24]

そのように、『萬葉集』自体が編纂物として揺るぎない統一性を持っているわけではありませんが、『萬葉集』の題詞を一瞥《いちべつ》しますと、記述の仕方から、①題詞に宴が明記されていて、宴を詠歌の場とすることが明らかな事例と、②詠歌の機会が宴であるのに宴と明示されていない事例のあることが分かります。②後者は、記述のかぎりでは宴が実際に行われたものかどうかは分かりませんが、①前者は、宴において詠まれる歌が集団の中で集団の心情を、明らかに共有していることが確認できます。

そこで『萬葉集』の饗宴歌について一定の理解を得るために、(便宜的にすぎるかもしれませんが)まず家持の編纂意識が色濃く影を落とす、特に巻一九・二〇の範囲に限って、題詞に見える「宴」という語を手がりに、①の事例を見ましょう。ここでは紙幅の都合で事例を絞っています。[25]

ここで家持の時代の事例を取り上げる理由は、『萬葉集』の中でも、比較的平安時代に近接する時期ですから、後代の『古今集』ならびに『紫式部集』の詠歌の場を考える上で参考となると考えるからです。

1　三日、守大伴宿祢家持の館に宴せし歌三首

今日のためと思ひて標《し》めしあしひきの峰の上の桜かく咲きにけり　（四一五一）

奥山の八つ峰の椿つばらかに今日は暮らさねますらをの伴　（四一五二）

漢人も筏《いかだ》浮かべて遊ぶといふ今日そ我が背子花かづらせよ　（四一五三）

この場合、宴の行われた場所から考えて、一族内部の宴と推測されます。

新編全集は「この「今日」は三月三日（太陽暦の四月十七日）で上巳の節句に当る」と注しています（四巻二九九頁。傍点・廣田）。また、第二首目については「この椿も花瓶などにさして宴席にあったものか」（二九九頁）と注し、第三首目の「筏浮かべて」について「ここは曲水の宴で流す盃を見立てていうか」（二九九頁）と注しています。また新大系は「三月三日には水辺の禊ぎのほかに、船遊びも行われたらしい」と注しています（四巻二八〇頁。傍点・廣田）。その後催される「宴」がどのようなものか、三首の歌でうかがうことができます。おそらく禊祓を実修する上巳の祭祀の後に催される饗宴において、このような歌が詠まれたと考えられます。

そうすると、『紫式部集』一四番歌などは、単にこれまで「紫式部らしい」勝気で、機智的な独詠歌と見られてきましたが、禊祓を修した後に宴の催されたことが明らかになると、この歌もそのような折の宴において披露された秀句である可能性が高いと考えられます。(26)

歌の内容から考えますと、第一首目は、宴の場が満開の桜で彩られて用意されたことを言挙げしたものです（この場合、実際には桜が満開でなくても構わないので、いわば言葉によって仕立てられる必要があったと言えます）。第二首目、第三首目は、宴を楽しみたい、宴を楽しもうではないかと言挙げしたものです。詠者は同一人物、すなわち家持であって、宴に参加した人々に、今日は思う存分楽しもう、酒を飲もうという気持ちを、主が儀礼的に呼びかけた挨拶の歌だと言えます。言うまでもなく、実際の宴においてこの三首だけしか詠じられなかったわけではないでしょう。そこには編者家持の取捨選択が働いていたに違いありません。

家持が宴において会衆に呼びかけた歌の儀礼性を、宴における座の問題として捉え直しますと、主と客との関係が、特に身分の違い、社会的立場の違いによって、

上座・下座、（横座）[27]　…　身分に序列のある場合
円座、車座　…　親しい者同士（友人や家族など）の場合

という構成の差のあることが明らかになるでしょう。

2　天平勝宝三年

新しき年の初めはいや年に雪踏み平《なら》し常かくにもが　（四二二九）

右の一首の歌は、正月二日、守の館に集宴せしに、時に零《ふ》る雪殊に多く、積むこと四尺有りき。即ち主人大伴宿祢家持この歌を作りき。

新編全集は「常かくにもが」について「カクは、現に国司郡司が集りなごやかに飲宴しているさまをいう」（三三五頁。傍点・廣田）と注しています。

この場合、家持は年頭にあたり「集宴」の「主人」の立場で詠んでいます。おそらく会衆の人々も続けて順番に詠んだのでしょうが、人々が「集宴」しているのに、（実態としては会衆も歌を詠んだはずですが）家持の歌だけが遺されていて、いわばこの歌が集団の意思を代表しています。

ちなみに、この歌も論理的に見ると過剰で稚拙と見えます。つまり「新《あらた》しき年の」「年の初めは」「いや年に」と繰り返しがあります（他の歌にも同様の事例があります）。このような現象は、平安和歌においては繰り返しが嫌がられ、希薄になって行くのだと思います。

もう少し丁寧に表しますと、

新しき年の
　年の初めは
　　いや年に

と同義の反復になっています。これは、平安時代の和歌を詠み慣れた目からすると、不思議な現象と映ります。

しかしながら、声に出して「新しき年の」と詠まれると、会衆は「そうだ、そうだ」と頷《うなず》き、さらに「年の初めは」と詠むと、やはり会衆は「そうだ、そうだ」と確かめて味わい、「いや年に」と繰り返して、強調とか念押しとか、声に発せられる度に、その場で祝賀の気持ちを確認することで初春の喜びを共有することができるというわけです。くどいと言えばくどく見えるのですが、この繰り返しは歌謡的で宴の歌の特徴のひとつです。

このような繰り返しは、『萬葉集』の中に、他にも同様の事例のあることはすぐに気付かれます。**とともに「常かくにもが」と、場に即した指示的表現があり、これもまた宴における音声言語による詠歌の特徴が出ています。**これは和歌として稚拙だというよりも、音声言語の特徴であり、声を発すると同時に、当然、声は消えて行くという性質があると言えます。それゆえ、どうしても繰り返しが必要となり、歌謡の性格をなお引きずる理由だと思います。

また、このような表現が生じること自体、一族内部の（晴というよりも）褻の中の晴といった詠だったからだということかもしれません。

ところで、2は、年頭に詠まれたものですから、春は春の歌なのですが、内容や主題から言えば賀の歌であるわけです。

「かく」は饗宴の場に即した表現です。以下、4などにも、同様の事例が見られます。そのことからすれば、『紫式部集』[28]の二五番歌「ここにかく」なども同じ事情によるものか、再検討を迫られるでしょう。

3　三月十九日、家持の庄の門の槻樹の下に宴飲せし歌二首

山吹は撫でつつ生ほさむありつつも君来ましつつかざしたりけり　（四三〇二）

右の一首は、置始連長谷。

わが背子がやどの山吹咲きてあらば止まず通はむいや年のはに　（四三〇三）

右の一首は、長谷の、花を攀《よ》ぢ壺を提《と》りて到来りぬ。これに因りて大伴宿祢家持の、この歌を作りて和せしものなり。

新編全集は第一首目について「「来」とあることから、作者置始長谷を家持の荘園を預る男

とする説がある」と注し、また第二首目の「我が背子」について「置始長谷をさす」と注しています（三七八頁）。新大系は「「つつ」が三回用いられているのは、歌詠みに不慣れなゆえか」（三八一頁）と注しています。

そうではないと思います。この繰り返しも2の事例と同様、宴の場の歌の特徴で、不慣れというよりは、詠まれる歌の性格として、詠者が同席している聞き手に対して、句ごとに確かめ確かめ（念を押すように）詠みかけるというふうに、仲間の連帯感を盛り上げる、意図的な手法だったのかもしれません。宴の生態が浮かぶ事例のひとつです。

また、この場合、槻の木が神の降りる神聖な樹木であったということはよく知られていますが、公館の中でもなく、家持の「庄」の敷地で「槻樹の下」で「宴飲」していますから、公とか晴とかの場というよりも、私で褻の場と見られます。家持が宴の主にあたるのでしょうが、前の1・2と若干異なるのは、どちらかと言うと、身分差の希薄な、一族内の親しい気のおけない人々の交流と見えます。

4　同じ月（三月）の二十五日、左大臣橘卿の、山田御母の宅に宴せし歌一首

山吹の花の盛りにかくのごと君を見まくは千歳にもがも　（四三〇四）

右の一首は、少納言大伴宿祢家持の、時の花を矚《み》て作りしものなり。但し未だ出ださ

ざる間に、大臣宴を罷《や》めて挙げ誦まざるのみ。

「かくのごと」は、口語的、日常語的な表現でしょう。あるいは1・2と同じように、歌の自立を志向するというよりも、これも場に依存した表現だと言えます。寄物陳思は物に寄せて、すなわち景物に託して思いを陳べるものですから、場の状況、空気や雰囲気、かくありたいという希望に即して表現しようとするときに、この場合「かく」という表現は避けがたいものだったのだと思います。

新編全集は「橘卿」は諸兄、「山田御母」は「孝謙天皇の乳母、山田史比売島。橘家と関係があったものであろう」(三七八頁)と注しています。この場合、左大臣の宴において、少納言が嘱目《しょくもく》の「花」に寄せて主を「千歳にもがも」と壽《ことほ》ごうとしたものと言えます。

さて、ここまで見てきただけでも、宴における詠歌の特徴はよく出揃っていると思います。

すなわち、

Ⅰ　晴《はれ》／宴に主と、主に従う会衆が、上座・下座に配置される。

1　主が宴の目的を会衆に向かって言挙げする歌を詠む。　（分類1）

2　会衆が主を壽ぐ歌を詠む。（会衆がこれに和す）　（分類2）
＝　褻《け》／主客の身分差が希薄で、円座・車座で仲間うちの親睦の歌を詠む。　（分類3）

と分類できるでしょう。宴がいずれの性格なのか、まず考える必要があります。ただし、親しい間柄でも改まった場合、単なる褻ではなくて、褻の中の晴、私の中の晴、といった場もあります。日常生活の中でも、こと改まった挨拶などはこの事例に当たると思います。

以下、これを目安に事例を検討して行きたいと思います。

5　同じ月（五月）の十一日、左大臣橘卿の、右大弁丹比国人真人の宅に宴せし歌三首

我がやどに咲けるなでしこ賂《まひ》はせむゆめ花散るないやをちに咲け　（四四四六）

右の一首は、丹比国人真人の、左大臣を壽きし歌。

賂しつつ君が生ほせるなでしこが花のみ訪はむ君ならなくに　（四四四七）

右の一首は、左大臣の和せし歌。

あぢさゐの八重咲くごとく八つ代にをいませ我が背子見つつ偲はむ　（四四四八）

右の一首は、左大臣の、味狭藍《あぢさゐ》の花に寄せて詠みしものなり。

新編全集は、第一首目について「いやをちに咲け」に「今後もたびたび左大臣の来訪があることを願って言う」と注し、第二首目には「主人丹比国人の好意に答えた挨拶の歌」（四三一頁。傍点・廣田）と批評しています。そして第三首目に「あじさいの花のさまから八重といい、八代も長く栄えることの比喩とした」（四三一頁。傍点・廣田）と注しています。

新大系は「「右大弁」は太政官の職名で、大臣、大中納言の下。丹比国人は左大臣橘諸兄の直属の下僚である。実際には、国人が自宅での宴会に上司を招待したのだが、その上司橘諸兄が開いたように書いたのであろう。この宴席での家持の歌はない」（四五一頁）と注しています。また「いやをちに」について「左大臣の長寿を祈る意をこめる」（四五一頁。傍点・廣田）と注しています。

この場合、右に掲げた類型の（分類Ⅰ、1・2）に相当するでしょう。左大臣が右大弁の宅で宴を催していますから、主（あるじ）たる右大弁が客たる左大臣を「壽《ことほ》ぎ」する歌が必要だったわけです。そして左大臣がこれに「和」して詠んでいます。このように、季節はいかようにもあれ、宴はこれを催した主を壽ぎ、主は客人をもてなすという性格が歌をもって表現されていることが見てとれます。ここに宴における歌の儀礼性が働いています。場の主旨にのっとって主・客が応答することが求められています。

6　三月四日、兵部大丞大原真人今城の宅に於て宴せし歌一首

あしひきの八つ峰の椿つらつらに見とも飽かめや植ゑてける君　（四四八一）

右は、兵部少輔大伴家持の、植ゑたる椿に属《つ》けて作りしものなり。

新編全集は「主人今城に対する挨拶」（四四六頁。傍点・廣田）と評しています。

この場合、「兵部大丞」大原真人の宴において、「兵部少輔」である家持が「見とも飽かめや」と寿いだものです。よく知られているように、この「見れど飽かず」という表現形式は、『萬葉集』のみならず、『古今集』以降も風土や景物などを讃美する時に用いられる定型表現です（四四五一にも、同じ事例があります）。結局、主を讃美することが主題です。（分類2）

7　五月九日、兵部少輔大伴宿祢家持の宅に集飲せし歌四首

我が背子がやどのなでしこ日並べて雨は降れども色も変はらず　（四四四二）

右の一首は、大原真人今城。

これも一族内部の宴でしょう。花の「色も変はらず」と主を讃美しています。

新編全集は「家持は格別になでしこを愛し、好んで自邸に植え、いつくしんで詠んだ歌は多い」（四二九頁）と評しています。新大系は「大原真人今城の上総帰任の送別会であろう（略）。「我が背子」は、宴会の主催者である家持を指す」（四五〇頁。傍点・廣田）と注しています。（分類3）おそらく暦日から歴史的に見て「送別会」のものと判断されたものかもしれませんが、この限りではこの歌が「送別会」のものかどうかは判別しにくいと思います。

8 八月十二日、二三の大夫等の、**各壺酒を提《と》りて**高円《たかまと》の野に登り、聊《いささ》かに所心を述べて作りし歌三首

高円の尾花吹き越す秋風に紐解き開けな直ならずとも　（四二九五）
右の一首は、左京少進大伴宿祢池主。
天雲に雁そ鳴くなる高円の萩の下葉はもみちあへむかも　（四二九六）
右の一首は、左中弁中臣清麻呂朝臣。
をみなへし秋萩しのぎさ雄鹿の露分け鳴かむ高円の野そ　（四二九七）
右の一首は、少納言大伴宿祢家持。

これは遊覧の折の宴でしょう。

新編全集は第一首目「直ならずとも」について、「相手と直接会うのではなくても。山頂で紐を解き開けるのは、暑さのせいとくつろぐためであろうが、紐解クという語が男女の交りを連想させるので、戯れて言った。池主は家持としばしばこのような軽口を言って興ずる親しい仲であった」（三七四頁。傍点・廣田）と注しています。7と同様、人間関係の親しさだけでなく「軽口」の許される**遊戯性を持つ場の性格**を言うべきでしょう。

新大系は「聖武天皇の離宮のあった高円の野に登って懐古する歌が、四五〇六以下に見える」（三七七頁）と注しています。

この場合、友人たちが高円山に登り「壺酒」を飲んだ宴の歌と見えます。三者の間に、讃美したり、壽いだりする歌が見えませんから、仲間うちの宴と見えます。（分類3）

9　ここに諸人酒酣《たけなは》にして更深く鶏鳴く。これに因りて主人内蔵伊美吉縄麻呂の作りし
　歌一首

うち羽振き鶏《かけ》は鳴くともかくばかり降り敷く雪に君いまさめやも　（四二三三）

これはこれまでの歌とは少し性格が異なります。

新編全集は「このキミは来客。特に守の家持を主にさす。（略）来客の帰り行くことを引き

止めようとして、恋の歌に擬して詠んだもの」(三三七頁。傍点・廣田)と注しています。また、新大系は「鶏が鳴くことは、宴を終える時の表現」(三二五頁)と注しています。

上野誠氏は、小島憲之氏の考察を踏まえて、「更深く鶏鳴く」について、いくらかおどけて、「逢瀬の時の終わりを告げる鶏の朝鳴きを憎む言い回し」(一八八頁)だとして、「主人の縄麻呂が、女歌で一同を引き止めた」ので、「男どもはにやりとしたはず」(一九〇頁)だと述べています。

いずれにしても、この場合、宴酣であったが、未だ深更において「鶏鳴く」とあります。そこで、これをきっかけとして、客人からではなく、主が先に「もう御帰りになるのか」「もう少し御飲み下さい」と客を引き止める、いわゆる送り歌を詠むことで、「もう終わろう」と合図を送ります。これに応えて客が「もう帰ります」と立ち歌を詠む(29)という、宴の終わりを確認する儀礼性を持つ唱和です。

すなわち、この事例は、主・客の間で宴の終わり、閉じ目に交わされる儀礼的な唱和です。

III 晴・褻を問わず ／立ち歌・送り歌 (分類4)

これは式次第として見ると、(分類)の1・2・3に続くものですから、先の分類表に追加して、（分類4）と規定しておきましょう。

10 十一月二十八日、左大臣の、兵部卿橘奈良麻呂朝臣の宅に集ひて宴せし歌三首

高山の巌に生ふる菅の根のねもころごろに降り置く白雪　（四四五四）

右の一首は、左大臣の作。

（題詞に「歌三首」とありますが、この一首だけが記されています）

新編全集は「宴せし歌三首」について「これは同時に誦詠された別件歌の二首を合算した数であり、「宴歌一首」とするのは別件歌を除いた別算法によったものである。いずれにも一理あるが、合算式を古形と認めて、それによる。↓四四九六題詞（宴する歌十五首）」（四三四頁）と注しています。一方、新大系は「降雪を瑞兆として吉事を期待する歌か」（四五六頁。傍点・廣田）と注しています。（分類1）

以上のように、『萬葉集』の宴と和歌との関係を取り出すことで何が分かるでしょうか。少し纏めますと、まず、右はいずれも四季の歌と見えますが、集団の宴で歌が詠じられたものだということです。正月に詠まれたものは、賀の性格を帯びていて、主・客それぞれの立場にお

いて、主は客をもてなし、客は主を壽ぐというふうに、歌が詠まれていることが見てとれます。すなわち、いずれも個人的な抒情ではなく、集団的な意思を表明するところに儀礼性が働いています。かくて『萬葉集』の饗宴における四季の歌は、主・客の関係が基本であることが分かります。つまり、主を壽ぐことが重要です。

11　六年正月四日、氏族の人等の、少納言大伴宿祢家持の宅に賀集して宴飲せし歌三首

霜の上にあられたばしりいや増しに我は参ゐ来む年の緒長く〔古今未だ詳らかならず〕（四二九八）

右の一首は、左兵衛督大伴宿祢千室。

年月は新た新たに相見れど我が思ふ君は飽き足らぬかも〔古今未だ詳らかならず〕（四二九九）

右の一首は、民部少丞大伴宿祢村上。

霞立つ春の初めを今日のごと見むと思へば楽しとそ思ふ（四三〇〇）

右の一首は、左京少進大伴宿祢池主。

新編全集は、右に見える「〔古今《ここん》未だ詳《つまび》らかならず〕」について「伝誦歌を誦詠したのか、

大伴千室の創作なのか不明、の意」と注しています（三七六頁。傍点・廣田）。新大系は「上二句は譬喩によって「いや増し」を導く序詞になっているのだろう。「年の緒」は年月の長く続くことを「緒」に譬えた表現」（三七八頁）と注しています。

ちなみに、第二首目について、新編全集は「第二句以下にアの頭韻を並べた技巧が認められる」（三七六頁。傍点・廣田）と注しています。新大系は「大伴家の当主家持を称えるのだろう」（三七九頁）、また「第二句以下、句頭をアの音でそろえている。この歌も古今未詳。新年に決まって誦されたか」（三七九頁。傍点・廣田）と注しています。

上野誠氏は「古今未詳なり」について、「伝承歌であった可能性も高く、伝承歌を踏まえた創作という可能性もあって、『万葉集』の編纂者も、にわかに判断できなかった」（一二二頁。傍点・廣田）と述べています。

また第三首目について、新編全集は「新春を擬人化し、これに巡り会うように表したもの」（三七六頁）と注しています。また新大系は「第四句の「見む」は一族が相集う意」（三八〇頁）と注しています。（分類1・2）

新大系によると、左兵衛督は従五位上、民部少丞は従六位上、左京少進は正七位上とされています（三七九頁、同、三七七頁）から、身分の順に歌を詠じていると言えます。つまり、同じ大伴一族で身分序列に応じて、順番に歌を詠んでいます。この場合は、正月四日に「氏族の人等」が「賀集」しての宴であり、一族の年賀の挨拶の儀礼的なものと見られます。

年賀ということでは、2の事例と同様ですが、2は主の歌だけを記録するのに対して、11は順番に歌を詠み、しかも主を壽ぐとともに、良い宴だと言挙げする点が、いささか改まった場の雰囲気を伝えています。饗宴歌が創作歌ではなく、伝誦歌の詠まれることがあるということは重要です。このような現象は、この事例だけでなく、1・2の事例のように、宴で詠まれる歌が定型的、類型的だということと響き合っているということです。**饗宴歌は、特に伝誦歌もしくは伝承歌の可能性があります。少なくとも修辞技巧を凝らした歌を詠むところに、饗宴における晴の歌の詠み方があります。**

12　三年の春正月一日、因幡の国庁に於て、饗を国郡の司等に賜ひて宴せし歌一首

新しき年の初めの初春の今日降る雪のいやしけ吉事（四五一六）

右の一首は、守大伴宿祢家持の作りしものなり。

これは有名な『萬葉集』の巻末歌です。これもまた、2の事例とよく似ていて、

新しき年の

年の初めの初春の

と、同じことを重ねて歌っています。しかも本章の最初に例として挙げた『紫式部集』二一番歌と似ているのは、重なりながら下へと続くという構成をとっていることです。

新編全集は、「正月の大雪は豊年の瑞兆である。この歌を因幡国庁で詠んだ時には、その吉祥を喜ぶ気持を述べただけであったと考えられる。しかし、万葉集を編纂する立場でこの自作を全二十巻の最後に置いた家持の胸中には、このように言挙げすることによって、万葉集が千年万代に伝わらんことを念ずる願いを合わせて込めようという思いがあったことであろう」（四六〇頁。傍点・廣田）と評しています。

一方、新大系は、儀制令を引いて元日の朝拝の後、官賀を受け宴を儲《もう》けることがあり、「天皇の意思の実現として「賜ひ」と表現したらしい。「新しき年の初め」「初春」と重複した表現がなされているのは、この年が元旦立春であったことによるのであろう」と注し、「巻一の雄略・舒明天皇歌に始まり、瑞兆を喜ぶこの歌で終わること」について「この歌集の公的な祝言性を読み取るべきであろう」（四九一頁。傍点・廣田）と評しています。（分類1）

あの家持だと思えば、語の繰り返しは稚拙と見えるかもしれません。が、場が違うのです。

家持は、同様の歌を年賀の挨拶の歌として、どうしても詠まなければならなかったものかもしれません。創作歌の入り込む余地はまだ少なく「御決まり」の歌を詠むところに、儀礼性が見てとれます。

あえて申し添えますと、「御決まり」と見えるのは（「御決まり」の歌というのは、厳密に言えば、伝誦歌・伝承歌をそのまま詠ずる場合と、少しばかり改作して誦す場合とが予想されます。現在の我々からする、軽率な評価は慎まなければいけませんが）創作歌という概念も――古代の近代の側からの評価であって、場を同じくする集団が同じ気持ちを共有できること、喜びや誇りを歌でもって共有するところに、集団の精神的紐帯《ちゅうたい》や連帯感が確かめられるのだと思います。つまり、表現上の未熟さではなくて、年賀では絶えず、いつも何度も同じ表現を繰り返すのでなければならない必要があるということです。語の繰り返し、意味の反復もまた、宴における口頭、音声言語による詠歌の特徴が出ているると思います。

もう一度申しますが、この歌は2の年賀と類似のケースで、雪が降ることを壽ぐ点で歌も似ています。

2 新しき年の初めはいや年に雪踏み平し常かくにもが

12 新しき年の初めの初春の今日降る雪のいやしけ吉事

と並べてみると、このような表現の類似といった現象については、折口信夫氏の所見を想起したくなるところです。すなわち、折口氏は「万葉集は独創に富んだものと思つてゐるが、実は古いものを繰り返す類型的なものである」として「大抵昔の詞を言うてゐて、少しだけ自分の詞を入れておく所にあります」(30)（傍点・廣田）と述べています。この理解は、饗宴歌についても確認できます。

ここまでは、『古今集』の部立で言えば、季節詠と賀との区別しにくい事例もあるのですが、以下は、**特に離別歌、羇旅歌などに相当するもので、さらに儀礼性の強いものです。**

13　大納言藤原の家にして入唐使等を**餞して宴せし**日の歌一首〔即ち主人卿の作りしものなり〕

天雲の行き帰りなむものゆゑに思ひそ我《あ》がする別れ悲しみ　（四二四二）

新編全集は「多治比土作が藤原一門の餞宴に列したのは、当時、紫微大忠でもあったため、仲麻呂の下僚という関係からかとする説がある」（三四一頁）と注しています。

新大系は「「主人卿」は大納言藤原仲麻呂であろう」（三三一頁）と注しています。

この宴は、大納言仲麻呂が主催した公の宴で、入唐使の送別の会と言えます。（分類1）

14 （離別）便ち大帳使に付き、八月五日を取りて応に京師に入るべし。これに因りて四日を以て国厨の饌を介内蔵伊美吉縄麻呂の館に設けて餞しき。時に大伴宿祢家持の作りし歌一首

しなざかる越の五年住み住みて立ち別れまく惜しき夕かも　（四二五〇）

この場合、「国厨の饌」とありますから、個人的なものではなく、公の宴です。

新編全集は「射水郡は越中国府の所在地であり、それゆえにそこの大領は越中国人を代表する旧豪族の子孫という資格で、遷替する国守に餞別の宴を設けたのである」（三四六頁）と注しています。ちなみに「内蔵縄麻呂の歌が記されていないのは、偶然に脱落したか、故意に省かれたのか、不明」（三四六頁）と注しています。（分類1）

15 閏三月に、衛門督大伴古慈悲宿祢の家に於て、入唐副使同胡麻呂宿祢等を餞せし歌二首

唐国に行き足らはして帰り来むますら健男に御酒《みき》たてまつる　（四二六二）

右の一首は、多治比真人鷹主の、副使大伴胡麻呂宿祢を壽きしものなり。

櫛も見じ屋内も掃かじ草枕旅行く君を斎ふと思ひて〔作者未だ詳らかならず〕　（四二六三）

右の件の歌は、伝へ誦みしは、大伴宿祢村上、同清継等これなり。

『萬葉集』研究ではすでに、学的用語として用いられているかもしれませんが、**左注でこのように伝誦されたと注記されている歌を、テキスト語彙を用いて「伝誦歌」と呼ぶことにしましょう。そのような歌は、「創作歌」と対立する意味で「伝承歌」と呼ぶことができます。**ただし、ここに言う「創作歌」とは全くオリジナルであるという意味ではなく、伝統的な形式や表現、枠組みを用いながら「新しさ」を加えていくという、古代的な歌の生態を言うものです。

新編全集は、第一首目について「御酒奉る」に「相手の無事、大任完遂を祈って、盃の酒を勧める意」（三五二頁。傍点・廣田）と注しています。また、第二首目の「櫛も…掃かじ」に「旅行者、殊に船旅に出る者の家族は、旅人の身の安全を祈って禁忌を守り斎戒した」（三五二頁）と注しています。

新大系は第一首目について、「人に酒杯を奉ってその長寿を祈ること」（三四四頁。傍点・廣田）と注しています。（分類2）

11（四二九八、四二九九）が「伝誦歌」「伝承歌」ではないかと評されているように、15も**饗宴歌が創作されたものではなく、伝誦性の強い古歌を誦《ず》した可能性がある**ことは興味深いことです。つまり、饗宴歌の儀礼性の問題なのです。

16（十一月）二十七日、林王の宅に、但馬按察使橘奈良麻呂朝臣を**餞して宴せし**歌三首

能登川の後には逢はむしましくも別るといへば悲しくもあるか　（四二七九）

右の一首は、治部卿船王。

立ち別れ君がいまさば磯城島の人は我じく斎ひて待たむ　（四二八〇）

右の一首は、右京少進大伴宿祢黒麻呂。

白雪の降り敷く山を越え行かむ君をそもとな息の緒に思ふ　（四二八一）

左大臣、尾《び》を換へて云く、「息の緒にする」といふ。然れども猶し喩《さと》して曰く、「前の如くこれを誦め」といふ。

右の一首は、少納言大伴宿祢家持。

『新大系　萬葉集索引』によると、林王は天平一五（七四三）年に従五位下、図書頭となり後、従五位上とあります。[31] また船王は、神亀四（七二七）年に従四位下、道祖王の廃太子後、左遷されたが後、仲麻呂の乱に荷担して諸王とされ、流罪となったとされています（同、四六四頁）。

新編全集は、「後には逢はむ」に「「後にも逢はむ」「後も逢はむ」というのが一般的。ただし、それらはすべて恋の歌。ここは殊更に変えたのであろう」（三六〇頁）と注しています。新大系は、第二首目の「斎ひて待たむ」に「結句は送別歌の常套句」（三五三頁。傍点・廣田）と注しています。ここですでに離別歌の形式は成立しています。（分類1・2）

17　十一月八日、左大臣橘朝臣の宅に在りて**肆宴**したまひし歌四首

よそのみに見ればありしを今日見ては年に忘れず思ほえむかも　（四二六九）

右の一首は、太上天皇の御歌。

むぐら延ふ賤しきやども大君しまさむと知らば玉敷かましを　（四二七〇）

右の一首は、左大臣橘卿。

松陰の清き浜辺に玉敷かば君来まさむか清き浜辺に　（四二七一）

右の一首は、右大弁藤原八束朝臣。

天地に足らはし照りて我が大君敷きませばかも楽しき小里　（四二七二）
右の一首は、少納言大伴宿祢家持。〔未だ奏せず。〕

この場合も、身分の順に歌を詠んで（記されて）います。（分類１・２）
第一首目について、新大系は「聖武天皇の歌。訪れてなまじ目に見たばかりに、これからは忘れられないで思い続けることになるだろうと、恋歌に擬して、諸兄の家を讃歎する」と注しています（三四八〜三四九頁）。
また第二首目について、新編全集は「貴人の来訪を光栄とし、接待の不備を詫びる挨拶の歌」と注しています（三五六頁。傍点・廣田）。
第三首目について、新編全集は「第二句と第五句とが同一の短歌は歌謡に例が多い」（三五六頁）と注しています。また新大系は「第二句を結句に繰り返すのは古い歌謡の形式」と注しています（三四九頁）。
ちなみに、第四首目について、新編全集は「家持が公的な宴席で歌を作りながら未奏に終るのは、これ以後四回を数える」と注しています（三五七頁。傍点・廣田）。（分類１・２）
この問題もまた、饗宴歌の性格をよく表していると思います。

小結

くどくどと事例ばかり挙げてきましたが、このような事例を概観したかぎりで纏《まと》めますと、『萬葉集』における饗宴と歌との関係について、次のような一定の傾向を認めることができます。

1　饗宴歌には、それぞれ公・私、もしくは晴と褻、といった場の性格の違いがあり、そのことと歌の内容・形式が相渉ることに留意する必要がある。

2　饗宴歌は、創作歌ではなく、歌謡もしくは、古い歌謡の伝統を引く古歌（あるいは伝誦歌・伝承歌、もしくは伝統的発想を強く残す歌）が誦された可能性がある。（[2]・[11]・[12]・[15]など）

3　「かく」に代表される口語的表現がしばしば認められるのは、饗宴歌が場に依存した表現をとることからくると考えられる。（[1]・[2]・[4]など）

4　一見すると稚拙と見える語の繰り返しや重複などは、むしろ宴の場で会衆に向かって句ごとに確かめ確かめ詠ずるという、音声言語の性格からくる可能性がある。（[2]・[3]など）

そのとき、『萬葉集』の饗宴歌は、儀礼性の形式がすでに形成され、維持されていることも分かります。そして、催された饗宴の中で歌が詠まれ、挙げた事例に付した傍線―は、季節詠にしても離別歌にしても羈旅歌にしても、それぞれの歌が集団性を背負う儀礼的な表現であることが形式において保証されています。と同時に、**右に列挙した要点は、書かれた歌ではなく、詠まれた歌の特質**と見ることができます。

この問題は、平安時代の宴、歌の性格にも浅からず及ぶものと考えられます。

三―二　『萬葉集』巻一九・二〇に宴の示されない事例

次に、『紫式部集』歌を考える上で、題詞に宴と明示されていない場合でも、歌の形式や表現から宴において詠まれた歌か、書かれた歌かを判別する手がかりがないか検討したいと思います。

そこで、題詞に宴が明記されず、折節の機会に、嘱目《しょくもく》の景物に寄せて感懐を詠じたとされる事例を次に挙げてみます。ポイントは、宴の歌であるかどうかが確認できるかどうか、です。

［1］　季春三月九日、出挙《すいこ》の政に、旧江村に行かむとするに、道の上に物花を属目せし詠。興中に作りし所の歌を并せたり。／渋谿《たに》の埼を過ぎて巌の上の樹を見し歌一首〔樹の名は都万麻〕

磯の上のつままを見れば根を延へて年深からし神さびにけり　（四一五九）

2

山斎《しま》を属目して作りし歌三首

鴛鴦の住む君がこの山斎今日見ればあしびの花も咲きにけるかも　（四五一一）

右の一首は、大監物御方王。

池水に影さへ見えて咲きにほふあしびの花を袖に扱《こき》入れな　（四五一二）

右の一首は、右中弁大伴宿祢家持。

磯影の見ゆる池水照るまでに咲けるあしびの散らまく惜しも　（四五一三）

右の一首は、大蔵大輔甘南備伊香真人。

新大系は「歌の配列と内容から推して、前の十五首と同じく、清麻呂邸の宴会で詠まれたもの、言わば第三部である」（四八八頁。傍点・廣田）と注し、「作者の「御方王」は「三形王」（四四八八題詞・左注）に同じ」（四八八頁）と注しています。題詞に宴のことは明記されていませんが、官位相当表によれば、大監物は従五位下、右中弁は正五位上、大蔵大輔は正五位下で、御方王は諸王ですから、敬意を表し身分の序列に基いて順番に詠んでいるということになります。状況証拠的ですが、宴の折に詠まれた歌群と考えられます。

3

（四月）十二日、布勢の水海に遊覧して、多祜《たこ》の湾《みづのほとり》に船泊りして藤の花を望み見、各懐を述べて作りし歌四首

藤波の影なす海《わた》の底清み沈く石をも玉とぞ我が見る　（四一九九）

守大伴宿祢家持。

多祜の浦の底さへにほふ藤波をかざして行かむ見ぬ人のため　（四二〇〇）

次官内蔵忌寸縄麻呂。

いささかに思ひて来しを多祜の浦に咲ける藤見て一夜経ぬべし　（四二〇一）

判官久米朝臣広縄。

藤波を仮廬に造り浦廻する人とは知らに海人とか見らむ　（四二〇二）

久米朝臣継麻呂。

興味深いのは3の事例です。

この3は、「遊覧」とありますので、宴のことは記されていませんが、饗宴が催され、その場で詠まれた可能性があります。[32] 会衆の上位から順に詠んでいると見られます（この事例から推して、前節三―一の8の高円の野に登る事例も遊覧と見てよいと思います）。

そこで、『紫式部集』歌を考え合わせながらみますと、3の事例は邸内の宴ではなく、旅程の観光や遊覧・観覧（これらの語には、語性としてのニュアンスがあります）の折に歌が詠まれたものですが、近代の吟行を思い浮かべるべきではなく、かりそめであっても催された宴の折の詠と見られます。

そうすると、『紫式部集』における上賀茂社における一三番歌「時鳥」の歌は、一四番歌「祓戸の」賀茂川の禊祓《みそぎはらえ》の歌などとともに、家族の単位で行われたものであっても、宴において詠じられた可能性があると考えてよいでしょう（「まとめにかえて」を参照）。

小結

右の中で、2・3は、注記を踏まえれば、宴の折の詠歌だとは必ずしも明記されてはいませんが、参加者が順に歌を詠んでいることから見ても、宴が催されたことが推定できる事例です。

見てきましたように、『萬葉集』の宴の事例は、公と私、もしくは晴と褻にわたる多様な事例が見られますが、本章の冒頭に掲げた『紫式部集』二一番歌の場合、旅は国司の父為時と紫式部、それに御供の女房たちといった、宴が開かれる場にもよりますが、旅の途次では、どちらかと言うと「家族的」な集団でしょうから、あるいは旅を支援してくれる人々が居たとしても、親和的な存在の宴でしょう。

すなわち、紫式部の旅の詠歌の場は主として褻、もしくは褻の中の晴といったものだったと考えられますから、先の分類案のⅡ（分類3）に相当するものと考えられます。すなわち、繰り返しますが、『紫式部集』二一番歌が「ぎこちなさ」を持っているとしても、宴で披露されたものだとすれば、了解できることなのです。もちろん、代表する詠者が紫式部の詠歌でも、傍らに居る某《なにがし》（例えば、女房たち）が、これに和することはあるでしょう。例えば、『紫式部集』の越前武生における日野岳をめぐる二五・二六番歌はその一例でしょう。

もちろん宴と言っても、仰々しい席を設けるときもあるでしょうが、日々の食事の折にも、詠歌の（歌を披露する）機会はあったと考えられます。『赤染衛門集』の旅を参照しますと、この家集には部分的に旅の歌日記のような性格が見受けられます。[33] 寺社参詣や国司下向・上京の折の詠歌を記録することには実に丹念です。それぞれの詠歌の機会の宴がどのようなものか想像できるでしょう。

おそらく『萬葉集』のごとき饗宴歌は、平安時代になると規範化され、「創作」という点からは評価されなくなっていたと見られます。例えば、『栄華物語』の饗宴では、会衆が和歌を順番に詠んだことをそのままに記そうとしてい（るように見え）ます。例えば「松のしづゑ」巻では、住吉詣に際して上皇以下、詠んだ歌が順番に、丁寧に記されています。[34] ところが、

『源氏物語』では、儀礼的な歌の内容は通例のことだと評されるとともに、ほとんど省略されています。(35) それぞれの物語の特徴とかかわるのでしょうが、これらを総合、勘案すれば、宴における詠歌の生態は概ね推定されるでしょう。

三―三　『萬葉集』巻一六における饗宴歌の特徴

さて、これまで『萬葉集』における宴と歌との関係について、家持の編纂意識という磁力の強い巻一九・二〇を中心に、論点を帰納的に拾ってきました。

私は、『萬葉集』における宴について述べた最近の論考を、恥ずかしいことですが寡聞にしてよく知りませんが、ただ、もうひとつ視点を変えて、歌をめぐる伝承性が強いとされる巻一六から饗宴歌を対象として、論点を整理してみたいと思います。巻一九・二〇が『萬葉集』の「近代」だとすれば、巻一・二だけでなく、巻一六から『萬葉集』の「古代」をうかがうことができるかもしれません。また、『萬葉集』の「近代」と見えた家持が、実は「「古代の近代」の古代」であったかもしれないという逆説もあり得るからです。それは、家持の二つの性格なのか、『萬葉集』の読み方の問題なのか、が問われるでしょう。

それでは、本章の課題に触れる先行の指摘を見ておきましょう。

大岡信氏は、『うたげと孤心』において、「宴居《うたげ》」（三八一七・三八一八番歌）や「宴飲《うたげ》」（三八

二四番歌）などの事例を挙げ、

1　上記の「宴居」や「宴飲」の歌の他、三八三八・三八三九番歌などが、「遊戯・即興の歌であること」（八七二頁。傍点・廣田）。

2　**「うたげ」は「酒宴の際に手をたたくこと」だと主張し、**同時に「酒の入らない「うたげ」」があり**「話の面白可笑しさ、含蓄の情趣の深さに、思わず並みいる一同が手をたたいて和す」ことである**（八七六頁。傍点・廣田）。

3　「「うたげ」という場で生れる「手をうちあげる」心躍りが、歌を生み、歌物語に展開し、批評という孤心の発現をうながすとともに、それを媒介にして、真の物語に発展してゆく一つの筋道を素描」したという（八七八頁）[36]。

などと評しています。これは宴における和歌の性格について重要な指摘だと思います。特に、2について私に分かりやすく言い直せば、語源説の当否は措くとしても、大岡氏は即興性ゆえに言葉の面白さが会衆にウケることを指摘しています。すなわち大岡氏は、和歌の構成で、論理性よりも、遊戯性に注目したと言えます。

また、最近拝読した論考の中では、渡部泰明氏が、和歌の定型をめぐって『萬葉集』を通観されているのですが、とりわけ次の指摘は実に興味深いものがあります。

特に巻一・一六番歌「冬ごもり春さり来れば」という有名な、いわゆる「春秋競憐歌」について、「秋の勝ちだとする結論は明快」だが「その結論に至るまでの理由が、一見よくわからない」[37]とされ、その不可解さを読み解く答として犬養孝氏の考えを紹介し「この歌は実際に席上で朗詠され」たものだと推測され「聴き手を意識し、聴き手の興趣を極点まで誘導するだけの効果が巧まれている」（二七頁。傍点・廣田）と説かれていることです。

額田王の歌は、次のとおりです。

天皇の内大臣藤原朝臣に詔して、春山万花の艶《うるはし》きと、秋山千葉の彩れるとを競ひ憐ましめたまひし時に、額田王の、歌を以てこれを判めし歌

冬ごもり春さり来れば　鳴かざりし鳥も来鳴きぬ　咲かざりし花も咲けれど　山をしみ
入りても取らず　草深み　取りても見ず　秋山の木の葉を見ては　黄葉をば　取りてそし
のふ　青きをば置きてそ嘆く　そこし恨めし　秋山そ我は[38]

すなわち、私に言い直せば、春か秋かという判断の条件を挙げておきながら、突然「秋が良い」と主張の帰結がもたらされるので、とてもじゃないけれど、**論理的には導かれてはいない**

と感じられるこの結句を、この歌が会衆に向けて披露されたものと捉え直すと、ドッとウケる――喝采《かっさい》を浴びる仕組みを持つと見るのです。すなわち歌の構成が直接、宴の場と結び付いているという指摘です。

さて、それでは犬養孝説を支持する渡部氏の指摘を踏まえて、『萬葉集』巻一六を対象にして、題詞において明らかに宴が催され、その場で歌が詠まれたことが明確な事例を挙げて、宴と和歌との関係について見ておきましょう。

[1] 安積《あさか》山影さへ見ゆる山の井の浅き心を我が思はなくに　（三八〇七）

右の歌は、伝に云く、「葛城王の陸奥国に遣はされし時に、国司の祇承、緩怠なること異甚《はなはだ》し。時に王の意悦びず、怒色面に顕はる。飲饌を設くと雖も、肯へて宴楽せざりき。ここに前の采女《うねめ》の風流なる娘子、左の手に觴《さかづき》を捧げ、右の手に水を持ち、王の膝を撃ちてこの歌を詠むこと有りき。尓乃《すなは》ち王の意解け悦び、楽飲すること終日《ひねもす》なりき」といふ。

左注によると、王が陸奥国に派遣された時、国司の役人の接待が粗末であったため、怒りを表したが、采女が盃を持ってこの歌を吟ずると、王の機嫌が直ったとあります。新大系は「この歌、後世まで喧伝された」（二六頁）と注しています。

左注の真偽は問わずとも、この歌が「安積山」という地名から始まって「山の井の」までは情景を詠じていると見えて、「浅き心を」から一挙に心情に転じています。上句を序として下句へと転ずる、この歌の構成は、上句から下句へという展開の落差、転換の意外さをもって会衆にウケるという意味で、宴の歌としてふさわしいと言えます。このような序詞的な構成を持つ歌は、巻一六以下の歌にも多く認められることも頷《うなず》けます。(39)

新編全集は、『古今集』の序に、「難波津に咲くやこの花」の歌とこれとを並べて、歌の父母のように扱い、手習いの初めともした、とある」（一〇二頁）と注しています。平安時代、この歌が手習に用いられ、『源氏物語』若紫巻にも見えることは周知のとおりです。

2

住吉の小詰めに出でて現《うつつ》にも己妻《おのづま》すらを鏡と見つも　（三八〇八）

右は、伝に云く、「昔者鄙人ありき。姓名未だ詳らかならず。時に郷里の男女、衆集まりて野に遊びき。この会集の中に鄙人の夫婦有りき。その婦容姿端正、衆諸に秀《こと》なりき。乃ち彼の鄙人の意に弥《いよいよ》妻を愛する情を増して、この歌を作りて美しき皃《かたち》を賛嘆しき」といふ。

新大系は、この歌について「原文「集楽」とあるので、ここは橋詰で行われた遊楽の意、歌垣の類であろうか」（二七頁）と注しています。**「野遊び」に歌われたこの歌が、歌謡的な古歌だったかもしれませんが、この歌も上句を序詞とする構成をとっています。**

3　穂積親王の御歌一首

家にありし櫃に鏁《かぎ》刺し蔵《をさ》めてし恋の奴《やっこ》がつかみかかりて　（三八一六）

右の歌一首は、穂積親王の、宴飲の日に、酒酣なる時に好みてこの歌を誦《うた》ひ、以て恒の賞《よろこび》と為ししものなり。

新編全集は「恋の奴が」について、「恋を憎悪し擬人化して「奴」（三八二八題詞）と称したもの」と注しています（一〇八頁）。

上野誠氏は、「「恋の奴」という言い方はおもしろい」として「「奴」は下僕の意味。恋心を擬人化した表現だが、恋を貶めている」と注しています（一六〇頁）。また「恒の賞」とあるので「常の楽しみ」すなわち「「おはこ」の芸」だと言われます（一六〇頁）。

ただ私は、「恋」を「奴」と抽象的に「擬人化」したと見ることに、いささか抵抗感があります。暴論かもしれませんが、むしろ、現在の妻をけなして言うものと見た方がよいかと思います。つまり、この歌の面白さは、「家にありし」から「恋」まで、上句は秘めた純情なる恋と思わせて、「恋の奴が（私に）摑《つか》みかかるなんて」というふうに、（私の理解では）幼い恋と、現在の妻との落差にあります。上から辿って来ると、「恋の奴が」という表現において、純情な恋の思い出ではなく、現在の強妻のことだったと気付く、そのような転換が仕掛けられています。特に、宴という聴く場においてウケる、興を催すことが予想できます。

王が、いつも歌ったというこの歌が歌謡なのか、古歌なのか、伝誦歌・伝承歌なのかは定かではありませんが、この段階ですでに十八番《おはこ》であり、持ちネタになっていたということは重要です。この問題は、前節の巻一九・二〇における15に見られる現象と同質です。

4　長忌寸意吉麻呂の歌八首

さし鍋に湯沸かせ子ども櫟《いちひ》津の檜橋より来む狐に浴《あ》むさむ　（三八二四）

右の一首は、伝に云く、「一時衆集まりて宴飲するに、時に夜漏三更にして狐声聞こゆ。尓乃《すなは》ち衆諸奥麻呂を誘めて曰く、「この饌具、雑器、狐声、河橋等の物に関りて但し歌を作れ」といへば、即ち声に応じてこの歌を作りき」といふ。

新編全集は「来ムに狐の鳴声コンを利かせてある」（二一二頁）と批評していますが、この歌の場合、「来む」が狐の鳴き声のオノマトペと掛詞になっていることが、結句を聴くことで気付かされる、言うならば種明かしされると会衆がドッとウケるという仕組みになっています。その時、呼び掛ける「子ども」は、狐を話題としているために、会衆へ呼びかけるにふさわしい表現だと言えます。

5

ひさかたの雨も降らぬか蓮葉に溜まれる水の玉に似る見む　（三八三七）

右の歌一首は、伝に云く、「右兵衛〔姓名未だ詳らかならず。〕の、歌作の芸に多能なるもの有りき。時に、府家酒食を備へ設け、府の官人等を饗宴しき。ここに饌食これを盛るに皆荷葉《はちすのは》を用ゐ、諸人酒酣にして歌儛駱駅たりき。乃ち兵衛を誘めて云く、「その荷葉に関りて歌を作れ」といへば、登時《すなはち》声に応じてこの歌を作りき」といふ。

新大系は、「駱駅」について、『漢書』王莽伝の顔師古注に「駱駅は絶えざるを言ふ」を引いています（四四頁）。この事例で興味深いことは、「酒酣」の時こそ「歌儛」の求められる時だということです。すなわち、歌を詠む場ということからすれば、宴が儀礼的な段階から、上野氏の言われる「座興」の段階へと移行する時だと言えます。

小結

旧全集の「解説」は、巻一九について、家持は「相変わらず歌を含めた身辺記録を続けると共に、都にいる誰彼の人や越前の池主と贈答」していると捉えています(40)（傍点・廣田）。この間、大伴「旅人がかつて一族の間で受けていたような景仰《けいぎょう》を家持も受けていたかどうか」は疑わしいとしています（二七頁）。また「万葉の最晩期」すなわち「孝謙天皇が即位した天平勝宝元年以降において、和歌は衰退の勢いを示し」（傍点・廣田）ていたが、「短歌は社交の具、宴席の興にはなお供されることが多く、家持も時には肆宴に列して歌を詠むこともあった」（二七頁。傍点・廣田）と述べています。

また巻二〇については、家持が「権勢家」仲麻呂の側に立つことなく、天平勝宝六（七五四）年正月のように「家持の家に氏族の人は集まったが、家持よりも下位の者の歌（四二九八～四三〇〇）しか残されていない」（二八頁）ことを取り上げています。さらに「帰京した家持」は再び「政争の場に引き戻された」と言います。「今城を讃めた挨拶歌の用語「いや初花に」を繰り返して、ことさらに平凡に作ったのではないかと思うほどである」とも述べています（三〇～三二頁）。

確かに巻一九・二〇の構成と表現には、かつての大伴家の隆盛と現下の衰退といった、政治的・歴史的な背景が滲《にじ》んでいると思います。

しかしながら、宴という視点から見ると、政治的・歴史的な読みとは違う光の当て方もあるのではないかと思います。家持の記した宴の事例から、公と私、晴と褻といった、宴の多様なありかたを見てとることも可能でしょう。家持は、例えば「我が宿のい笹群《むら》竹吹く風の音のかそけきこの夕べかも」（巻一九、四二九一）といった、大伴の総帥としての心情を表明する歌を詠む一方、宴においては儀礼的な歌を詠んでいることです。家持において、いわば公と私、晴と褻の使い分けがなされていることが分かります。

平安時代の歌人たちの「個性」的な歌を見慣れている我々からすると、『萬葉集』の饗宴歌が、あまりにも類型的で、民謡、伝誦歌・伝承歌、古歌などと評される歌に溢れていることは驚きですが、かえって饗宴歌が家持のような一族の代表として、宴における主《あるじ》としての役割のもとで詠まれるなど、賀の折にしても遊宴の折にしても、場の目的に即して歌われるものであることが確認できます。孤独な心情を詠んだ歌人家持は一方で、典型的な饗宴歌を詠んでいることは印象的です。平安時代では讃美・奉祝といった役割を、むしろ好忠や元輔のような職業歌人たちが引き継いだと言えるかもしれません。

前の三―三の『萬葉集』巻一六における饗宴歌[1]などは、上句から下句へ掛詞や比喩によって転換し、歌の途中で全体の歌意と仕掛けに気付く、承知することができるという仕組みを持つ、ということは偶然ではないでしょう。このような構成を持つ歌が饗宴歌のひとつの特徴だったと言えるでしょう（いや、だからと言って、序詞的な構成は常に饗宴の歌だとまでは言えないと思います）。三―一の「小結」に挙げた四点の特徴に加えて、五点目として、序を用いる上句・下句の転換を仕組みとする構成を加えることができます。

四　『土佐日記』『伊勢物語』における饗宴歌

一般に、『萬葉集』歌の研究が、「場の視点からのアプローチが有効かつ不可欠であること」(41)は、すでに研究者の間では共通了解になっているかと見られますが、そうであれば、平安時代においても、なお歌の性格を斟酌する必要があると言うべきでしょう。

次に問題とするのは、紫式部歌を考える上で参照した、『萬葉集』の宴における主・客の関係が、平安時代のテキストではどう同じなのか、どう違うのか、ということです。ここでは変化とか、変遷とかという時間軸を持ち込まないで、対照させることで相違点を考えてみたいと思います。そこで、『萬葉集』の饗宴歌における、音声言語による歌の特徴が、『土佐日記』や『伊勢物語』にもあるかどうか、確かめてみましょう。

まず、宴と歌が儀礼性を帯びる事例として、『土佐日記』の船出の条を挙げてみます。ここでは離別歌が中心をなしています。

1 門出

をとこもすなる日記といふものを、をむなもしてみむとてするなり。某年の十二月の二十日余一日の日の戌のときに、門出す。その由、いささかにものに書きつく。

ある人、県《あがた》の四年五年はてゝ、例の事どもみなしをへて、解由《げゆ》などとりて、すむ館より出でゝ、船に乗るべきところへ渡る。かれこれ、知る知らぬ、送りす。年来よくくらべつる人々なむ、別れがたく思ひて、日しきりにとかくしつゝ、喧《ののし》るうちに夜ふけぬ。(42)

設定としては「をとこもすなる日記」としながら、「門出す」るにあたり、「例の事どもみなしをへて」と書いていて、国司の立場について言及せざるを得ないところに、公事方に対する意識は強く出ています。

すなわち、1の記事に「例の事ども」手続きをすべて終えて「解由などとりて」とある条、萩谷朴『土佐日記全注釈』は「れいのこと」について「国司交替のための定例の事務を指す」と言い、「解由」について「国司交替の際」に「所管事項の引き継ぎ」を無事に終えたことを「証明する解由状」を都に提出することと注しています。[43] これは、離職の手続きを済ませたというふうに理解できるでしょう。

2　餞

(1) 廿二日に、和泉国までと、たひらかに願たつ。**藤原のときざね**、船路なれど、餞す。上中下、酔ひあきて、いとあやしく、潮海のほとりにて、あざれあへり。

(2) 廿三日。**八木のやすのり**といふ人あり。この人、国にかならずしも言ひ使ふものにもあらざなり。これぞ、偉はしきやうにて、餞したる。守からにやあらむ、国人の心のつねとして「今は」とてみえざなるを、心あるものは恥ぢずぞなむ来ける。これは、ものによりて褒むるにしもあらず。

(3) 廿四日。講師、餞しに出でませり。ありとある上下、童まで酔ひしれて、一文字をだに知らぬ者しが、足は十文字にふみてぞ遊ぶ。

(4) 廿五日。守の館より、呼びに文もて来たなり。よばれていたりて、日ひと日、夜ひと夜、とかく遊ぶやうにて明けにけり。

（5）廿六日。なほ守の館にて、饗し喧りて、郎等までにもの纏頭《かづ》けたり。漢詩、声あげていひけり。和歌、主人も、客人も、他人もいひあへりけり。漢詩は、これにえ書かず。和歌、あるじの守の詠めりける。

　みやこいでゝきみにあはむとこしものをこしかひもなくわかれぬるかな

となむありければ、帰る前の守の詠めりける。

　しろたへのなみぢをとほくゆきかひてわれにゝべきはたれならなくに

他人々のもありけれど、さかしきもなかるべし。とかくいひて、前の守、今のも、もろともにおりて、今のあるじも、前のも、手とり交して、酔言にこゝろよげなる言して、出で入りにけり。

（同、八～一一頁）

この記事については、第二章の注（13）で詳しく触れていますので、できるだけ重複を避けて説明を加えますと、廿日余に門出しながら、二二日から二六日まで連日のように、おそらく公から私へ、（1）から（5）へと、餞が繰り返され、酒を飲み交わして別れを惜しんでいます。（1）は二人の名前が記されていますが、残念ながら萩谷朴『全注釈』は不詳としています（六五頁、六八頁）。どういう方たちなのかは分かりません。とはいえ、晴の餞から褻の餞までが見えて、場の性格には差があります。

さて、ここで重要であるのは、(5)の記事で、餞する中に、漢詩と和歌が作られていることです。とりわけ、一座の人々が、順番に歌を詠んでいることが重要です。その中で「みやこいでゝ」と「しろたへの」の二首は、餞の「和歌」は「主人も、客人も、他人もいひあへり」とあり、「他人々のもありけれど」とありますから、『土佐日記』が書かれる上で、記されているこの二首が、この場の餞を代表するものだったとして記されていることが分かります。すなわち、旅の詠をおしなべて近代的な独詠とか、呟いたものとだけ見るのではなく、大小軽重は問わず宴において詠じられたものと明確に位置付けする必要があると思います。

さて、(5)の場が宴であることは「酔言に」[44]とあることから明白で、主の守は「折角あなたに会えると思ってきたのに、もうお別れとはつらい」と歌っています。前の守は要するに「あなたとすれ違う不幸は私ひとりだ」と歌っています。[45]新編全集は、この贈答について「前歌と儀礼的・形式的な贈答でそつがない詠み口だが、この歌には新任国司に対する皮肉がこめられているとも見得る」とされ、「(本心はともかく)酔いに紛れて心地よさそうな祝言を言い合う」(二七頁)と評しています。

ただ、このような諧謔、戯言の基層にも、和歌贈答の儀礼性が働いています。すなわち、表層をなす表現は複雑ですが、まず主の方から「別れぬるかな」と切り出しており、歌の骨格は単純で、先に第二章注(13)及び本章三―一の事例[9]でも触れていますが、土橋寛氏の説かれる、古代の「酒宴歌謡」における、立ち歌・送り歌の伝統です[46]。

つまり、「あるじの守」は別れることを惜しむ心情を詠み、送られる守は旅立つ名残を惜しむ心情を詠む、それぞれの立場と役割において歌うことで、宴はもう終わりにしようと合図を出すわけで、儀礼としての離別は成立するわけです。**離別の場には明らかに、送る「あるじ」の守と、送られる「客」の守とが織りなす、宴の場における儀礼的な役割のもとに歌の贈答・唱和が記されています[47]。そのことで儀礼としての離別は完結すると言えるでしょう。**

もしかすると、『土佐日記』も「虚構」であって、事実を伝えていないから論証にはならないという反論があるかもしれません。しかし、舟旅ですから通例の都における餞とは同じでないかもしれませんが、当時の餞の生態―もっと言えば、心性というか精神といったもの **mentality** は伝えられていると思います。それが伝統とか伝承といったものだと思います。

もうひとつ、平安時代の事例として、『伊勢物語』における宴と歌の関係について見ておきましょう。例えば、定家本系統の天福本で第九段を挙げることができます。これも物語内部に記された宴ですが、特に羇旅歌であることから『紫式部集』二一番歌の解釈にとって参考となるでしょう。また、身分関係の希薄な事例として紫式部歌を考える上で参考となるでしょう。

1　第九段

むかし、をとこありけり。そのをとこ、身をえうなきものに思ひなして、京にはあらじ、あづまの方に住むべき国求めにとて行きけり。もとより友とする人ひとりふたりしていきけり。（略）三河の国、八橋といふ所にいたりぬ。（略）その澤のほとりの木の蔭に下りゐて、乾飯食ひけり。その澤にかきつばたいとおもしろく咲きたり。それを見て、ある人のいはく「かきつばたといふ五文字を句の上にすゑて、旅の心をよめ」といひければ、よめる。

　から衣きつゝなれにしつましあればはる〴〵きぬる旅をしぞおもふ

とよめりければ、皆人、乾飯のうへに涙おとしてほとびにけり。[48]

　昔男が「あづまの方」へ旅する途次、三河国八橋で「その澤《さは》のほとりの木の蔭に下りゐて、乾飯《かれいひ》食ひ」したとあります。下馬した後、先に「もとより友とする人ひとりふたりして」とありますから、おそらく丸く輪になって座る車座《くるまざ》（円座）になって食事をする——ささやかな宴を催したわけです。その折、眼前の景物としての杜若《かきつばた》を用いて、折句《おりく》で「旅の心」を詠むという題が与えられています。そこで、昔男は歌「から衣」を詠んだわけですが、**旅の宴における詠歌としては、何よりも羇旅歌が求められたと言えます。**この場合、昔男は羇旅歌の典型的な形式を用いて詠んだわけですが、折句としての機智、技巧を用いることにおいて、場を同じくする人たちの、さらに大いなる共感を得ることになったというわけです。

ところで、稲田利徳氏は「人が馬から下りるとき」について「おりゐ」という語に注目しています。稲田氏は「おりゐ」ることは「平安貴族にとって「みやび」の精神に通う」ことだと言われます。そして「「みやび」の精神を心底にやどす人は、「おもしろき」対象に魅了され、そのまま見過ごすことができず、わざわざ馬から下りて凝視しようと努める。加えて腰をすえて和歌を詠ずる人こそ、理想的な「みやび」の行為人である」と述べています(49)。

実に興味深い指摘ですが、もし付け加えることがあるとすれば、「みやび」を構成することとして、稲田氏の挙げる用例の範囲だけでも、

○その木のもとにおりゐて、枝を折りてかざしにさして、（『伊勢物語』第八二段）

○かはのほとりにおりゐて、さけなどのみけるついでに、（『古今和歌集』四一八番歌）

○馬よりおりて、きしのほとりなる松のもとにやすみて、波のよるをみたる所（『貫之集』Ⅰ、二八番歌）

○せんざいの中におりゐて、さけなどのみて、（『能宣集』Ⅲ、一七〇番歌）

○やなぎの木のもとに女のあまたおりゐて、やなぎのえだをひきたれてもてあそぶところ

（『能宣集』Ⅰ、一三五番歌）

などとあることを見ると、「かざしに挿す」や「枝を引く」など、「あそぶ」こと、すなわち「酒」を飲む、さらに「和歌を詠む」ことが「おりゐ」ることの目的であり、結果であり、意味であったことは間違いありません。まさに、「おりゐ」て歌を詠むこの場は宴に他ならなかったと言えるでしょう。

　さて注目していただきたいのですが、「唐衣」の歌は、確かに掛詞や縁語に彩られ、各句頭に題を詠み込んだ折句になっていますが、論理的かどうかと言えば、修辞が優先した歌だと言えます。

　何よりも興味深いことは、第九段の宴の歌が、秀句的な技巧と望郷の主題を同時に詠じたものだということです。つまり、旅中の秀句や望郷は、単に旅中の個人的私的な呟きではなく、旅の饗宴における参座の人々の喝采を受け、共有する心情を確認することができたと言えます。[50]

　これはこの点が、『紫式部集』の旅の歌の性格と共通するのです。ちなみに、「秀句」とは近世では地口《ちくち》や洒落《しゃれ》のことですが、ここでは言語遊戯的な修辞を言うものとして用いることにします。

それでは第九段について、もう少し詳しく検討してみましょう。それは、第九段の歌「唐衣」が『紫式部集』二一番歌と同様、羇旅歌だからです。すでに、歌「唐衣」をめぐる類似の記事として、『古今和歌集』羇旅歌四一〇番歌、『新撰和歌』三・一九八番、『在中将集』八〇番歌、『古今和歌六帖』六・三八〇六番などの存在が知られています。私は、これらを並行する記事と捉えたいと考えています。

ここで記事の並行 parallel という概念は、内容において類似するテキストを共時的な視点から（通時的な影響、受容とか伝播《でんぱ》とかという関係などの考察を一旦留保して）横に並べることで、テキストの構成の重層性を見ようとする方法的概念です。すなわち、類似するテキストから取り出される共通の部分に、まずテキストの基層を認め、さらにテキスト間の異同を、時代差・地域差、主題などを担《にな》う表層の問題として捉えるという、方法的な用語です。(51)

さて、そこで、これらの記事を順に並べてみますと、

1　『古今和歌集』羇旅歌、四一〇番歌　（九〇五年下命）

あづまの方へ友とする人ひとりふたりいざなひていきけり。みかはのくにやつはしと

いふ所にいたれりけるに、その河のほとりにかきつばたいとおもしろくさけりけるを見て、木のかげにおりゐて、かきつばたといふいつもじをくのかしらにすゑてたびの心をよまむとてよめる　　在原業平朝臣

唐衣きつつなれにしつましあればはるばるきぬるたびをしぞ思ふ[52]

2　『新撰和歌』三・一九八番　（九三〇～九三四年頃か）

別　旅并廿首

から衣きつつなれにしつましあればはるばるきぬる旅をしぞ思ふ[53]

3　『在中将集』八〇番歌　（『後撰集』成立以後か、九五一年以後）

あづまのかたにまかりけるに、かきつばたのおもしろかりけるを見て、木のかげにおりゐて、かきつばたといふもじをくのかしらにすへてたびの心をよめといふ人ありければ、

からころもきつゝなれにしつましあればはる〴〵きぬるたびをしぞ思[54]

4　『古今和歌六帖』六・三八〇六番　（九七六～九八二年頃か）

かきつばた

からころもきつつなれにしつましあればはるばるきぬるたびをしぞ思ふ[55]

（同、二四五～二四六頁）

というものです。参考までに、各テキストの推定される成立年代を、目安として有吉保編『和歌文学辞典』（桜楓社、一九八二年）によって示しました。

それでは、大摑みにすぎませんが、比較を試みておきましょう。

私はかつて、『伊勢物語』の冒頭章段と、同じ和歌を共有する『在中将集』の詞書とを比較し、先行して存在した（と考えられる）和歌「春日野の」を核として、両テキストが異なる編纂の場においてそれぞれ織り直されたものであることを明らかにしたことがあります(56)。

第九段の場合、残念ながら『伊勢物語』と『在中将集』との間には、考察の手がかりとなるような、大きな異同が認められません。一方、『新撰和歌』と『古今和歌六帖』とは和歌だけが記されていますが、そのことの意味は和歌「唐衣」が独立して伝承されていた存在であることを示しています。御覧のとおり、和歌「唐衣」の表現は全く同じであって、異同はありません。ただ、『伊勢物語』の構成を考えますと、四つのテキストに共通している、核となる伝承的存在が歌「唐衣」であることは間違いありません。

ここで私がテキストの核となる「伝承的存在」と呼んでいる概念は（歌が単独で記憶され、文字で書かれていたとしても口頭で歌われていたとしても、あるいは同時代的に共有されているのであれ、後世へと引き継がれるのであれ）、物語が織りなされるときの核、あるいは鍵となっている、独立的な性質を持つ表現体だという意味です。この伝承的存在は、それ自体として『新撰和歌』や『古今和歌六帖』が記録しているように、単独でもそれが周知のものとして了解され、また受け渡しされて、人口に膾炙《かいしゃ》され共有されるという意味で用いています。

ちなみに、伝承というものの属性は、口承文芸の研究者であった野村純一氏の言葉を借りると、同時代であっても世代間であっても、言葉によって織られた物語にしても、歌にしても、一定の纏まりを持つ言葉が、

A→B→C

と、次の誰かへ、さらに次の誰かから次の誰かへと伝えられたときに成立する（A→Bだけでは、伝承としては成立していないと言われます）と説明されたことが基準となるでしょう[57]。本章で言えば、核となる歌とは異なる次元で、昔男や業平の小さな物語、中間的な形態を予想することもできます。このような分析の手続きは、例えば『大和物語』の研究では「歌語り」（益田勝実）という中間的な媒介項を設定することを思い合わせることができると思います。

あるいは、『源氏物語』の生成において、神話が最も深層、最も基層をなすとすれば、『伊勢

物語』や『竹取物語』は、中間層をなしていると言うことができます。考察の詳細は別に譲りたいと思いますが、ここでいう神話を、私は具体的な文献資料として、古代『風土記』から抽出できるテキストにおいて想定しています。

また、実のところ私は、これまで論じられてきた伝承と言葉との関係をもっと根本的に捉え直し、言葉そのものがすでに伝承に他ならないと考えてきました(58)。つまり、言葉によって表現されたとき、すでに伝承は分かちがたく入り込んでいるということなのです。

そこで、『伊勢物語』『古今和歌集』『新撰和歌』『在中将集』『古今和歌六帖』などとの比較において、まず気付くことは、『古今和歌集』の詞書が『伊勢物語』に著しく近似していることです。かねてより、研究史的には、この二つの成立はどちらが先か後かという議論がありましたが、その点についてはは留保して(極論すれば、それはどっちでもよいと思います)構成論の立場から言えば、『伊勢物語』が『古今和歌集』と類似する点は、最も単純化すれば、

1　旅に友人と同道していること。
2　三河国八橋という地名があること。
3　男が折句の羇旅歌を詠んでいること。

などです。これに対して、比較によって得られる『在中将集』の特徴は、

1　旅にひとりで下向していること。

2　男の詠む歌は、折句が某の指示によること。（『伊勢物語』も某かの指示によるが、『古今和歌集』は自らの意思で詠んでいる）

3　宴の場が希薄であること。（下馬して、木の蔭に座して歌を詠む点では、『古今和歌集』と『在中将集』は共通している）

などです。一方、『伊勢物語』は、特徴として、

1　旅の動機として「身をえうなきものに思ひなして」下向していること。

2　宴が意識されていること。

3　**折句のような機智の羇旅歌が会衆の共感を得ること。**

などを挙げることができます。つまり、『在中将集』がこの歌を核として「業平」の事蹟を伝

えるのに対して、『伊勢物語』はこの歌を核として「昔男」の物語を構成しているということです。

こうしてこれらの記事を見渡しますと、分析の詳細は別の機会に譲るとして、結論だけを言えば、右の五つのテキストの基層をなしている要件は、

1 景物が「かきつばた」であること。
2 折句の条件が与えられていること。
3 歌の主題が「旅の心」であること。

だと考えられます。この中で、さらに最も基層—核をなすものが、折句の和歌だと考えられます。これら五つのテキストは、一般的に古代物語にとって最も古層をなすはずの神話が、この場合は希薄ですから、最も基層にあって核をなすのは歌だと思います。すなわち、下向の理由や、物語内部の饗宴の設定、地名などは物語の表層をなす要件です。主題はテキストの表層に属します。このように、私はテキストを基層から表層に構築された重層的な構成体と見る視点に立っています。

ところで、歌「唐衣」については従来、縁語や掛詞、多様な修辞が織り込まれていることが指摘されてきました。これまでの理解をうかがうために、繁雑で恐縮ですが、今手許にあるもので、訳出の事例を幾つか挙げてみましょう。

1　大津有一『旧大系』

添い馴れた妻を都に残して来たのでこの遠く来た旅が悲しく思われる、の意[59]。

2　大津有一『日本古典鑑賞講座』

唐衣を着ならすように、深く馴れ親しんだ妻が都におりますので、こうしてはるばる遠く来た旅が、ひとしお悲しく思われることです[60]。

3　南波浩『日本古典全書』

慣れ親しんできた妻が都にゐる事だから、はるばるやってきたこの旅が、しみじみと物悲しく思はれる[61]。

4　福井貞助『旧全集』

唐衣は着ているとなれる、わたくしにはその、なれ親しんできたいとしい妻が京にいるので、はるばるやってきた旅をしみじみ物悲しく思うのだよ[62]。

5　片桐洋一『鑑賞日本古典文学』

馴れ親しんできた妻が都にいるので、はるばるとやってきた旅がいっそうしみじみと思われることだよ。[63]

6　渡辺実『新潮日本古典集成』

着馴れた唐衣のように添い馴れた妻が都にいるから、はるばる来た旅の遠さが思われる。[64]

7　石田穣二『角川文庫』

都には長年馴れ親しんだ妻がいるので、はるばると遠くここまでやって来た旅を、悲しく思うことだ。[65]

8　福井貞助『新編全集』

唐衣は着ているとなれる、私にはその、なれ親しんできた愛《いと》しい妻が京にいるので、はるばるやってきた旅をしみじみ物悲しく思うのだよ。[66]

9　秋山虔『新大系』

唐衣を着馴らすように馴れ親しんできた妻が都に残っているので、こうしてはるばるとやって来た旅のつらさが身にしみて感ぜられる。[67]

10　永井和子『原文&現代語訳シリーズ』

からごろもを、やわらかくき馴れるように、馴れ親しんだつまが都にあるゆえにはるばるこんな遠く来てしまったたびをしみじみと悲しく思うのです。[68]

11　大井田晴彦『伊勢物語　現代語訳・索引付』

から衣を着ているうちに萎れてきた、そのように慣れ親しんだ妻を都に残してやってきたので、遥々遠くまでやってきたこの旅を辛く思うことだ。[69]

そこで、これまでの研究史に囚われることなく、気持ちを新たにしてこの歌を見直してみましょう。

歌「唐衣」が宴の場において、口頭で披露されたものと考え（発せられた声は立ちどころに消えて行くことを念頭に置いて）**上からずっと辿って行きますと、この歌の主旋律は衣服の語の修辞的な連鎖にあるということに気付きます。**

ところが、従来の理解は、あまりにも目配りがききすぎて、予め修辞を洩れなく見渡したあとで、歌全体の意味の系を勘案し、いわば主題的に理解されていて、主題の心情の側から、都にいる妻への思いを先取りして、先験的に捉えることになっています。また羇旅歌の心情に沿って論理的に理解しています。

しかしながら、宴の場にこの歌を置けば、従来の解釈は周到すぎて、この歌の属性を損なっているのではないか、と思います。

試みに、宴の場にあって耳にする語順に従って、上から辿って行きますと、

唐衣を着つつ（何度も繰り返して）馴れてしまった棲《つま》であるから、

というふうに構成されています。ここまでは、妻や都への思い出ではなく、衣服にかかわる語の連鎖だけで理解できます。ところが、「つましあれば」まで来ますと、「あっこれは、掛詞で妻のことを歌っているのではないか」と気付くわけです。つまり、**この歌には掛詞を仕掛けとして、衣服から心情への転換があるのです。**衣服の語の連鎖では、下句へと、

（洗い）張りまた（洗い）張りして着た旅を思う。

ということで一貫して構成されています。[70]言い直しますと、途中から、「棲」に「妻」を掛けていると気付くと、

慣れた妻がいるからこそ遥々とやって来た旅を思う。

という副旋律が見えてくるわけです。しかもこれが主題です。あるいは、この歌が主旋律・副

旋律の作り出す、複線的、いわゆる裏表の意味の相を持つことが明らかになるわけです。言うまでもなく掛詞は論理ではありません。同音によって、構成を分岐させる仕掛けです。そのような捉え方こそ、和歌の生態的な理解だと思います。

小結

もうひとつ確認しておかなければならないことは、昔男が三河国八橋のほとりに咲く花のもとに下馬して、友人とは身分上の上下関係が希薄でしょうから、（おそらく車座・円座に座り）歌を詠んだということは、『伊勢物語』内部の宴の場のこととして設定されていますが、『伊勢物語』はそもそも「虚構」ではないか、それが古代における饗宴を伝えているのか、と反論されるかもしれません。いや、それはそのとおりですが、古代の宴の生態、宴の伝統的な様式は伝えられているでしょう。

またこの章段について、山本登朗氏が「乾飯ほとびにけり」に至る物語の展開に「平安朝の貴族たちの美学に反する」「読者の笑いを誘うユーモラスな諧謔《かいぎゃく》表現」を読みとっておられます[71]。言うまでもなくそれは『伊勢物語』固有（表層）の問題です。虚構であってもなくても、歌と宴をめぐる心性は、物語に伝承されていると思います。

また、物語と物語以前とを考えればよいと思います。『伊勢物語』を始めとして物語に組み込まれる以前から、この歌は、見事な折句の成功例として、音声言語を本来的な属性として持つ伝承的存在として、独立して記憶されていたのではないかということです。

というのも、古代における折句の事例は現存する記録でもそれほど多いわけではありませんから、歌「唐衣」は当時にあっては傑作中の傑作として伝承されていたのではないかと思います。[72] 見事な出来栄えの折句として称賛され、人口に膾炙《かいしゃ》されていたものと考えられます。そのような歌を、昔男の羇旅の歌として再構成したところに『伊勢物語』の功績があると思います。ただ、生成や構成を考えようとしますと、「先に『伊勢物語』ありき」と（あるいは中間形「業平の逸話」や「歌語り」から立論）するのでなく、先に和歌が在ったと考えた方がテキストの重層性が見えやすい。歌を核として『伊勢物語』というテキストが構築されていることを言うべきでしょう。

ただ今となっては、そのような折句の歌をめぐって（古くから口頭で伝承された歌ということはなかったでしょうが）想像を逞《たくま》しくしたとしても、この記事の核をなす歌「唐衣」が生成した元の場は（もはや実態は分かりませんが）、例えば『古今和歌集』物名歌、四三九番歌「をぐら山」は、朱雀院における女郎花合《あわせ》のときに紀貫之が詠んだとされていること（注（72）参照）から考えて、題によって詠まれ献上されたものか、あるいは言語遊戯を得意とした貫之ですから、試みに折句を見事に作りおおせたものか、ということもあり得ます。ともかく初期形は不明ですが、『古今和歌集』や『伊勢物語』よりも先に、「折句ありき」だったと考えることで、テキストの構築性が明らかになると思います。

五　紫式部歌の再評価

さて、これまで退屈極まりない考察を加えて来ましたが、本章の狙いは、『萬葉集』や『伊勢物語』などの饗宴歌の事例を踏まえることによって、『紫式部集』の旅の歌について、詞書に明記されていなくとも、宴の場で詠まれた可能性を考え、そのことをもって歌の再解釈を試みることです。

そこで奈良時代の『萬葉集』の饗宴歌と、平安時代の紫式部の旅の歌とを媒介するものとして、桓武天皇の歌に関する、次のような考察は有力な手がかりを与えてくれるでしょう。

近藤信義氏は、『続日本紀』と『日本後記』に跨《またが》る「延喜紀」を資料的に「復元」しつつ、「延喜紀に桓武の和歌が敢えて記録されていること」に注目され、「桓武歌」七首の「文学史的位置づけを試み」ておられます[73]。その中で、近藤氏は「古歌」に注目しています。そして「古歌」を「由縁のある歌、すなわち伝承も含めて遡《さかのぼ》って根拠を求めることの出来る歌」と定義していますす（一六九頁）。『萬葉集』巻一五における新羅使の歌が「当所誦詠古歌」（三六〇二〜

三六一二）という題詞を持つことから「停泊の処々（「当所」）において、古歌を「誦詠」したこと」に触れ、人麿の「羇旅歌」六首について「瀬戸内の航路の地名」をめぐって「行路途上の地に機縁を持つ歌を誦詠していたこと」を推定しています（一七〇頁。傍点・廣田）。また宴席の古歌、『萬葉集』四二七四番歌「天にはも五百《いほ》綱延《は》ふ万代に国知らさむと五百綱延ふ」に付けられた注を「古歌に似て未詳」と読んで「宮廷の賜宴の席においても古歌の誦詠される機会があること」を述べています（一七二頁。傍点・廣田）。

また近藤氏は別考「桓武天皇歌各論」において、「古歌」の五つの用例について「旅の途次作歌の場（おそらく宴）」においても「しばしば古歌が誦せられ、披露される状況があったこと」を述べています（一八五頁。傍点・廣田）(74)。

近藤氏のこの二つの論考から、旅の歌―羇旅歌における宴席に古歌が誦《ず》されるという指摘は、実に興味深いものがあります。つまり、①旅の途次の詠歌は、宴を場とするものであること、**②旅の途次の詠歌は、平安時代も中頃になれば、古歌を誦することはもうなかったのかどうかは分かりませんが、私流に言い直せば、宴ではまず「御決まり」の歌い方がされたことだけは確認できる**でしょう。

近藤氏は、特に四二七四番歌「天にはも」について、細注が「この二句五句に繰り返される「五百つ綱延ふ」が、この讃め歌のキーワード」であり、「繰り返しの歌形に古歌的要素を見出している」と推測しています（「桓武天皇歌各論」一八八頁）。そして「宴席には古歌の果たす役割があり、古歌には不思議な力が蓄えられているという認識があった」と述べています（一九〇頁）。

かくて、近藤氏の以上の論考は、平安時代の『紫式部集』における旅の歌が、宴において披露された可能性を傍証するものです。

一方、わが『紫式部集』の研究史を顧みるに、自らの反省も籠めて言えば、おそらくこれまでは「詞書に書いてあるから」ということで、「書いてある範囲で」内容を受け止め、和歌に対する（無自覚的な）「抒情詩的な理解」によって、そのまま（先行研究によって刷り込まれた）「孤独な」「他人とは違う憂鬱を抱えた」紫式部の内面を（無媒介に）ストレートに求めようとする解釈が、あまりにも多すぎました。私はかつて旅の歌における地名をめぐる修辞性、秀句性について言及したことがあります（本書、第一章参照）。本章は、その延長線上に位置するものです。つまり、今私がめざすことは、近代的な理解―自己表出的な、抒情詩として理解されてきた古代和歌の再評価です。すなわち宴の場を想定し、古代の和歌を生態的に読み直すことで、紫式部歌の再評価を試みたいという願いです。

例えば、

実践女子大学本

二〇　あふみのみつうみにて、みをかさきといふところにあみひくを見て

みをのうみにあみ引くたみのてまもなくたちゐにつけてみやここひしも

陽明文庫本

二〇　あふみの海にて、みをかさきといふ所にあみひくを見て

みをの海にあみひくたみのてまもなくたちゐにつけて宮こ恋しも

なども眼前の光景から心情へと転換して行く序詞を用いた歌と言えます。

そこで問題となるのが、「てまもなく」という表現です。この表現は、同時代の用例が少ないゆえに不審とされ、むしろ「ひまもなく」が合理的だとされてきたところです。というのは「ひまもなく」は群書類従本だけでなく、古本系の也足本や桂宮本にもあるからなのです。[75]そのために「ひまもなく」の方が意味が辿りやすい、合理的だという、無意識の判断が本文校訂に働きすぎていたと思います。確かに、『新編国歌大観』で見るかぎり、平安時代の歌集の用例では、「ひまもなく」が圧倒的に優勢で、勅撰集・私家集編Ⅰの範囲では「てまもなく」の用例が見当たりません。例えば「雪間」が「雪の積もっていない隙間」であることを考え合わ

せると、「手間」は「手の動かない隙間」だということになります[76]。思うに、「てまもなく」は紫式部独自の表現なのかもしれません。

つまり、用例がない、論理的な整合性を欠くということだけで、簡単に本文を直さない方がよいのではないかと思います。それは先に紹介した二一番歌の本文校訂に潜む問題と重なり合うところがあります。

さて、ここで私が問題とするのは、「網引くを見て」という表現の理解です[77]。

まず、このような旅の途中で地引網と遭遇する機会は、偶然なのかどうか、です。

清少納言『枕草子』の北山遊覧では、「(明順は)「所につけては、かかることをなん見るべき」とて、稲といふものを取り出でて、若き下衆どものきたなげならぬ、そのわたりの家の娘など。ひきもて来て、五六人してこかせ、また見も知らぬくるべく物、二人して引かせて、歌うたはせなどするを、珍らしくて笑ふ[78]」とあります。この「歌」は、民謡の作業唄だと思います。

清少納言たちは「郭公の声」を求めて「賀茂の奥」に出掛けるのですが、途次、中宮の母貴子と同腹の高階明順の家を訪れる条(九五段「五月の御精進のほど」)は、季節外れの時期に、「歌うたはせ」とありますから、脱穀のさまを演じさせるという趣向で、もてなしを受ける事例です。言い直せば、この脱穀などの演出は、明順朝臣が地元の人々に要請し、しつらえたものだということが分かります。

ところで、徳原茂実氏は、以下に見るような『和泉式部集』『赤染衛門集』などの類例の他に『平中物語』二五段にも、同様の記事があることを指摘しています。(79)

『平中物語』において、主人公の男は、逢坂を越えて志賀に向かう。

男・女の供なるものども、「夜あけぬべし」と言ひければ、立ちもとゞまらでこの男、浜辺の方に、人の家に入りにけり。さて、あしたに、「車にあはむ」とて、網引かせなどしけるに、知れる人、「逍遥せむ」とて、呼びにければ、そちぞ、この男は去にける。(80)……

とあり、ここも「引かせ」とありますから、明らかに網引くことを要請、依頼していることが分かります。さて、『平中物語』の事例では「夜あけぬべし」「さて、あしたに」とありますから、魚を獲るための地引網は早朝のものでなければならないとされますが、「網引かせ」とある以上、このような機会に偶然邂逅《かいこう》したという理解は成立しにくいと思います。

この他、私が前から気になっている事例として**『栄華物語』**に見える、太皇太后宮彰子の田植御覧があります。すなわち「殿の御前何わざをして御覧ぜさせん」ともてなしが企てられます。所領の田は清和院のあたりにあったとされています。

この頃植ふべければ、御厩の司を召して「この田植へん日は、例の有様ながらつくろいたる事もなくて、ものおこがましうも怪しうも、ありのまゝにて、この南の方の馬場の御門より歩み続かせて、埒《らち》の内より通して北ざまに渡すべし。丑寅の方の築地をくづして、それより御覧じやるべきなり。東の対にてなん御覧ずべき」と、仰うけ給はりて、…

（下巻、一一一〜一一二頁）

と準備のようすが記されています。御覧になった彰子は、田植に従事する人びとの装束と、田楽の珍しい楽や舞を楽しんだことが描かれています。特に、賑《にぎ》やかな田植の作業のさまに、彰子はいたく興じたというのです。さらに、「田人ども」と「御厩人」との和歌の贈答に人々が興じたこと、また折しも鳴いた郭公《ほととぎす》をめぐる女房の和歌の贈答が紹介され、褒美《ほうび》の被け物を下賜するなど、彰子が「御心をやり興ある御有様」だったと記されています。(81)

この記事で興味深いことは、田植が彰子の見物のために周到に準備されたものだということです。

いずれにしても、平安時代の貴族の旅は、(国司赴任には赴任の日数の制限があるとはいえ)目的地に早く着くことだけが優先されたわけではなく、このような途次に趣向を凝らして「楽しむ」「楽しませる」という性格を持っていたと見られます。そのような折に紫式部はどのように詠んだかが問われるわけです。

さらに、徳原氏も指摘しているように、『和泉式部集』六六九番歌や『赤染衛門集』一七〇番歌を参照しますと、地引網も、為時・紫式部一向が、偶々在地の人々の漁の現場に出くわしたというよりも、一行を歓迎すべく座興として要請を受け、地元の人々が網引くさまを見せたものでしょう。私は、地引網には見物的な性格があり宴を伴うものと考えたいと思います(82)。『赤染衛門集』には、

おほつにとまりたるに、あみひかせてみせむとて、まだくらきよりおりたちたるをのこどものあはれに見えしに

朝朗《ぼらけ》おろせるあみのつなみればくるしげにひくわざにありける　(一七〇)

とあります。また、『和泉式部集』にも、

あみひかせてみるに、あみひく人どもの、いとくるしげなれば、
あみだ仏といふにもいをはすくはれぬこやたすくとはたとひなるらん　（六六九）

とあります。いずれも、旅の途中に見物として用意されたものであり、記されている歌はいずれも、その後に催される宴の場の羇旅歌でしょう(83)。

『和泉式部集全釈』は、六六九番歌について「昔、ある島の漁夫が網ですくつた魚を取り落して、思はず「阿彌陀仏」と叫んだ所、多くの魚が集つて来てすすんですくはれた。これを三年もくりかへす中に、漁夫達は日夜「阿彌陀仏」と唱へた功徳によつて、いづれも極楽往生した」という『法花百座』にも見える説話に基くと注しています(84)。いずれにしても、見物の理想形を言えば、観光の演出として地元の人々に要請して網を引かせ、取られた魚が調理され、宴において一同がこれを食し、歌を詠むことによって座興を楽しみ、見物は完結すると言えます(85)。

そうであれば、紫式部の歌「都恋しも」は、紫式部個人の心情である前に、一座の人々を代表して集団の心情を詠んだものと言えます。確たる証拠はないのですが、もしかすると宴には地引網のような趣向、演出を用意した人々、知人や友人を招き、ともに歌を和すことや、謝辞を述べることがあった可能性はあります。

その機会についても、往路に、三尾《みお》が崎を通り過ぎる時にというよりも、昼餉《げ》を食した折に（もしくは夕餉、酒宴の折に）詠まれた可能性があります。あるいは、現在の高島町にある水尾《みを》神社を参拝（あるいは、遥拝）し、旅の安全を祈願した後に、催された遊宴の折に披露された可能性も考えられます。

ちなみに、『紫式部集』の旅の歌群において、詞書に見える地名、ならびに歌を詠む機会は、遠からず地元の神社参詣とかかわるのではないかということを述べたことがあります。(86) ここに取り上げている「三尾（水尾）」の地は、すでに『萬葉集』巻七「羇旅にして作りき」と題する歌群の中に、

大御舟泊ててさもらふ高島の三尾の勝野の渚し思ほゆ　（一一七一）
いづくにか舟乗りしけむ高島の香取の浦ゆ漕ぎ出来る船　（一一七二）

などと出てきます。高島郡の勝野（津）は琵琶湖西岸における碇泊地・停泊地としては重要な港だったと考えられます（本書、第二章参照）。ただ、この歌群は、さまざまな資料から取り集められたものらしく、詠まれる地名は、必ずしも琵琶湖周辺に限られているわけではありませ

ん。

かつて私は「『紫式部集』の地名」という小論[87]を書きましたが、このような事例と、先の『萬葉集』の題詞とを思い合わせますと、**平安時代の歌集―勅撰集にしても私家集にしても―詞書に饗宴の行われたことが明記されていなくとも、地名が記され、地名を用いた和歌が記されていれば、出掛けた先で催された饗宴を場とする詠歌だった可能性があります。**

また、この歌の性格を考えますと、これもまた序の上句から下句への転換が、歌の骨格をなしていることが分かります。

もちろん、「たちゐ」は「立ち」＋「居」で、立つことと座ること、すなわち動作や起居の意です。それだけではありません。「立ち居につけて」という表現が、景物から心情への展開を担い、この歌が序詞をもって構成していることは、次のような事例を見つけることで確認することができます。

『大斎院前の御集』

1　御

たのむきにあめのもりなばむらどりの**たちゐにつけて**いかにおもはむ　（三七三）

『赤染衛門集』

2　おもくなりまさりたまふとありしに、もののみあはれなるに、きじのたちゐせしに
やまふかくすまふのきぎすのほろほろとたちゐにつけてものぞかなしき　（五二五）

一方、『源氏物語』の事例を見ると、次のようです。

1　明け方も近うなりにけり。鳥の声などは聞えで、たゞ翁びたる声に、ぬかづくぞ聞ゆる。起居のけはひ、堪へ難げに行ふ。（夕顔、一巻一四一頁）

2　（藤壺）唐人の袖ふることは遠けれど起ちゐにつけてあはれとは見き（紅葉賀、一巻二七三頁）

3　（入道は）しのびて、よろしき日みせて、母君のとかく思ひわづらふを聞き入れずして、弟子どもなどにだに知らせず、心一つに起ち居、輝くばかりしつらひて、十三日の月の花やかにさし出でたるに、（明石、二巻八一頁）

4　（光源氏が）おし拭ひ給へるに、いとゞ物おぼえず、しほたれまさる。（入道は）たちゐもあさましうよろぼふ。さうじみ（明石君）の心ちたとふべき方なくて、（明石、二巻九二頁）

5　（式部）「（真木柱を）おろかに見捨てられためれば、いとなむ心苦しき」とて、御しつらひをも（式部は）たちゐ御手づから御覧じ入れ、よろづにかたじけなく、御心に入れ給へり。　（若菜下、三巻三二四頁）

6　こと・琵琶の師とて、内教坊のわたりより迎へ取りつゝ、ならはす。手一つ弾き取れば、師を立ち居拝みてよろこび、禄を取らすること、埋むばかりにてもてさはぐ。　（東屋、五巻一三四頁）

7　（浮舟の）西の方に来て、立ち居とかくしつらひ（守は）さわぐ。　（東屋、五巻一四六頁）

そのような和歌の事例や『源氏物語』の例2などは、必ず「たちゐにつけて」の形をとっていて、定型的な表現になっていることが分かります。

もうひとつ、『紫式部集』二〇番歌で興味深いことは、「都恋しも」の表現です。南波浩『全評釈』は末尾の「も」について、「平安期に入ると稀少になった。古歌体—ほととぎす鳴くや五月の短か夜も独りし寝れば明かしかねつも」（壬生忠岑『和歌対十種』）を引いています。そして、「故郷—都がしだいに遠ざかっていくにつれて、式部の心中に濃度を増してくるわびしさを、じっとかみしめている式部の姿の反映として、意識的に用いられた上代調で

あり、古歌体表現である」と述べています。[88]（傍点・廣田）

この歌は、即境の景物を用いた望郷の詠と言えます。綱引く云々の上句は、下句の絶え間ない都への恋情を導く序として働いています。清水好子氏が指摘されたように、『紫式部集』賀茂社参詣の折の一三番歌には、『萬葉集』巻二・一〇八番歌（石川郎女、我を待つと君が濡れけむあしひきの山のしづくにならましものを）が「念頭」にあるだろうという評[89]もあります。宴の歌がいささか古風な詠み方をされるには、（宴に古歌が詠じられてきた伝統に立っているという）理由があったとも言えるでしょう。

そこで、『萬葉集』における類句を探しますと、次のようです。ゴチックで示しました。

『萬葉集』巻三

1　防人司佑大伴四綱の歌二首

やすみしし我が大君の敷きませる国の中には**都し思ほゆ**　（三二九）

藤波の花は盛りになりにけり奈良の都を思ほすや君　（三三〇）

巻五

2　梅花の歌三十二首〔序を并せたり〕（大宰府における饗宴）

梅の花折りかざしつつ諸人の遊ぶを見れば**都しぞ思ふ**　土師氏御道　（八四三）

巻八

3　大伴坂上郎女の竹田の庄にして作りし歌二首
然とあらぬ五百代小田を刈り乱り田廬《ぶせ》に居れば都し思ほゆ　（一五九二）

巻一五

4　安芸国長門島に磯辺に船泊りして作りし歌五首
石走る滝もとどろに鳴く蟬の声をし聞けば都し思ほゆ　（三六一七）
山川の清き川瀬に遊べども奈良の都は忘れかねつも　（三六一八）

巻一七

5　能登郡にして、香島の津より船を発して、熊来村を射して往きし時に作りし歌二首
とぶさ立て船木伐るといふ能登の島山今日見れば木立繁しも幾代神びそ　（四〇二六）
香島より熊来をさして漕ぐ船の梶取る間なく都し思ほゆ　（四〇二七）

このように『萬葉集』では「都し思ほゆ」が定型的表現であると言えます。特に四〇二七番歌は「梶取る間なく」を介して序詞から望郷の心情を詠むという点で『紫式部集』二〇番歌「みをのうみに」と同じ構成を持っています。さらに、中古の事例では、次のようなものがあります。なお、本文は『新編国歌大観』に拠っています。

『重之集』

6　つくしへゆくに

あまのはらなみのなるとをこぐふねのみやここひしきものとこそおもへ　（三六）

（『玉葉和歌集』一一二九番歌「つくしへくだりける道にて」「物をこそ思へ」）

『信明集』

7　堀河のおとどの宮の権大夫ときこえし時、みちのくにによりきこゆる

あけくれはまがきの島をながめつつ宮こ恋しきねをのみぞなく　（一三九）

（『新勅撰和歌集』一三一三番歌、同歌、「陸奥守に侍りける時、忠義公のもとに申しおくり侍りける）

この中で『萬葉集』の1・4に共通していることがあります。歌の配列の中で、前歌ではまず「都」と提示され、後歌では「奈良の都」と詠み直されていることです。4も同様で、「都」が「奈良の都」と改めて紹介されている点が共通しています。「都が恋しい」と詠んだ後に、思い出されてならない都は、奈良の都に他ならないと焦点化するというのが、**饗宴歌の連作の歌い方**なのでしょう。つまり、1の歌群と4の歌群の構成は同じですから、4の題詞にあると

おり「船泊り」した折に催された宴の詠歌と見られます。宴では歌が順番に何首も詠じられますから、勅撰集や私家集が、その中から代表的な事例や秀逸な歌を採用したと考えることができます。

また、興味深いことですが、「都恋し」という表現は、『重之集』や『信明集』などの、いわゆる羇旅歌に見えるのですが、いずれも旅の途次の宴における詠歌と推測される、ということです。これらは、従来の指摘どおり平安時代には「都恋し」という形をとった定型的な表現が、萬葉風として歌われたものかもしれません。さらに穿《うが》って言えば、『紫式部集』の「都恋しも」が「上代調」だと評されてきた(90)ことも、伝誦歌や伝承歌、古歌が誦されることの多かった饗宴歌の伝統に立つこととかかわるかもしれません。

小結

ここまで紆余《うよ》曲折しながら考察を加えてきましたが、結局次のような理解に至りました。それが、本章の最終的で最新のアイデアです。

『紫式部集』ではひとつの地で詠まれる歌は、地名ごとに一首ずつしか残されていませんが(『紫式部集』の他の箇所、例えば二五・二六番歌のように、越前における唱和の事例から考えても、紫式部の乳母なのか侍女なのか、周りに歌を詠める人たちのいたことは明らかですから)、主の為時だけではなく、宴の度に詠まれた歌は、実際にはおそらく一首だけではなかったと思います。つまり、『紫式部集』の紫式部歌は、宴における何首かのうちの一首だったのではないかということです。

繰り返しますが、紫式部の旅を想定しますと、途次に催される宴は「家族的」なもので、国司であり宴の主である為時が、（先に本章の冒頭近くに掲げた、宴の式次第1の）冒頭に儀礼的な歌を詠んだ（為時は、漢詩を制作した可能性もないわけではありませんが、古詩を誦したかもしれません。あるいは挨拶の言葉だけを言挙げしただけなの）かもしれません。

とはいえ、宴の時間的経過から見ると、最初は都を遠く離れてきた望郷の思いを粛々と詠んだとしても、これは饗宴の常のことでしょう、やがて宴酣《たけなわ》になると、会衆を楽しませる「座興」の歌が求められるようになると考えられます。

そうであれば、次に掲げた旅の歌群について言うと、二〇・二一・七二番歌などは、為時という主の歌に和して、（もしくは為時になり代わって）紫式部が望郷を詠んだものでしょうが、二四・二五・七三番歌などは、紫式部が（先に示した宴の構成4の）「座興」としての場で、秀句的な歌を詠んだと考えることができます。

すなわち、為時も和歌を詠む人である[91]とすれば、先に示した「場としての宴」のモデルに、改めて紫式部の歌を対応させると、次のように割り振ることができるでしょう。

1　宴の趣旨を主が言挙げする。　…（為時の詩・歌、もしくは挨拶の儀礼的な言葉）

2　会衆が（主の歌に和して）順番に歌を詠む。

…　紫式部の歌　二〇「みをの海」（望郷）
　　同　二一「磯隠れ」（望郷）
　　同　七一「ましも猶」（望郷）
　　同　七二「名に高き」（望郷）

3　「座興」の歌を詠む。

…　紫式部の歌　二二「かきくもり」（所感）
　　同　二三「知りぬらん」（秀句）
　　同　二四「おいつ島」（秀句）
　　同　七三「心あてに」（秀句）

（4　立ち歌・送り歌）

1・2・4は「御決まり」の歌い方をしなければいけませんが、3は比較的自由で饗宴を楽しむべく歌の技巧を凝らすとか、笑いを誘うとか、といった趣向が求められたと言えるでしょう。
ちなみに、雷電霹靂《へきれき》とともに船上の不安を詠じた歌「かきくもり」は、所感としか言いようのないものですが、どちらかと言うと、厳粛で儀礼性のある歌に対して「自由」な雰囲気のある「座興」の歌に属すると考えてよいと思います。その場に立ち会っていることを想像すれば、紫式部の深い認識の有無は知らず、宴の会衆（為時や女房たち）からすれば、「世間知らず」の少女の恐がり具合は微笑ましい「笑い」の対象であったかのもしれません。あるいは紫式部が臆病ぶりを演じてみせたのかもしれません。そういう意味で「座興」の範疇《はんちゅう》に入るということが言えます。

つまり、同じ紫式部の歌でも、望郷と秀句とでは、宴の内部における位置付けが違うのだと思います。すなわち、2の望郷の歌は宴の趣旨に基くものであり、儀礼的なものですが、3の「座興」の歌は会衆を慰め、楽しませる趣旨に基くものだったと言えます。

ですから、秀句的な歌は、紫式部が家族（為時や女房たち）の前では、精一杯おどけてみせただけなのかもしれません。それは紫式部の才能の発現だったというよりも、宴における「役割」を演じてみせたものだったのかもしれないのです。

言い換えれば、後年になって女房として出仕したときは、やむを得ず中宮女房としての役割を生きなければならなかったわけですが、紫式部は『源氏物語』を書く以前、すでに「役割」を生きていたということです。『源氏物語』を書くにあたって彼女は生まれながらの gifted と社会的な役割との狭間《はざま》に立つことを強いられていたのではないかと思います。

宴が挨拶のような儀礼性と、座興のような「自由さ」という、二極を持つことが古代人―紫式部の精神性 mentality にどのような影響を与えているかは、改めて検討したいと思います。

まとめにかえて

『紫式部日記』や家集に見える、宮廷における皇子誕生の祝賀の歌や、中宮をめぐる詠歌や代作などの問題については、すでに考えてみたこともあるのですが、それらの歌の特徴は彫《ちょう》琢《たく》された修辞にあり、独詠歌は思いを率直に示す正述心緒《しんちょ》的だという違いがあります[92]。言い換えれば、公や晴の場での歌は、技巧を凝らした歌が必要であるのに対して、なかなか「良い歌」だと世評の高い『紫式部日記』の「年暮れてわが世ふけゆく風の音に心のうちのすさまじきかな」や「水鳥を水の上とやよそに見むわれも浮きたる世をすぐしつつ」などの独詠歌は、修辞の必要のない私や褻の歌だと言えます。ですから、いずれが名歌であるかなどと、そう単純に批評することはできないと思います。

さて、『源氏物語』において饗宴そのものは（わずかに胡蝶巻などには見えますが）あまり描かれてはいません。ましてや宴と和歌との関係が語られる事例は少ないのですが、すでに指摘されているように『宇津保物語』には御幸、年中行事、参詣、産養などの他、これは実に興味深いことですが、さしたることもないと見える季節の折節に行われる宴も数多く記されています。(93) さらに、**『宇津保物語』に色濃く認められる特徴は、宴が酒と音楽と詩歌―物語では特に和歌が必須の要件として描かれ、会衆が順番に和歌を詠み、またこれを、物語が倦まずに記していることです。**『宇津保物語』に見える、このようなあたかも冗長とか冗漫と思えるような歌の「羅列」こそ、むしろ古代物語の特徴であり、逆に『源氏物語』の方が多くを省略に及んでいる（注（35）を参照）と言うことができます。

例えば、儀式書を見ると大臣大饗のような儀式では、宴に参加できる資格が厳格に定まっており、奉仕する役割が四位・五位に課せられていることが分かります。つまり、宴の参加者は、決められた正規の構成員であるということです。

なかでも『紫式部集』歌を考える上でも、例えば、本章三―一の1の事例が参考になると思いますが、問題は上巳の祓と宴と歌との関係、あるいは離別宴と歌との関係です。『紫式部集』一四番歌との比較についてだけ記しますと、『宇津保物語』吹上上巻の三月一二日、君達が「渚の院」に祓に出掛けます。ここでも「漁父を召して、大網引かせ」ています（この問題は本章第五節で、少しばかり論じました）が、その日の豪華な食事の折、琴・笛が演奏されています。夕暮れ、「主の君」から順に和歌を詠み「夜一夜遊び明」かしたことになっています[94]（一巻三二九～三三二頁）。

　このような記事を参照することで何が分かるのかと言いますと、この時代、上巳の祓には、網引く見物と同様に、後に宴を伴い、主・客ともに和歌を詠むことが常だったということです。菊の宴巻でも、難波における三月上巳の祓が記されており、宴と和歌との関係は同様です（二巻五九～六二頁）。

　このように**『宇津保物語』には賀宴、饗宴が多く描かれていて、**（おそらく物語の性格上）**宴の中でも漢詩は紹介されることがなく、和歌が重要なものとして語られているのですが、『源氏物語』と大きく違うのは、詠まれた和歌を長々と記すことが古代物語の特性、もしくは本来のありかたを示しているということです。**残念ながら『紫式部集』のために参考となるべき、旅の宴の適当な事例を見出すことはできなかったのですが、『宇津保物語』の饗宴は天皇・上皇を始めとする貴紳の晴のもので、『紫式部集』の場合は、家族や同族たちの単位で行われている、どちらかと言うと褻のものであることが際立つと言えます。いずれにしても、歌が宴と不可分の要件であったことは動きません。そうであれば、『紫式部集』のみならず平安時代の私家集の持つ、素ッ気ない詞書をどう読めばよいのか、再検討する必要があると思います。

さて、私はすでに、『紫式部集』の越前往来の旅の歌（特に、二〇番歌〜二四番歌など）は、近代的な意味合いに言うような、（独白的な）独詠歌ではなく、宴の折に会衆の面前で披露されたものではないか、という予想をもって論じました。[95]

今回は、その傍証とすべく、以上のように延々と検討を加えて来ました。以下に、旅の歌群（二〇番歌〜二四番歌、及び七一番歌〜七三番歌）の部分を中心に、古本系の最善本である陽明本の本文をもう一度次に掲げました。なお、読みやすくするために、表記を一部整えてあります。

……

13 賀茂に詣でたるに、時鳥鳴かなむといふあけぼのに、片岡の木ずゑをかしう見えけり

時鳥声待つほどは片岡の森のしづくに立ちやぬれまし　（讃美）

14 弥生のついたち、河原にいでたるかたはらなる車に、法師の紙をかうぶりにて博士だちをるを憎みて

祓戸のかみのかざりのみてぐらにうたてもまがふ耳はさみかな　（秀句）

……

20 あふみの海にて、三尾が崎といふ所に網引くを見て

みをの海にあみひくたみの手間もなく立居につけて宮こ恋しも　（望郷）

21　また磯の浜に鶴の声々を

磯隠れ同じ心に田鶴ぞ鳴くなに思ひ出づる人や誰ぞも　（望郷）

22　夕立しぬべしとて、空の曇りてひらめくに

かきくもり夕立つ波の荒ければ浮きたる舟ぞしづ心なき　（所感）

23　塩津山といふ道のいとしげきを、賤のをのあやしきさまどもして、なをからき道なりやといふを聞きて

知りぬらん／ゆききにならす塩津山世に経る道はからきものぞと　（秀句）

24　水うみに、おいつしまといふ州崎に向かひて、わらはべの浦といふ海のをかしきを、口すさみに

おいつしま島守る神やいさむらん／波も騒がぬわらはべの浦　（秀句）

25　暦に初雪降ると書き付けたる日、目に近き日野岳といふ山の雪いとふかく見やらるれば

ここにかく日野の杉むら埋む雪小塩の山の松にけふやまがへる　（望郷）

26　返し

小塩山松のうは葉にけふやさは峰の薄雪花と見ゆらん　（望郷）

27　降り積みみていとむつかしき雪をかき捨てて、山のやうにしなしたるに、人々のぼりて猶これ出でて見給へといへば
ふる里にかへる野山のそれなれば心やゆくとゆきも見てまし　（望郷）
……
71　都のかたへとてかへる山こえけるに、よびさかといふなる所のいとわりなきかけみちに、こしもかきわづらふを、おそろしと思ふに、猿の木の葉の中よりいとおほくいできたれば
ましも猶をちかた人の声かはせ／われこしわぶるたにのよびさか　（望郷）
72　水うみにて、伊吹の山の雪いとしろく見ゆるを
名に高きこしの白山ゆきなれて伊吹の岳を何とこそみね　（望郷）
73　卒塔婆年経たるまろびたうれつつ人に踏まるるを
心あてにあなかたじけな／苔むせる仏の御顔そとはみえねど　（秀句）
（以下を略す）

すでに別途論じましたが、『紫式部集』が『赤染衛門集』などと明らかに違うのは、旅にあっては殆どが望郷の思いを歌うか、言語遊戯的で修辞を旨とする秀句的な技巧を歌うか、のどち

らかになっていることです。[96] いずれにしても、饗宴歌の性格から考えると、『紫式部集』の旅の途次の詠歌は、宴を場とする可能性が高いことは明らかです。羇旅歌において、宴という場を媒介させることで、主題的には旅の宴に参加している人々の共通の思い（望郷）や、喝采を浴びる言語の遊戯性（秀句）が中心となることは当然だったのだと思います。

言うまでもないことですが、旅の宴の場においては、何よりもまず望郷を主題とする歌を歌わなければならなかったと言えます。もちろん紫式部個人に、そのような心情がなかったわけではないと思います。集団と個人の心情は、必ずしも対立しているわけではありません。

繰り返しになりますが、本章三―一の「小結」で四点にわたって『萬葉集』の饗宴歌の特徴を列挙しましたが、それらは平安時代の饗宴歌にも少なからず引き継がれていると思います。すなわち、『紫式部集』の羇旅の歌は、公・晴のものというより、いささか私的な性格を持つと考えられるとしても、主題である「望郷」と「秀句」は、宴の構成を踏まえたものであり、私に言い直せば、

宴の前半　厳粛　…　望郷　二〇番歌・二一番歌・七一番歌・七二番歌

宴の後半　座興　…　秀句　二三番歌・二四番歌・七三番歌

というふうに、宴の段階的な構成と対応していることが分かります。

そうすると、第一章でも少しばかり触れましたが、二三番歌は「賤の男」のような身分の低い者に対するまなざしを、過去においては紫式部の身分意識の問題において評価されたことがあったことは(97)、現代から見たときに紫式部が階層を超え得るまなざしを備えていたとみえるにしても、古代和歌の性格からすれば、彼女の関心はむしろ言語遊戯的なことに重点があった(98)と言えるかもしれません。

また、そのことと関連して言えば、清水好子氏の指摘されたような、旅の歌の前に置かれている一四番歌「祓戸の」の「博士だちをる」「法師」に対する勝気な少女の印象も(99)、それだけではなく、(上巳の祓の後に催された)宴の「座興」的な歌として言語遊戯的なことを主題とする歌であることが重要なのかもしれません。

このようにして、平安時代の『紫式部集』羇旅歌では、もはや『萬葉集』の饗宴歌のような(歌謡の特徴である)表現の繰り返しは顕著に認められないにしても、望郷や讃美については、「御決まり」の歌い方がなお続いているでしょう。さらに、秀句性についても、宴の場における詠歌の特性として、論理的であるよりは、言語遊戯的であるとか、句ごとの印象を積み重ねてゆく構成をとるとか、上句から下句へと転換する構成をとるとかという、場に依存した表現をとる傾向があり、これもまた会衆の人々に聴いてもらう、共感してもらうことに饗宴歌の本質がある、ということが明らかになったと思います。[100]

次の仮説はどのようなものか

「純粋」な学術書、「専門的」な研究書では以下のようなことは、絶対に書かないことでしょうが、ふと思い付いて書き記してみることにしました。今後検討した結果、妥当だと思うことになるのか、「大いなる的外れ」になるのかは分かりませんが、一定の「見通し」をもって「かくあれかし」と願いつつ検討するのとしないのとでは、たとえ予想もしなかった結果が導かれたとしても、考えごとや調べごとの面白さが違ってくると思うからです。

考察において屋上屋を架すようですが、望郷と秀句とに集約されるような紫式部の旅の歌が、もし本書において論証しようとした饗宴歌だとすれば、『紫式部集』の、例えば二三番歌の詞書においては、輿《こし》をかつぐ男たちの言葉に応じてとか、二四番歌の詞書の「口すさみに」というような表現はむしろ、**読者に対する説明的な誘導とでも言うべきものであり、事実の記録と言うよりも家集編纂のしわざによるものかもしれない**ということです（本書、第一章、注（19）参照）。

なぜそんなことが言えるのかというと、「知りぬらん」の歌が宴の歌である可能性は、例えば食事の折、「今日の山越えは難儀したな」などという話題に支えられてこの歌は成立しているかもしれないからです。歌「知りぬらん」は歌だけを見ると、初句は謎を示し、二句以下はその謎解きとなっていて、この歌だけで充足しているとも見えます。そうすると、この歌の手柄を詞書は男たちの言葉に渡していることになります。また、歌「おいつしま」は、二つの地名を結び付けるトリッキーなものですが、上句で示された謎を下句で解き明かす構成を持つ歌で、歌として成功しているかどうかと言うと、正直いささか心もとない内容だとすれば、歌の出来栄えを「口ずさみに」と謙遜してみせたとも考えられるからです。

簡単に言えば、ありとあらゆる伝本としてのテキストは、所与の表現としてそのまま受け入れる他はない、と思います。と同時に、これは考え方ですが、研究ということから言えば、詞書の言うところをそのまま「信じて」、あるいは「従って」いるだけではいけないのではないか。まさに紫式部の狙った構成が実現しているか否かという、疑いのまなざしをひとたびは持つ必要がある、と私は思います。

その上で、改めてテキストそのものをテキストに従ってどう読むのかを考えることができれば、立体的で構築的なものとしてテキストを捉えることができると思います。

ところで、私にとってもうひとりの恩師　土橋寛には、『古事記』における歌謡は『古事記』に組み込まれる以前にすでに伝承されていたと考えられる既存の独立歌謡と、『古事記』のために制作された「物語歌」とがあるという、有名な学説[101]があります。

この仮説については、すでに批判的検討が重ねられてきましたが、[102] 私はこのような発想にこそ学びたいと思います。このような土橋理論に拠ることで、私はかつて、業平歌を核として、『伊勢物語』は昔男の物語を生成させたものだと論じたことがあります（本書、第三章、注（56）、及び本書、第三章参照）。実は、『伊勢物語』は紫式部の愛読書でした。[103] つまり、土橋理論からいわば古代のテキストとしての『紫式部集』の仕組みを学ぶことができると思います。

このような発想に倣《なら》えば、**紫式部の歌でありながら、『紫式部集』が編纂されるときに、詞書も含めて、この家集が強く「紫式部という物語」として構成された可能性が見えてきます。言い換えれば、家集編纂にあたって、紫式部が自らの歌の成立事情を「事実」から解き放ち、もっと「自由」に意味付けたのかもしれないという妄想です。**

ただこのとりとめのない、一人よがりの暴走のような「独り言」をどのように検証して行くか、これからよく考えたいと思います。

おわりに

ずっと以前から、モヤモヤしていたことですが、これまで小著をまとめる度に、発題として何度も繰り返してきた疑問があります。

それは、『源氏物語』において、**男君と女君とが二人きりで対面しているときに、二人はなぜわざわざ声に出して和歌を詠むのか**ということです[1]。言葉なんて要《い》らないと思える情交の場面でも、なぜ和歌を交わす必要があるのか。いわば褻《け》の中の褻といった場面と見えるのに、褻の中の晴《はれ》とでも言うべき、一定の儀礼性が働いているとしか私には考えられないのです。

常識的なこととしてよく、平安時代では、女君に接すると男君は和歌を詠みかけて戯《たわむ》れかからないといけないとか、男君が求愛する歌を贈ると、女君は悪くない感情を抱いていたとしてもまず形式的には、ひとたび拒否の形でもって返歌をしなければならないとか、後朝《きぬぎぬ》にはできるだけ早く男君から女君に和歌を送らなければならないとか、といった約束事があったと指摘されることがあります。それは「約束事」と言えばそれまでですが、そこには「みやび」や「すき」といったこととともかかわるのでしょうが、かつて益田勝実さんが説かれた、和歌を用いた「挨拶」ということがあるのでしょう。益田さんは晴と褻という概念を使って「和歌の生活」を解き明かしておられます。(2) 周知のことで言えば中国の江南では、古代をしのばせる歌垣の習俗の行われたことは有名です。のみならず記録映画で見たことがあるのですが、日常でも例えば、道で出会ったときにも歌を交わしたり、知人の家を訪れたときにも歌で呼び掛けたりといった、歌に溢《あふ》れた生活習慣のあることは、(3) 文化の交流の歴史からすると、おそらく日本の歌の文化と無関係ではないのでしょう。

ただ、そのような文化人類学や民俗学の知見を持ち出すと、そんなことが平安時代の貴族社会と直ちに結び付くわけがないじゃないかと思われるかもしれません。

恥ずかしいことですが、もうすでに指摘があるのかどうか知らないまま申し上げると、そのような儀礼性の始源に、あのイザナギとイザナミとが天御柱の周りを巡り、呼び掛けるという伝承を幻視してよいのかどうか、私にはまだ分からないでいます。

ただ、そのような議論はともかくとして、平安時代においてもなお、和歌は声に出して呼び掛けるという本性を保ち続けていたと言えるのか、なぜ和歌は音数律を基礎とする定型を保ち続けているのか、音声言語を持って詠じられた和歌と、消息に記された和歌とは、原理的に違う点があるのかないのか、あるいはこれまで贈答・唱和・独詠と区別されてきた和歌の機能には、本当に根本的な違いがあるのかないのか(4)…。歌をめぐる疑問はいくらでも湧いてきます。

さらに、こうした日常生活の中で詠まれる次元に対して、『源氏物語』の中の和歌とはもっと質が異なるように思います。というのは、詠まれたものか、心の中の歌なのか、書かれたものかといったことさえ分からないように歌が置かれている場合があるからです。

ただ、このような次元の違いに関する議論の見通しについて、今私には何も用意がありません。本書で問題として取り上げようとしたことは、**紫式部の旅の歌は、本当にひとりでポツリと呟いたものなのか、心静かに硯に向かい筆を取って色紙に書き留めたものなのか、といった「素朴」な疑問**から発しています。[5] どのようにして歌は記録として残るのか、記憶にしか残らないものなのか、いやいや、いくら覚えやすいといっても、歌合や饗宴の歌の方が、書き留められることで比較的後世に残りやすいのではないか…。妄想は広がるばかりです。

それだけではありません。これまで、紫式部を「天才genius」だとする考えを、公然と発言する研究者もいますが、明言しないまでも研究者の心の中に感想としてぼんやり抱いていることだってあり得ます。私は今だにそう考えてよいのか、迷い続けています。もし紫式部を天才だと言いつのるなら、研究はいかに「天才」であるかを紹介する仕事だけになってしまいます。それではいかにも残念です。

そのことと同時に、何度も繰り返しますが、『源氏物語』**をあたかも小説のように読んだり、和歌をまるで抒情詩のように分析したりする文学観が、無意識のうちに研究者の中に働いてい**

るように感じられることがあります。それではどうすればよいのかというと、古代人としての彼女をどう見るか、ということが私の課題だということなのです。

最近では、女房としての役割を説く議論が盛んになってきました。このワンクッションが重要だと思います。例えば、『紫式部日記』の中に、あまり引っ込み思案ではかえって中宮のために女房が「もののかざり」にはならない、と評した箇所があります。(6)学生のころ、私はこのものいいに紫式部の自嘲や自虐を読もうとしましたが、逆に誇り高さを読もうとする意見もあります。

いずれにしても、古代人の身の処し方として、何がしかの役割意識が働いているであろうことは想像できます。身分階層の意識とともに、いやおうなく紫式部を覆《おお》っていた縛《しば》りとは何か、その意味で、この役割という捉え方は重要だと思います。

ただ、紫式部の歌に限って申しますと、残された歌があまりにも少ないために、この問題を論証することが難しいので、これからもっともっと考えを深めて行く必要があると思います。

注

はじめに

（1）南波浩校注『紫式部集』岩波書店、文庫版、一九七三年。
（2）廣田收『『紫式部集』歌の場と表現』笠間書院、二〇一二年、第一章第一節と第二節。
（3）廣田收「紫式部とその周辺―『紫式部日記』『紫式部集』の女房たち」久下裕利編『王朝の歌人たちを考える』武蔵野書院、二〇一三年。
（4）廣田收『古代物語としての源氏物語』武蔵野書院、二〇一八年。

第一章　『紫式部集』の地名

（1）久保田孝夫・廣田收・横井孝編『紫式部集大成』笠間書院、二〇〇八年。
（2）南波浩『紫式部集の研究　校異篇・伝本研究篇』笠間書院、一九七二年。
（3）旅中の詠のそれぞれが、越前との往路のものか復路のものかについては、長く議論があります（本書、第二章参照）が、本論の課題はそのこととは別の次元の問題に属します。すなわち、紫式部が都から下向するとして、それが父為時の地方官赴任に伴うものであっても、古代の行旅は現在のように目的地に向かうことを第一義とするような旅行とは異なっています。
　つまり、下向にしても上京にしても、**途次、寺社参詣を繋いで行く旅なのです。しかも、常に宴を歌の場として伴うような旅だったと言うことができます**（「『紫式部集』旅の歌群の読み方」廣田收・

横井孝編『紫式部集の世界』勉誠出版、二〇二三年、一六一～一六三頁。及び本書、第三章参照）。その意味で、旅は歌を詠むことでした。言うまでもなく、家集に現存する歌だけでなく、捨てられた多くの歌が存在したと思います。

（4）岡一男『源氏物語の基礎的研究』東京堂出版、一九六六年、一七七頁、一七五頁。

（5）竹内美千代『紫式部集評釈』桜楓社、一九六九年、七〇頁。

（6）清水好子『紫式部』岩波書店、一九七三年、四七頁。

（7）南波浩『紫式部集全評釈』笠間書院、一九八三年、一三八頁。南波氏の往路・帰路の旅程説については、同書、一三二頁を参照。

（8）南波浩校注『紫式部集』岩波書店、文庫版、一九七三年。他は（5）から（7）を参照。

（9）鈴木知太郎校注『日本古典文学大系　土佐日記』岩波書店、一九五七年、四三頁。なお、一部表記を整えています。

（10）同書、四三頁。同様に「秀句」と見る指摘は、村瀬敏夫訳注『現代語訳対照　土佐日記』（旺文社、文庫版、一九八一年、五〇頁）にもあります。

（11）品川和子全訳注『土佐日記』講談社、学術文庫、一九八三年、一一五頁。

（12）池田亀鑑・秋山虔校注『日本古典文学大系　紫式部日記』岩波書店、一九五八年、四六三頁。

（13）廣田收『『源氏物語』における風景史』『文学史としての源氏物語』武蔵野書院、二〇一四年。同『『源氏物語』存在の根拠を問う和歌と人物の系譜』『古代物語としての源氏物語』武蔵野書院、二〇一八年。同「『源氏物語』の花鳥風月」『紫式部は誰か』武蔵野書院、二〇二三年。

（14）歌「しりぬらん」については、輿を担ぐ男たちの発した言葉を受けて詠じたものと詞書は伝えているので、歌の成立する条件に支えられてでないと歌は詠めないように見えます。それゆえ、宴の歌としては馴染まないように見えますが、宴で披露されたものかどうか、なお検討する必要があります。

（15）注（7）に同じ、一四三頁。

（16）同書、一四六頁。

（17）小町谷照彦『現代語訳対照　古今和歌集』旺文社、文庫版、一九八二年、一二六頁、一四二頁。なお、一部表記を整えています。

（18）注（2）に同じ、二七頁。

（19）詞書に「口すさみに」とありますので、あたかもひとりそっと呟いたかと読むように導かれてしまうのですが、これは謙辞かもしれません。それゆえ、もし宴で披露された歌だとすれば、出来は悪いけれどという自嘲的なニュアンスを感じ取ってよいのかもしれません。言い換えれば、本来は饗宴歌なのに、詞書はあたかも独白、独詠のように構成しているのではないかとも考えられます。（本書、「まとめにかえて」参照）

（20）「なぞむつましき」の「なぞ」を「何ぞ」、何ゆえにむつましいのかと、疑問文として読めないか、あるいは掛詞になっているという可能性もないわけではありません。主な異同は次のとおり。

かいたる・　　を見・・て　　塩がま・・

かいたる絵（古、別）　・見侍りてよめる（別）　塩がまの浦（群　他）

なお、四八番歌の解釈については、「『紫式部集』詞書の文体」注（13）『紫式部は誰か』参照。

(21) ちなみに「惑ふ」という語が、宣孝の死にかかわるものかどうかという点で、四二番歌の解釈に問題があります。その詠歌主を「夕霧にみ島かくれし人のむすめ」ととるか、私の歌ととるか、文脈のたどりかたによっては、詠歌主が入れ替わってしまいます。「鴛鴦の子」という表現から、「惑はるゝ」のは継娘と見て、継娘が他界した父の筆跡を見て歌ったものと見るべきかもしれません。その決着は難解です。廣田收「『紫式部集』詞書の文体」『紫式部は誰か』武蔵野書院、二〇二三年、一八六～一八八頁、参照。

(22) 同書、一八六～一八八頁。

(23) 山岸徳平校注『日本古典文学大系　源氏物語』第一巻、岩波書店、一九五八年。以下本文の引用はこれに拠ります。

(24) 注（4）に同じ、八一頁。

(25) 木船重昭『紫式部集の解釈と論考』笠間書院、一九八一年、八九頁。

(26) 注（6）に同じ、九〇頁。

(27) 注（7）に同じ、二八七頁。

(28) 鬼束隆昭氏は夕顔巻以外に、類歌として次のような事例を挙げています（「源氏物語・夕顔巻の創造」岡一男先生喜寿記念論集『平安朝文学の諸問題』笠間書院、一九七七年）。

まゝはゝのきたの方

みし人のくもとなりにしそらわけてふる雪さへもめつらしき哉　（九四）

（『斎宮女御集』書陵部本、和歌史研究会編『私家集大成』第一巻、明治書院、一九七三年、

四五〇頁）

そして鬼束氏は、「夕顔巻において、作者の体験したことが過去の史実とどうかゝわりながら虚構化されているのか」（一四一頁）を検討することから、『紫式部集』における宣孝関係歌を考察されています。その際、鬼束氏は、『為頼朝臣集』四五番歌の、

はらからのみちのくのかみ、なくなりてのころ、きたのかたのなまみるおこせたりしに

いそにおふるみるめにつけてしほがまのうらさびしくもおもほゆるかな

（『新編国歌大観』第三巻、私家集編Ⅰ、角川書店、一九八五年、二一八頁）

や、『古今和歌集』哀傷、八五二番歌、貫之「きみまさで煙たえにし塩釜のうらさびしくも見えわたる哉」（小島憲之・新井栄蔵校注『新日本古典文学大系　古今和歌集』岩波書店、一九八九年、二五六頁）などに触れ、「人の死と関連して塩釜の浦のイメージが既にあった」と指摘しています（一四四頁）。なお、『私家集大成』によると、『斎宮女御集』「みし人の」には、西本願寺本三十六人集では「そらわけて」（四五四頁）、正保版本歌仙歌集は「空なれは」（四六四頁）と異同があります。

(29)　注（6）に同じ、九〇頁。

(30)　注（25）に同じ、九〇頁。

(31)　池田亀鑑編『源氏物語大成』第一巻、中央公論社、一九五三年、三〇五頁。

(32)　同書、一四一頁。

(33)　『源氏物語古註釈大成　岷江入楚』日本図書センター、一九七八年、二六六～二六七頁。読みやすくするため句読点を施しています。

（34）伊井春樹編『源氏物語古注集成　松永本花鳥余情』桜楓社、一九七八年。
（35）三谷栄一増訂『増註　源氏物語湖月抄』上巻、名著刊行会、一九七九年、二二五頁。
（36）注（4）に同じ、一八五頁。岡氏は歌「難波潟」が『続拾遺和歌集』では紫式部の歌とされていることを指摘しています。
（37）注（6）に同じ、三三頁。
（38）注（7）に同じ、一〇四頁。
（39）土橋寛《ゆたか》氏は「いったい儀礼歌は、儀礼の場にある景物そのものをほめるか、それにひっかけてほめるのかが、古代からの儀礼歌の約束で、私はそれを環境に即した景物という意味で「即境的景物」と呼びたいと思う」と述べています（『古代歌謡論』三一書房、一九六〇年、四〇頁）。
（40）『紫式部集』の本文は、古態性を伝えると考えられる陽明文庫本に拠っています。上原作和・廣田收編『新訂版　紫式部と和歌の世界』武蔵野書院、二〇一二年。
（41）注（3）に同じ、一七七～一八〇頁、及び本書、第三章参照。
（42）注（8）に同じ、二〇頁。
（43）注（7）に同じ、一一八頁。傍点・廣田。
（44）注（25）に同じ、四三頁。傍点・廣田。
（45）注（6）に同じ、四三頁。『枕草子』などにも見えますが、旅先で在地の祭祀や芸能を座興として求める事例があります。この場合も、偶然見かけたわけではないでしょう。したがって、**このような遊戯性を持つ歌は、宴における詠歌と推測できます。**（本書、第三章参照）

（46）従来から岡一男、竹内美千代、角田文衞などの各氏の他、冒頭歌の「童友達」と「筑紫へ行く人」とが同一人物か、またこれが誰か、さまざまに議論がありますが、私は歴史的事実に還元せず、『紫式部集』自身が表現において両者を分けていることに注目しておきたいと思います（廣田收『『紫式部集』歌の場と表現』笠間書院、二〇一二年、参照）。

（47）木村正中「『紫式部集』冒頭歌の意義」南波浩編『王朝物語とその周辺』笠間書院、一九八二年、三五三頁。

（48）注（46）に同じ、第三章第一節及び第二節、同「『紫式部集』詞書の文体」『紫式部は誰か』注（21）に同じ。

（49）注（3）に同じ、一八四～一八五頁、一八九～一九一頁。

〔付記〕本稿は発表当時、そのころの研究状況に基き諸説について細かく注記を施しましたが、近時においてはもはや不要な注があり、『『紫式部集』歌の場と表現』（笠間書院、二〇一二年）の再掲にあたっては、何箇所か省略に及びました。さらに、本書に再掲載するにあたり、他章とのかかわりも勘案し、さらに簡明さをめざすとともに新たな説明を加えています。

第二章 『紫式部集』旅の歌群の構成

（1）廣田收「あとがき」『『紫式部集』歌の場と表現』笠間書院、二〇一二年、四一六頁。この認識は、私家集個別の問題だけではなく、説話集でもテキスト構築の問題と相同性があることに及びます。また、『源氏物語』も、仮構された構築性を持つテキストと考えれば、テキストそのものの持つ枠組みに共通性が見出せます。

（2）久保木寿子「紫式部集の増補について（上）」『国文学研究』一九七七年三月。ここで久保木氏は『紫式部集』の詞書に三段階三次にわたる後人増補の可能性を説いています。

（3）廣田收『『源氏物語』の作られ方』『古代物語としての源氏物語』武蔵野書院、二〇一八年、一〇八頁。例えば、私家集の詞書に「七月七日」あるいはもっと簡潔に「七日」とある場合、年中行事の折に詠まれたことを記すと見られます。冷泉家の年中行事を例にとれば、乞巧奠《きっこうてん》の行事が、供物を供えて祭を行った後、歌会を行うという一連の儀式があり、そのような場で詠まれ披露されるものを、年中行事の詠歌の基盤として想定できるでしょう。

さらに北山円正氏の研究によると、年中行事のみならず節気、例えば春尽日や三月晦日などにも詠詩の機会があることが知られます（『平安朝の歳時と文学』和泉書院、二〇一八年）。そのような機会が、漢詩だけでなく詠歌の場でもあったと展開させることができれば、一三番歌の上賀茂社参詣や一四番歌の賀茂川禊祓などを終えた家族的、私的な機会（褻の晴）に、大小の違いはあるでしょうが、多くは宴が催され、その場で歌が詠まれたと見ることは可能でしょう。注（12）参照。

和歌がどのような場で詠まれたかということについては、参考までに『今昔物語集』第二六巻第一三には、摂津国に赴任するにあたり、「難波ノ辺《ほとり》」で「酒・粥ナド多ク儲テ」饗宴を催したとあります（山田孝雄他校注『日本古典文学大系　今昔物語集』第四巻、岩波書店、一九六二年、四五一頁）。第二六巻第一六には、上京するにあたり淀で「知タル人ノ儲シタリケレバ、ソレ食ヒナドシケル程ニ」とあります（同、四五六頁）。残念ながら『今昔物語集』は和歌に興味を示していませんが、舟の乗り降りに際して、飲食の機会があったことは明らかです。このような事例と『伊勢物語』第九段を併せて考えると、旅の宴における詠歌は、離別の思いや望郷の思いを共通の心情を主題とすることが想像できます。なお、離別歌の典型的な形式については、注（1）『紫式部集』歌の場と表現』（笠間書院、二〇一二年）を参照。

（4）以下、私家集の本文は、いずれも『新編国歌大観』第三巻、私家集編Ⅰ、角川書店、一九八五年に拠っています。

（5）清水文雄校訂『和泉式部歌集』岩波書店、文庫版、一九五六年、「解説」三二二頁。

（6）清水好子『紫式部』岩波書店、新書版、一九七三年。

（7）早く三谷邦明氏は、この家集を一代記と見ています（「源氏物語の創作動機」『物語文学の方法Ⅱ』有精堂出版、一九八九年、七三頁）。私はこの考えを支持しています。廣田收『『伊勢物語』と『紫式部集』一代記の構成」『講義 日本物語文学小史』金壽堂出版、二〇〇九年。

（8）廣田收『家集の中の「紫式部」』新典社、二〇一二年。

（9）廣田收『『紫式部集』における歌群構成」廣田收・横井孝編『紫式部集の世界』勉誠出版、二〇二三年。

（10）久保田孝夫・廣田收・横井孝編『紫式部集大成』笠間書院、二〇〇八年。

（11）注（9）に同じ。

（12）廣田收『『紫式部集』の地名」『同志社国文学』一九八九年一二月。後、注（1）に所収。なお、伝記的研究として藤本勝義「紫式部の越前下向をめぐっての考察」は、国司赴任の暦日を忌日から推定するなど興味深い論考です（『青山学院女子短期大学総合文化研究所年報』第二号、一九九四年一二月）。ただ問題は、その考察の成果が和歌の分析にどう生かされるか、今後を俟《ま》ちたいと思います。

(13) 鈴木知太郎校注『土左日記』岩波書店、文庫版、一九七九年、四〇頁、四四頁。

旅中の詠を、近代的な独詠のイメージのように、呟かれたものとしてではなく、大小軽重を問わず宴において詠じられたものと考え直す読みとして、明確な例証とはならないかもしれないのですが、例えば『土佐日記』が参考となります。

冒頭には「某年の十二月の二十日余一日の日の戌のときに、門出す」とあり、「船に乗るべきところへ渡る。かれこれ、知る知らぬ、送りす」とあります。二二日には、出港に向けて安全を祈願する願立をし、二四日には餞《むまのはなむけ》に「上下、童まで酔ひしれて」います。二六日は「なほ守の館にて、饗《あるじ》し喧りて、郎等までにもの纏頭《かづ》けたり」とあります。もはや出立したと言いつつ、宴を重ねるばかりで、なかなか船出していません。その度に、歌を詠む機会があったかどうかについて、『土佐日記』は興味を示していません。さて、そこで

和歌、主人も、客人も、他人もいひあへりけり。漢詩は、これにえ書かず。和歌、あるじの守の詠めりける。

　みやこいでゝきみにあはむとこしものをこしかひもなくわかれぬるかな

となむありければ、帰る前の守の詠めりける。

　しろたへのなみぢをとほくゆきかひてわれにゝべきはたれならなくに

他人々《ことひとびと》のもありけれど、さかしきもなかるべし。とかくいひて、前の守、今のも、もろともにおりて、今のあるじも、前のも、手とり交して、酔言にこゝろよげなる言して、出で入りにけり。

（岩波文庫、一〇～一一頁）

と、この日記最初の歌の応酬が記されています。ポイントは送別の歌の贈答が宴の中で行われていることです。以下、一行は、毎日のように酒を飲み漢詩・和歌を詠じているし、楫取は秀句を口にしたり歌謡を口ずさんだりしています。（本書、第三章参照）

この記事においても興味深いことは、旅に宴を催し、その中で詩・歌を詠じていることです。もちろん、ふとした機会に和歌を独詠する（と見える）記事もないわけではないでしょうが、それとて従者が主《あるじ》の歌に応じなければ、主と同席し同じ場を共有する従者の思いは主と同じだということになります。**歌は何よりも宴の中で求められているわけです。すなわち、そこでは、まず場の目的に即して離別歌や羇旅歌を詠むことが期待されていて、旅の一行の共有する心情を詠むことが求められています。**

さらに、この記事で興味深いことは人物の「呼称」です。

すなわち「主人」と「客人」、「あるじの守」と「前の守」という呼称は、新しい国司と前任の国司のことを指してはいるのですが、これはまず、何よりも宴の主・客を表しています。また、表現は複雑になって屈折していますが、歌の骨格は単純で、要するに「もう行ってしまうのか」「退出したくない」というやりとりで、これは土橋寛氏の説かれる、古代の「酒宴歌謡」における立ち歌・送り歌の伝統（『古代歌謡の世界』塙書房、一九六八年、一五頁）を引き継ぐ形式です。ポイントは主（あるじ）が（家人が退出しようとするよりも）先に「急いで帰るな」と送り歌を歌い出すことです（『表現としての源氏物語』武蔵野書院、二〇二一年、三八七頁）。（第三章、注（21）（22）参照）

（14）注（10）に同じ、本文は写真版・翻刻に拠っています。なお一部、表記を整えています。

（15）『紫式部集』の構成は、基本的には一代記的な構成を持っていますが、興味深いことは、その構成は緩やかで、歌群ごとが截然と区切られているわけではないようなのです。例えば冒頭歌群と羇旅歌群との間には、どっちつかずで、付かず離れずの曖昧な歌が何首か介在しています。このような緩やかな配列は、歌群と歌群との間には、媒介しつつ曖昧に転換する機能を持つ働きがあり、そのような箇所は全体に点在しています。注（11）に同じ、注（58）参照。

（16）井上亘「国司就任儀礼の特質」『ヒストリア』第一六七号、一九九九年一一月。

（17）『能因集』三二一番歌。『新編国歌大観』私家集編Ⅰ、三三五頁。この歌は、『後拾遺和歌集』別、四七五番歌として載っています。

（18）〔表1〕・〔表2〕に関する研究者の氏名、著書については、次のとおり。

岡一男「紫式部の少女時代及び文芸的環境」『源氏物語の基礎的研究』東京堂出版、一九六六年。

角田文衞「越路の紫式部」『紫式部とその時代』角川書店、一九六六年。

今井源衛「青春・未婚時代」『紫式部』吉川弘文館、一九六六年。

竹内美千代『紫式部集評釈』桜楓社、一九六九年。

清水好子『紫式部』岩波書店、新書版、一九七三年。

南波浩『紫式部集全評釈』笠間書院、一九八三年。

その後、多くの説が発表されていますが、ここで諸説の検討を右の範囲にとどめたのは、右の諸見が現在の研究状況の出発点、もしくは前提となるものだからです。

ちなみに、国司下向は国司自身の行動だけでなく、全体として見ると、荷物を運ぶことも含めて海路・陸路が併用されたのかもしれません（森公章『平安時代の国司の赴任』臨川書店、二〇一六年、九三頁）。その場合、越前との往還において陸路は『今昔物語集』第二六巻「利仁将軍若時従京敦賀将行五位語第一七」によると、利仁は京から賀茂川の「川原」から「粟田口」「山科」「関山」「三井寺」「三津ノ浜」「高嶋」を経て「敦賀」に至っています。これは馬に乗っているので官道で西近江路と見られます。残念ですが、『今昔物語集』では高島から敦賀への行程は描かれていません。

(19)　紫式部一行が三尾が崎から磯へ、往路に琵琶湖を横断したと最初に説いたのは岡一男氏（「紫式部の少女時代及び文芸的環境」『源氏物語の基礎的研究』注（18）に同じ、七〇頁）かと思いますが、竹内美千代『紫式部集評釈』は、「琵琶湖の東岸、坂田郡米原町磯の入江」（七〇頁）としながら、「二〇・二一の歌は都を立って間もない頃の都恋しい気持や旅の心細さを歌っていて、同じ心境の詠作と思われるので、二首とも家集の順序通り往路の感想と見たい」（六九頁。傍点・廣田）とし、「歌順からみても往路の作と見るべき」だと述べています（七〇頁。傍点・廣田）。

ただ、塩津山における「知りぬらん」について、竹内氏は往路・帰路について明確に示されてはいません（本書、第一章、注（5）参照）。

(20)　老津島を沖の島の意と捉え、現在の竹生島《ちくぶ》と考える笹川博司『紫式部集全釈』（風間書房、二〇一四年、一四一～一四二頁）もありますが、今『全評釈』の考えに従っておきます。なお、竹生島説は、加納重文氏から直接うかがった記憶もあるのですが、笹川氏の『全釈』「解説」（二八頁）にも詳しく紹介されています。

ちなみに「磯」については、「といふ」という紹介の仕方が、既知か未知かといった従来の議論は、『紫式部集』や『源氏物語』の用例を漏らさず検討し直してみると、単純に割り切れるものでないことが分かります。むしろ私は、**詠歌を導く鍵になる語がこれだと強く提示する機能を持つ**と考えます。つまり、古代港のひとつとして、磯は地名でよい、と私は考えています。ただ、「磯」という語に喚起されて、「磯隠れ」する「田鶴」が呼び出され、同じ心で思い出すという望郷の感慨が詠じられます。地名に寄せて詠む形と見るほうが自然です。なお「田鶴」と季節との関係に及ぶ考察もありますが、議論が隘路《あいろ》に入り込んでしまった感があり、ここではこれ以上触れないことにします。

琵琶湖の西側の航路が北陸道に接しているのに比べて、東側の航路は旧北陸道と並行してはいるものの、歌の内容から考えて紫式部の帰路の実際上、湖の西側を行くのと同様に、東岸の港を順に辿って行ったものかと思います。『紫式部集全評釈』は琵琶湖の北湖と南湖とで季節により風向きが違うことと帰路との関係を指摘しています（一三二頁）。また横井孝「湖上の紫式部」にも、二三番歌について琵琶湖における風の問題に触れています（『源氏から平家へ』新典社、一九九八年）が、風と航行の実際との関係については留保しておきます。

（21）『角田文衞著作集』第七巻、法藏館、一九八四年、一二〇〜一二二頁。なお、歌「塩津山」についての事例は、早く『萬葉集』巻三、三六四・五番歌に、

笠朝臣金村の、**塩津山**にして作りし歌二首

ますらをの弓末振り起こし射つる矢を後見む人は語り継ぐがね
塩津山打ち越え行けば我が乗れる馬そつまづく家恋ふらしも
（佐竹昭広他校注『新日本古典文学大系　萬葉集』第一巻、岩波書店、一九九九年、二四一～二四二頁）

とあります。題詞によれば、当地を訪れたことを契機に、地名が望郷の思いを喚起するという事例です。「塩津山」は、後代では歌枕化しますが、『紫式部集』では「賤の男」の地口に対して、秀句を詠んだものです。身分の低い者の言葉に触発されて歌を詠む事例は『土佐日記』や『蜻蛉日記』『赤染衛門集』（二四〇番歌）、『更級日記』などにも見えますが、分析の詳細は個別の注釈を俟ちたいと思います。

(22) 久保田孝夫「紫式部　越前への旅」注（10）に同じ、三三一頁。

(23) 注（20）にも触れましたが、「磯」は「琵琶湖の東岸にある坂田郡磯村（現在、米原町大字磯）をさし、「浜」はその浜辺、湖辺の水際を意味する」とされています（南波浩『紫式部集全評釈』笠間書院、一九八三年、一二八頁）。参考までに、『能因集』二三六番歌に「いその泊にてゆふ日を」とあります。これは寄港先の地名の事例でしょう。

なお「童べの浦」は現在未詳とされています。あえて比定地を探すとすれば、東近江市の干拓地に「乙女浜」という地名が残っています。これが奥津島神社と近接しているので、対をなすと見るのが穏やか（南波浩、久保田孝夫）でしょう。ちなみに、勝津野港の近くに、現在は沼のようになっている「乙女池」という入海もありますが、これとは別と見るべきだと思います。

(24) 廣田收『紫式部集』記憶の光景」『紫式部は誰か』武蔵野書院、二〇二三年。
(25) 廣田收『紫式部集』旅の歌群の読み方」注(9)に同じ、一五〇頁。及び、注(24)一二二頁。
(26) 佐竹昭広他校注『新日本古典文学大系　萬葉集』第一巻、岩波書店、一九九九年、二〇七～二〇九頁。
(27) 竹尾利夫「高市黒人の抒情とその位置」美夫君志会編『万葉史を問う』新典社、一九九九年。
(28) 関谷由一「高市黒人歌の方法(1)」『万葉集羈旅歌論』北海道大学出版会、二〇二一年、二一〇頁。別稿、同「高市黒人歌の方法(2)」同書、二三二～二三三頁。傍点・廣田。
(29) 廣田收『源氏物語』繰り返される構図」『表現としての源氏物語』武蔵野書院、二〇二一年。すなわち『源氏物語』には、

桐壺更衣／桐壺帝
藤壺／光源氏
紫上／光源氏
大君／薫
浮舟／薫

という身代わりの人物が繋ぐ系譜が、「先立つ女と遺される男」という構図において、繰り返されていいます(「平安京の物語・物語の平安京」前出『表現としての源氏物語』)。『源氏物語』の花鳥風月」、及び『源氏物語』女君の生き方」、及び『紫式部集』記憶の光景」『紫式部は誰か』武蔵野書院、二〇二三年。

（30）阪倉篤義校訂『竹取物語』岩波書店、文庫版、一九七〇年、三一～三二頁。なお、一部表記を整えています。

『紫式部集』の二二番歌の詞書「ひらめくに」について、『今昔物語集』における「雷電霹靂」の用

例を見ると、ここでは用例を略さざるを得ませんが、神格や霊格、異教の神の顕現や、神のさとしなどの例があります。ただしこれらの事例と、『紫式部集』の「ひらめくに」とは直ちには繋がりません。この場合、紫式部は不安な感覚を詠むばかりで、神仏との関係は見えにくいと言えます。

なお「ウケヒ」については、一般に吉凶、正邪などを判断するために、多く占いや裁判などで「神意」を知る方法とされています。『土佐日記』の場合、波風を鎮めるため住吉神に「大切な鏡を捧げるので、風は凪《な》いでほしい」と祈ったところ、たちまちに霊験を得て海は「鏡の面《おもて》」のごとく静かになったとあります。もちろん、鏡という語を用いた秀句性はあるのですが、この場合、祈りの言葉の中にウケヒが働いていています。これには、

供物を献じると、暴風はおさまる。

供物を献じないと、暴風はおさまらない。

という二者択一が隠されています。

土橋寛氏は「ウケヒの習俗の基盤には「こう言えば、こうなる」という言葉の呪力に関する信仰（言霊信仰）がある」と述べています（「ウケヒ考」『日本古代論集』笠間書院、一九八〇年、一七頁。傍点・廣田）。土橋説を私に纏《まと》めれば、

もしAならば、A′が得られる。

もしBならば、B′が得られる。

という「二者択一」的な選択肢を設定して行われる「言語呪術」だということになります。具体的な事例としては、『古事記』のアマテラスに無実を証明するために行うスサノヲの「宇気比」や、風土記にも「誓、盟、祈、祝、禱」などの文字が使われるウケヒの事例が見られます。習俗の一例として「明日天気になれ」と言挙げして靴を投げるのにも、ウケヒの原理が働いています。

(31) 注(25)に同じ、一五四頁。

(32) 怱卒の間に「夕立つ波」に「木綿たつなみ」と掛けた表現がないか、急ぎ探してみましたが、紫式部以前の事例は見当たらないし、後代の事例でも掛詞になっている事例は探し当てていません。もし「夕立つ波」に「木綿立つ波」が掛けられているのであれば、この歌は技巧を伴う機智に力点が加わることになります。

(33) 水野章二「序章　塩津と塩津港遺跡」『よみがえる港・塩津』サンライズ出版、二〇二〇年、九頁。『湖国と文化』第一六九号、二〇一九年、以下、横田洋三氏の連載記事。

(34) 「報告・塩津港遺跡③」『湖国と文化』第一七一号（滋賀県文化体育振興事業団、二〇二〇年）では、潮津港遺跡において発見された実物船・模造船から、平安時代後期の板作りの構造船の復元では長さ二〇メートル級とされています。

なぜここで舟の長さにこだわるかというと、国司の舟が琵琶湖で安全に航行できるかどうかの目安となると考えるからです。なお、財団法人滋賀県文化財保護協会編『琵琶湖の港と船』（二〇一〇年、四六頁）では、平安時代後期の木造帆船の復元では推定全長一二メートルとされています。帆走・櫓走がどれくらい併用されたものか、明らかではありません。また、草津市の琵琶湖博物館に、復元展示されている荷役用の帆舟の丸子舟は全長一七メートルです（安土城考古博物館・長浜城歴史博物館編『琵琶湖の船が結ぶ絆』サンライズ出版、二〇一二年、二九頁。あるいは『第七回企画展　湖の船』滋賀県立琵琶湖博物館、一九九九年）。なお湖北長浜市西浅井町にある博物館「丸子舟の館」の事例は、もと江戸時代中期を全盛期とする帆船の形式のものですが、動力機の付けられた近代のものが多いと言えます。

ただ、これらは荷物を運ぶ舟で、国司の乗る舟は建屋を備えたものと見なせます。

(35)『枕冊子全注釈』第五巻は『枕草子』のこの段について「瀬戸内海の船旅を随筆風に回想した文章に一貫しているのは、海の恐ろしさであり、船を操る者の不安な危険性」（田中重太郎・鈴木弘道・中西健治『枕冊子全注釈』第五巻、角川書店、一九九五年、二一七頁）で「父元輔の周防守として就任または退任に際して瀬戸内海を舟行したらしい少女時代の体験に基づいて記されたもの」（二二〇頁）かと述べています。

舟に乗る感覚については、すでに『蜻蛉日記』に乗船の記事があります。なお本文は旧大系（川口久雄校注『日本古典文学大系　蜻蛉日記』岩波書店、一九五七年）に拠り、適宜漢字を宛てています。

1　初瀬詣に向かい宇治川を渡るとき

しりなる人もとかくいらへなどするほどに、あなたへ舟にてみなさし渡る。「論なう、酔はむものぞ」とて、みな酒飲むものどもを選りて、率て渡る。川のかたに車むかへ、榻たてさせて、二舟にてこぎわたる。

（一六九頁）

②　石山詣
関うち越えて、打出の浜に、死にかへりて至りければ、さきだちたりし人、船に薦屋形引きて儲けたり。ものもおぼえず、這ひ乗りたれば、遥々とさし出して行く。いと心地いとわびしくも苦しうも、いみじう物かなしう思ふこと、たぐひなし。

（二〇一頁）

③　石山詣
まだいと暗ければ、湖のうへ、白く見えわたりて、さいふ人々廿人ばかりあるを、乗らんとする舟の、きしかげのかたへばかりに見くだされたるぞ、いとあはれにあやしき。（略）いかが崎、山吹の崎などいふ所々見遣りて、蘆の中より漕ぎ行く。まだ物たしかにも見えぬほどに、遥かなる梶の音して、心細くうたひ来る舟あり。（略）瀬多の橋の本、行きかかるほどに、ほのぼのと明け行く。千鳥うち翔りつつ飛びちがふ。もののあはれに悲しきこと、さらず数なし。

（二〇五～二〇六頁）

④　泉川を下る。
泉川、水まさりたり。「いかに」などいふほどに、「宇治より舟の上手具して参れり」といふが、「わづらはし、例のやうにて、ふと渡りなん」と、男がたには定むるを、女がたに「猶舟にてを」とあれば、「さらば」とて、皆乗りて、遥々と下る心地、いとらうあり。

（二四七頁）


これを見ると、①・④の記事は、乗船することにあまり抵抗はないようにも見えますが、特に②・③の記事には、このような道行をせざるを得ない辛さや悲しさが滲んでいます。紫式部の歌「かきくもり」に比べると、心情よりもこの体験の経過が「説明」されていると言えます。

『赤染衛門集』に、下向や参詣の折に舟に乗ることは見えます（注（52）参照）が、歌に舟に乗ることに対する恐怖や不安は詠まれていません。『和泉式部集』で自らが舟に乗る折の詠は、

1　葦多く積み上げたる舟に行き合ひて
葦分くる程に来にけり立つ浪の音に聞きてしこや難波潟　（六六五）

2　潮満ちぬとて、舟出だす所
おのただ道来る潮もありけるを思ふ人こそ我はふなづる　（六六七）

3　風にさはりて舟とどめたる所に、貝拾ひてもて来たるを見て
みる人もなぎさにをればかひなしと思はぬ海士のしわざなるべし　（六七〇）

などが見えます。なお、本文は『新編国歌大観』に拠り、一部表記を整えています。

『和泉式部集』で興味深いことは、2満潮になるまで待つとか、3強風により航行を止めたという経験です。外海なのか河川なのかは不明ですが、紫式部の舟旅においても、天候による不測の事態は起こり得ます。むしろ『和泉式部集』には、乗船の折の恐怖について詠んでいないことが注目されます。

右のような事例を参照すると、紫式部歌「かきくもり」は、暮れ方の湖の波が荒いので、「浮きたる舟ぞ静心なき」と詠んでいて論理的です。詞書の雷光について、歌には詠み込まれてはいませんが、暗がりの中で「この不安な舟は私だ」という感覚は、紫式部独自のものだと言えます。

ちなみに、宇治川の柴舟という景物から浮舟という人物造型への展開についてはすでに触れたことがあります（『源氏物語』における風景史」『文学史としての源氏物語』武蔵野書院、二〇一四年）。参考までに、『源氏物語』の用例を確かめてみましたが、国司赴任に用いられる舟の構造や様式、

乗船の感覚などについて、本課題の参考となる事例は見当たりません。むしろ、須磨、明石、大宰府への往来は陸路と海路とが併用されていることが知られます。物語に描かれている限りでは、大宰大弐の下向の場合、北の方は舟を利用しています（須磨、二巻四二頁）。『延喜式』「民部」には「凡山陽、南海、西海道等府国、新任官人赴レ任者、皆取二海道一。仍令二縁海国依レ例給一レ食（但西海道国司到レ府、即乗二伝馬一）其大弐已上、乃取二陸路一」とあります。注（46）に同じ、五八三頁。

なお、光源氏が明石姫君のために、乳母を派遣する場合は「津の国までは舟にて、それよりあなたは馬にていそぎつきぬ」（旧大系、澪標、二巻一〇九頁）とあって、必ずしも女性が舟と決まっていたわけではありません。

（36）増田繁夫校注『枕草子』和泉書院、一九八七年、二二六～二二八頁。

ちなみに『続日本後紀』承和三（八三六）年から五年にかけての記事によると、遣唐使派遣は国家的事業ですから、正使・副使の他、事務官や通訳、楽師などの選定、寺社における祈請、天皇の命を受けて発遣される儀、などが詳細に記されています。最初の発遣のとき、舶がばらばらに遭難したことで、遣唐使船は四艘が用意されており、正使・副使がそれぞれ一舶・二舶と分乗し、以下に従者や関係者が分乗したことが分かります（『国史大系』吉川弘文館、一九六六年）。

『平安時代史事典』は「国司の乗る舟は船尾寄りに乗組用の屋形があり、国司の赴任や帰任用は大型の屋形を設けた」と記しています（角田文衞監修、角川書店、一九九四年、担当項目・石井謙治、下巻二二三八頁）。石井謙治氏によると、**前期・後期遣唐使船の長さを、およそ二七メートル**（『日本の船』東京創元社、一九五七年、九〇頁）**と推定され、後に三〇メートル（積載量一五〇トン）と推**

定されています（石井謙治『図説和船史話』至誠堂、一九八三年、三一頁）。例えば、平城宮址に復元展示されている遣唐使船は、長さ三〇メートルです。四艘で合計五五七人が乗船したと言います。内海や河川に用いられる舟は底が浅くて平らですが、外海の波に耐え得る遣唐使船は箱形の外観で船底が深い。遣唐使船は外海で用いられるのに対して、国司でも琵琶湖で用いる場合は、内海に適した様式と大きさの船でしょう。国内の公事は、船は二船、国司と家族が分乗したと見られます。

また、琵琶湖の古代船の考古学的な復元は、荷物を運ぶ実用的なものです。従って人を運ぶものとしては、例えば『吉備大臣入唐絵巻』における遣唐使船は大型で豪華なものです（梅津次郎氏は、この絵巻の成立時期について「藤原末期あるいは藤原時代に入る」と言われています（『新修日本絵巻物全集』第六巻、角川書店、一九七七年、一六頁））。この図像が実態を記録しているとは限りませんが、後部には楼台があり、中央には金色の鴟尾《しび》、金色の瓦で葺いた唐破風《からはふ》の屋根を冠する建屋を設営しています。

これらを勘案すると、国司の乗る船は内海・河川用で、『枕草子』において清少納言の乗ったという舟は、国司下向に用いられるものとして、紫式部の乗った舟と同等同類のものと考えられます。

その他、図像として参考になるのは、『蒙古襲来絵巻』（成立を宮次男氏は永仁元（一二九三）年と言います（「平治物語絵巻の成立と絵画的考察」松下隆章編『新修日本絵巻物全集』第一〇巻、角川書店、一九七五年））。『真如堂絵巻』などにも大きな船は描かれていますが、『槻峯寺建立修業絵巻』に描かれている舟は民間のもので、ある程度の長さはあると見られますが、船内に建屋を置いていません。石井氏は『蒙古襲来絵巻』の舟を推定二五メートル前後（前出『図説和船史話』三一頁）、『北野天神縁起絵巻』の舟をおよそ七〇尺（二一メートル）と推定されています（前出『日本の船』一二八頁）。これらからすれば、内海か外海か、また古代か中世かで、舟の標準的な大きさは異なっていますが、古くは内海で二〇メートル前後、外海で三〇メートル前後と考えてよいことが分かります。

（37）横田氏は『萬葉集』の船の呼称について「大船」という語の使い分けに注意しています（前出『琵琶湖の船が結ぶ絆』三八頁）。『萬葉集』には「大船に真楫繁《しじ》貫き」とあるので「多数の櫂《かい》（または櫓）で漕ぐ大型船」だと言います（前出『図説和船史話』二一頁）。

ただ『枕草子』に見える「小舟」や二人乗りの「はし船」などとは大きさが違いますし、「潮干の潟にをる大船」（二二一段「むとくなるもの」）という言葉があるのですが、琵琶湖で用いられる「大船」がどれくらいのものか分かりません。

（38）松原弘宣「畿内における諸津の性格と機能」『日本古代水上交通史の研究』吉川弘文館、一九八五年、二五九頁。

（39）『延喜式』「諸国運漕雑物功賃」の項、若狭国海路について、大津と勝野津という二つの名前が見えます（『国史大系』吉川弘文館、「主税上」、一九六五年、六六七頁）。

（40）「海から京へ　古の大動脈　報告・塩津港遺跡①」『湖国と文化』第一六九号、二〇一九年。神社は「水尾」と表記されていますが、地名は「三尾」と表記されています。

（41）白井忠雄「古代10　高島の式内社」『図説高島町の歴史』サンライズ出版、二〇〇三年、二九頁。例えば、『延喜式』兵部省、駅馬の項には、勢多、岡田、甲賀、篠原、清水、鳥籠、横川、穴多、和爾、三尾、鞆結などの名前を挙げています（七一二頁）。

（42）大雑把な議論で恐縮ですが、記録ということから言えば、家集に採られた和歌は、直接紫式部の記憶から呼び出されるものがあるかもしれません。あるいは、すでに人口に膾炙している歌もないとは言えません。また文箱《ふばこ》の中に眠っていた消息や反古《ほご》の紙片に書き留められたものもあるでしょう。言うまでもなく公式の歌合や行事の記録は残るでしょうが、他に考え得る可能性があるのは、公的・私的（晴と褻）を問わず、宴の（あるいは、宴における）記録です。歌詠みの家や、為時のような学者の家には、他と比べれば、紙背《しはい》であろうと料紙における記録がなされる蓋然性は高いでしょう。

（43）小山利彦「紫式部越前下向の路程試考」『むらさき』第三八輯、二〇〇一年一二月。国衙跡は、直線で現在の瀬田唐橋の東約一、二キロメートルにありますが、少しばかり小高い丘陵地にあるので、実際に歩きますと、徒歩ではなかなかの負担です。

ちなみに、考古学の発掘調査の教える、かつての古代勢多《せた》橋の位置（現在の瀬田唐橋の下流約八〇メートルとされています。山尾幸久「古代近江の幹線道路」『古代の近江』（サンライズ出版、二〇一六年、一二六頁））によると、近江国衙は平安京から勢多橋を渡って真っ直ぐ東進し、官道の東山道を行く途上に国衙《こくが》があることになります（安土城考古博物館・滋賀県文化財保護協会編『大国近江の壮麗な国府』二〇一一年、一〇頁、三九頁）。地理上は一旦国衙に為時一行が立ち寄り、荷物や準備を整えた可能性はあります。とすると、大津で乗船して国衙に向かったものか、国衙から出発して瀬田付近から舟旅が始まったものか、経緯は分かりません。

（44）久保田孝夫「『土佐日記』の「山崎」」『中古文学』第八七号、二〇一一年五月。

（45）森公章『平安時代の国司の赴任』臨川書店、二〇一六年。

（46）『国史大系　延喜式』吉川弘文館、一九六五年、三二七頁、九九七頁。

（47）『国史大系　朝野群載』吉川弘文館、一九六五年、五一七～五一八頁。

（48）実践本の本文「初雪降ると書きける日」は、かねてより具注暦における節気の「小雪」を意味すると解して注釈されてきましたが、陽明本には「書きつけける日」とあって、この本文だと、紫式部自身が書き付けたと読めます。そうであれば、「ここにかく」はここに書くと、ここにこのようにというふうに、掛詞になっているとも言えます。饗宴の場を予想させる表現です。

なお、地方官衙跡における具注暦の出土の報告があります（大濱眞幸「万葉集の場と表現」有吉保他編『和歌文学講座　万葉集Ⅰ』勉誠社、一九九二年、注（23）に地方官衙跡の出土事例を挙げています）。内容の詳細を知りたいところですが、この時代、地方における普及の程度が推測されます。

早くに『紫式部集全評釈』は「武生に初雪が降ったので「初雪降る」と式部が暦に「書きつけた」と解釈する向きもあるが、これは拙い」（傍点・廣田）として「日野岳（標高約八〇〇メートル）には、すでに「雪いと深う見らる」る状態に積雪している」から「北越の初雪は、京都よりもはるかに早い時期」だ（一四八頁）と論理的に事実関係を推測していますが、陽明本の表現するところは、違う問題でしょう。陽明本にはそう書いてあるから、そう読むべきだというふうに捉える方がよいと思います。

（49）山田孝雄他校注『日本古典文学大系　今昔物語集』第三巻、第一六巻第二五、岩波書店、一九六一年、四七五頁。

（50）関根慶子他『赤染衛門集全釈』風間書房、一九八六年、一六一頁。

ちなみに『赤染衛門集』の該当箇所は次のとおりです。なお、本文は『新編国歌大観』に拠り、地名については傍線を付しました。

をはりへくだりしに、七月ついたちごろにて、わりなうあつかりしかば、あふさかのせきにて水のもとにすずむとて

越えはてばみやこも遠くなりぬべし関の夕風しばしすずまむ　（一六九）

おほつにとまりたるに、「あみひかせてみせむ」とて、まだくらきよりおりたちたるをのこどものあはれに見えしに

朝朗おろせるあみのつなみればくるしげにひくわざにありける　（一七〇）

それより舟にのりぬ。ふくろかけといふところにて

いにしへにおもひいりけむたよりなき山のふくろのあはれなるかな　（一七一）

七日、ゐちがはといふところにいきつきぬ。きしにかりや（仮屋）をつくりておりたるに、ようさり月いとあかう波おとたかうてをかしきに、人はねたるにひとりめざめて

ひこぼしはあまのかはらに舟出しぬ旅の空にはたれを待たまし　（一七二）

又の日、あさふ（ママ）といふところにとまる。そのよ風いたうふき、あめいみじうふりて、もらぬ所なし。頼光が所なりけり。壁にかきつけし

草枕露をだにこそ思ひしかたがふるやどぞ雨もとまらぬ　（一七三）

水まさりて、そこに二三日あるに、ひをえてきたる人あり、此ころはいかであるぞととふめれば、水まさりてはかくなん侍るといへば

あじろかとみゆる入江の水ふかみひをふる旅の道にもあるかな　（一七四）

それよりくひぜ川といふところにとまりて、よるう（鵜）かふをみて

夕やみのうぶねにともすかがり火を水なる月の影かとぞみる　（一七五）

又、むまづといふ所にとまる夜かりやにしばしおりてすずむに、こぶねにをのこふたりばかりのりてこぎわたるを、何するぞととへば、ひやかなるおもひ（ママ）くみにおきへまかるとぞ云ふ

奥中の水はいとどやぬるからむことはまなゆ（真湯）を人のくめかし　（一七六）

京いてで九日にこそなりにけれといひて、かみ

都いてでけふここぬかになりにけり

とありしかば

とうかのくににいたりにしかな　（一七七）

くににて、はる、あつたの宮といふ所にまうでて、みちにうぐひすのいたうなくものをとはすれば、「なかのもりとなむまうす」といふに

鶯のこゑするほどはいそがれずまだみちなかのものといへども　（一七八）

まうでつきてみれば、いと神さびおもしろき所のさまなり、あそびしてたてまつるに、風にたぐひてもののねどもいとどをかし

ふえの音に神の心やたよるらんもりのこ風も吹きまさるなり　（一七九）

『赤染衛門集』を資料と捉え、彼女の事績を辿ると、逢坂関を越えて大津で舟に乗り「袋掛」「愛知川《あち》」

「朝津」「杭瀬川」「馬津」という経路をとったことになり、配列が時間進行に従っていることになります。また、赤染衛門はいずれの地でも歌を詠んでいますが、旅の歌に注目し、『紫式部集』の琵琶湖周辺の歌と比べてみると、多くは饗宴歌と考えられますが、

	(契機)	(主題)	(注)
一六九	地名	望郷	
一七〇	(観光)	所感	
一七一	地名	秀句	神社遥拝か。
一七二	景物	望郷	
一七三	(名所)	旅愁	落書(関根、一一六頁)
一七四	景物	旅愁	
一七五	(観光)	見立て	
一七六	(観光)	秀句	

と詠歌の動機と主題とは必ずしも一律ではありません。歌の主題が、必ずしも明らかでない歌もあります。個別に紫式部歌と比べてみると、一七〇番歌は下賤の者に対する、それぞれのまなざしが感じられるのですが、これと類似するのが、紫式部の二三番歌「しりぬらん」です。ただし、輿《こし》を担ぐ者に対する目はあるものの、『紫式部集』では秀句を詠むことに収束しています。また、一七三番歌は、知人の邸宅を訪れたときの「落書」とされるものです。一七六番歌は、土地の珍しい習俗に対して、好奇の目を向けたもので、掛詞を用いた技巧の歌です。

また、『赤染衛門集』の他の箇所では、増水のため足止めをくらったり、仮屋に泊まったりという経験を記しています。逆に言うと、旅と詠歌との関係について考えてみれば、ひとり『赤染衛門集』に限らず、旅の「出来事」は偶然や奇異な見聞に振り回されるような、実際上多様なものでしょうが、『紫式部集』はあえて、初めての奇異な経験などは他愛なことと捨象し、地名にこだわり望郷と秀句とに限って選択し配列していることが、より明らかになるでしょう。

なお、一七〇番歌「あみひかせてみせむ」については、本書、第三章参照。

また、『赤染衛門集』の記事で興味深いことは、宴と和歌との関係にあります。一七八番歌で熱田神宮に到着。特に一七九番歌で、参詣・参拝の後、「あそび」をした折に、饗宴の中で、歌は詠まれたものとみられます。神社は「神さびおもしろき所」で「あそび」の楽の音は「いとどをかし」という中で詠まれた歌「ふえの音に」は、歌の内容・形式からも神祇歌と言えます。

(51) 注(24)に同じ。

(52) 一九番歌「行きめぐり」の歌について、清水好子氏は「以後時間を逆に遡らせて、越前下向の歌を排列」しているのは「他律的時間的順序によって編もうと意図したのではなく」「人間関係を見詰めていた」(注(6)に同じ、三四頁。傍点・廣田)とされています。私はこれを『源氏物語』と共通した属性を持つ家集の歌群構成の方法の認識と捉えたく思います。

(53) 清水好子氏は「越前滞在中に強まった宣孝からの求婚を書きつづけるなかで、式部はついに帰京の路次の歌を飛ばして、新婚の贈答歌を書いている」と捉え「排列の順序だけを根拠に強く主張することを避けよう」と述べています(前出『紫式部』一〇〇頁。傍点・廣田)。

この時期にあってこの指摘は慧眼《けいがん》というべきものです（編纂の意図を考える上で、越前下向時に（以前に）宣孝との交渉や恋愛を認めるとすれば、さらに重要な指摘です）。さらに「閨怨《けいえん》型の歌」も「家集の後半部に小グループで散在」し「現存家集の乱れ方」が見られるとして、「もとの形ではないであろう」とされていますが、「これらの歌が帰路の歌の次に位置することも偶然とは思えない」（一〇一頁）と述べています。B群の歌群の位置について、「偶然」でないという根拠が示されていないことは残念ですが、清水氏の発言は実に興味深いことです。この提言を踏まえて、帰路の三首の歌群について「乱れ方」をどう見るかは、別に考えたいと思います。

言うならば、**『紫式部集』は物語の方法と相同の構成や叙述法を具えているのではないかという推測を導くからです。**

(54) 廣田收「冒頭歌群　寡居期の歌「露しげき」」『家集の中の「紫式部」』新典社、二〇一二年。

(55) 同「晩年期の歌群と家集の編纂　古本系の末尾歌の解釈」注（54）に同じ。

(56) 廣田收『『源氏物語』の作られ方』『古代物語としての源氏物語』（武蔵野書院、二〇一六年）。あるいは「古代物語研究の戦後と私の現在」（『表現としての源氏物語』二〇二一年、四五頁）など。

すでに繰り返し論じてきたことですが、『源氏物語』にもともとストーリーが内在して在るのではなくて、ストーリーとして読んでしまうところに、物語の「小説的理解」があります。これを『源氏物語』の方法の問題として見ると、清水好子氏の指摘のとおり、『源氏物語』は場面の積み重ねだと言えます。さらに、その場面同士の構成について、私に付け加えることがあるとすれば、これまで何度も申してきましたが、場面と場面との関係は、主に、①対照性と、②類聚性、あるいは連想性という、二つから成るということです。そして実は、これらは裏表の関係にあるのかもしれない、ということです。

例えば、葵巻で葵君の逝去の場面に、若紫の新枕《にいまくら》の場面が引き続き置かれています。あるいは、若紫巻では、若紫の場面の次に、光源氏と藤壺との密会の場面が引き続き置かれています。このような場面構成については、かつて光源氏という人物の描かれ方が不自然だとか、唐突すぎるなどと批評されてきましたが、むしろそのまま読み進めるべきであって、場面と場面との関係は、対照的であるとともに連想的と理解することができます。このような「繋《つな》がり」は、古代物語の場面転換の方法と言うべきものでしょう。

(57) 後藤祥子校注『公任集』『新日本古典文学大系　平安私家集』岩波書店、一九九四年、三六七頁。

(58) 『紫式部集』は歌群単位で緩やかに一代記の構成をとっていますが、歌群同士の結合は曖昧で、どちらの歌群に属するか分かりにくい歌が二、三首置かれています。歌群を媒介しつつ転換を担う部分で、これを私は緩衝《かんしょう》帯と呼んでいます。

B群を緩衝帯と見るかどうかについて付言すれば、緩衝帯の他の事例は、いずれも二、三首程度の纏まりを持ちます。ただ、注(15)にも触れましたが、緩衝帯はどちらかと言うと、陽明本において顕著に認められる現象であり、実践本では歌の増益によって、緩衝帯の効果が希釈化されていると考えられますから、**定家本に比べて古本系がこの家集本来の編纂を記憶するものと見られ、古本系が比較的古態を残すと考えられます。**本書、第二章注(15)参照。

(59) 廣田收「話型としての『紫式部集』『講義　日本物語文学小史』金壽堂出版、二〇〇九年。

（60）私はすでに注（1）『紫式部集』歌の場と表現』（笠間書院、二〇一二年）において、次のように述べています。「いうまでもなく家集はひとつの編纂物である。（略）成立過程の問題としていえば、素材として選び取られた和歌が、詞書も含めて一定の意図のもとに構成されるとともに、表現は整えられていると考えられるからである」（一九〇頁）。

第三章　紫式部歌の解釈

（1）私はかつて、『紫式部集』の旅の歌群について、「途次、寺社参詣を繋いで行く旅である。しかも、常に饗宴を詠歌の場として伴うような旅である。その意味で、旅は歌を詠むことである」（「『紫式部集』の地名」『同志社国文学』一九八九年一二月）と書いています。また近時には、「為時・紫式部が訪れた先で催された饗宴の場において、紫式部があるときは旅の一行の心情を代表して詠み、あるときは集団を代表しつつ、個人的な心情をもしのばせているとも予想される」（「『紫式部集』旅の歌群の読み方」廣田收・横井孝編『紫式部集の世界』勉誠出版、二〇二三年、一六三頁）と述べています。本章はそのような問題意識を展開させたものです。

ところで、今回、およそ資料を作り終えたころ、上野誠『万葉びとの宴』（講談社、現代新書、二〇一四年）を拝読しました。問題意識や発想が私と余りにも似ていることに驚きました。上野氏が（おそらく）主として倉林正次、土橋寛両氏の業績を評価して踏まえておられたからです。私もまた、これまで根本的なところで倉林氏の饗宴論や土橋氏の古代歌謡論に依拠して自説を展開してきました。

しかしながら、よく考えてみると、**倉林・土橋両氏の理論的分析法こそ、『萬葉集』の饗宴理解に**

おいて正統的 orthodox なものだということを確認することができたことを喜びたいと思います。ただ、上野氏が「万葉学徒による宴の文化論」（一八頁。傍点・廣田）を展開しておられるのに対して、私は国文学徒として、紫式部歌を古代和歌として読むために、宴を和歌の基盤として捉えようとしたときに、従来の解釈、批評が全く違って見える場合があることを説こうとするものです。それと同時に、上野氏は『萬葉集』を対象として据えておられるために支配層の宴が中心となり、朝廷や国司の館などの賀宴を論じておられますが、私は『紫式部集』を対象とすることと相俟《ま》って、紫式部の場合は宴の概念を出先や参詣、旅先の機会に催されるささやかな家族単位の食事の宴にまで拡張させることによって、その場で紫式部の詠んだと考えられる歌を考察の対象としようとするものです。

そのようなことで、個別『萬葉集』所収歌の解釈について上野氏に示唆を受けた場合には個別に注記することにしました。

詳しく紹介すれば、（I）祭祀における儀礼的な直会としての饗宴については、早く小林茂美氏が「古代の祭祀」を「正儀・直会・肆宴の三段階」と捉える折口信夫の考えを敷衍《ふえん》されています。すなわち、厳粛な「正儀（マツリ）」（ルビの（ ）は原文のママ）と「その過誤を指摘・訂正する大直日神を祭る」「直会《なおらい》」の段階と、「おなじ趣旨」を「副演」し、「神人共食の饗宴（ウタゲ）（ルビの（ ）は原文のママ）を通して神との庇護思賚《らい》をかがふる機会が肆宴」であったと解説されています（「饗宴の文学」『國學院雜誌』一九六三年四月）。饗宴そのものの研究としては、倉林正次『饗宴の研究』（四冊）（桜楓社、一九六五〜一九九二年）に詳しいのですが、倉林氏の説く要点は「祭りには神まつり—直会—饗宴という三つの部分がある」という理解にあります（『祭りの構造』日本放送出版協会、一九七五年、九八頁)。

一方、(Ⅱ)食事に伴う酒盛といった会合としての概念については、例えば『萬葉集』に関して、杉山康彦氏が「人々が多数参集した酒宴の席」を饗宴と規定されています(「饗宴における歌の座」『国語と国文学』一九五八年一月)。また、高野正美氏は、『萬葉集』には「宴の席上で詠まれた歌が多くみられる」としながら、宴には「年中行事の折に催された宴もあれば、宮廷での臨時の宴をはじめ官人たちの仲間同士の宴など」「大きな違い」があると言われます。ただ、その他「旅の歌」や「恋の歌」「人の死をめぐって」など詠まれる機会の多様であることを指摘されています(「歌の生活を読み解く」『万葉集の環境と生活』笠間書院、二〇〇九年、四六頁)。しかしながら、**旅の歌以下についても、宴は関与しないのだろうか、という疑問が本章のテーマにかかわります。このような指摘も含めて、私は多様な概念規定をむしろ包括的に捉えた上で個別の事例の差別化をはかる方が、場の公《おほやけ》・私《わたくし》、もしくは晴《はれ》と褻《け》を際立たせるために、本書の課題を考える上で有効だと考えます**(『紫式部集』における歌群構成」前出『紫式部集の世界』、注(9)参照)。

なお、本考察の前提として、晴と褻、また和歌を挨拶と捉える考えは、益田勝実「和歌と生活」(『国文学　解釈と鑑賞』一九五九年四月)を踏まえています(廣田收『源氏物語』における詠歌の場と表現」廣田收・辻和良編『物語における和歌とは何か』武蔵野書院、二〇二〇年)。

ちなみに、**晴・褻**、ならびに**公・私という用語**については、お互いに重なり合う部分もありますが、縦横の座標軸において捉えることが分かりやすいと思います。

両者の概念上の関係については、

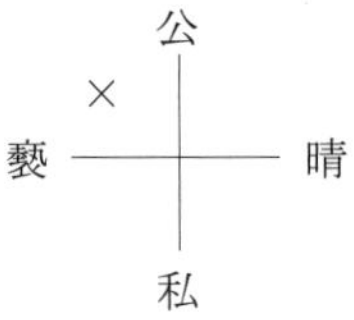

という座標をもって捉えたいと思います。

和歌を詠む場の問題として考えると、「公の晴」は内裏の儀式に伴う饗宴の場、天皇の内宴、歌合などの他、皇族の儀礼に伴う贈答などが考えられます。「私の晴」は一般の人々の改まった挨拶の場などが考えられます。「私の褻」は、日常的な親子関係や男女関係を想定できるでしょう。「公の褻」は例えば、帝にも晴と褻とでペルソナの異なりのあることは予想されますが、帝の日常における贈答を、実際に確認できる事例は少ないと考えられます。

なお、私はこれまで「褻の中の晴」という概念も用いていますが、日常の中でも改まった挨拶の場とほぼ同じ意味で用いています。

すでに指摘されているものを集めますと、晴と褻の概念はもともと益田氏の学を遡ること柳田国男氏の用いた民俗学の語ですが、古代のテキスト語彙として「晴」は、『栄華物語』「もとのしづく巻」に見えます。すなわち、研子の女房たちが『法華経』を書写し豪華にしつらえていることに道長は感激します。納経のため道長に続いて女房たちは御堂に参上します。そのとき、女房の感想に「かゝりける晴の事に、さるべき用意あるべかりけるものを」とあります（松村博司・山中裕校注『日本古典

文学大系　栄華物語』下巻、岩波書店、一九六五年、四四頁）。

一方、「褻」は、『小右記』寛弘二（一〇〇五）年三月二九日条に「褻装束」とあり、院政期の『色《いろ》葉《は》字類抄』には「褻　ケ　褻晴也」とありますから、晴・褻ともに平安時代の語と見てよいと思います。その他にも、平安後期の『大鏡』、院政期の『今昔物語集』、鎌倉時代の『無名抄』『十訓抄』『宇治拾遺物語』などに事例のあることが知られています。

なお、一四世紀の『徒然草』一九一段に「ことにうち解けぬべき折節ぞ、褻・晴なくひきつくろはまほしき」（西尾実校注『日本古典文学大系　徒然草』岩波書店、一九五七年、二四八頁）とあり、晴と褻とは対になって認識されています。ちなみに『日本国語大辞典』は一〇世紀の『平中物語』三四段の「上にもけにも心にまかせてまじり歩く人なれば」を挙げています（第四巻第二版、小学館、二〇〇一年、一一九七頁）が、これは「上にも下にも」と理解できる（遠藤嘉基校注『日本古典文学大系　平中物語』岩波書店、一九六四年、九五頁）かもしれません。

いずれにしても、晴と褻とは、平安時代において、祭祀や儀礼・公的なことと日常的・私的なことと対比されて認識されていると思います。

なお、公・私という語について、用例は略しますが、『源氏物語』にも見えるテキスト語彙です。「おほやけ」と「わたくし」とが対をなす事例は、帚木巻（旧大系、一巻八一頁）、行幸巻（三巻七四頁）、横笛巻（四巻七〇頁）などに見えます。なお、「おほやけ」の語については、「物語論としての王権論と桐壺帝」（高橋亨編『源氏物語と帝』森話社、二〇〇四年。後に『源氏物語』系譜と構造』笠間書院、二〇〇七年、に所収）に触れました。

（2）吉井祥「餞別の歌と場」『むらさき』第五九輯、二〇二二年一二月。

（3）私は、**古代和歌を場において捉える方法**をとっています（土橋寛「場の問題　記紀歌謡その他」『国文学　解釈と教材の研究』一九七〇年七月。大濱眞幸「万葉集の場と表現」有吉保他編『和歌文学講座　万葉集Ⅰ』勉誠社、一九九二年。廣田收「まえがき」『『紫式部集』歌の場と表現』笠間書院、二〇一二年。同『『源氏物語』の作られ方」『古代物語としての源氏物語』武蔵野書院、二〇一八年。同『『源氏物語』における詠歌の場と表現」『表現としての源氏物語』武蔵野書院、二〇二一年）。

ここでいう**場**とは、単なる空間的な概念ではありません。また、身体性の問題へと移すことも考えておりません。例えば、結婚式の祝辞は、参加者個々人の思いは別として、場の目的に沿った発言や行動をする、場の空気に背かない言動をとるなどという意味で、**私は場という概念を context の義で用いています。**

例えば、大濱氏は『萬葉集』の「歌々の背後に見え隠れする歌本来の姿を復元」するために、「歌が実現した現場の具体相を動体的に捉え」るべく、「〈場と構造〉の視点」が重要だとして、（一九九〇年当時から見て）「近時」「宴席が文雅の場として歌の営みに深く関わっていたこと」が解明されてきたと述べています（「場と構造の論の可能性」『国文学　解釈と教材の研究』一九九〇年五月）。

（4）注（3）『『紫式部集』歌の場と表現』第三章第二節、及び第三節。

（5）久保田孝夫・廣田收・横井孝編『紫式部集大成』笠間書院、二〇〇八年、上原作和・廣田收編『新訂版　紫式部と和歌の世界』武蔵野書院、二〇一二年。

（6）南波浩校注『紫式部集』岩波書店、文庫版、一九七三年、二一一頁。

（7）南波浩『紫式部集全評釈』笠間書院、一九八三年、一二二頁。

（8）清水好子『紫式部』岩波書店、新書版、一九七三年、四四頁。笹川博司『紫式部集全釈』風間書房、二〇一四年、一二九頁。例えば、清水好子『紫式部』や笹川博司『紫式部集全釈』は、最初から考察の底本として（おそらく自ら校訂、校合《きょうごう》を加えられて）「汝が」を採っていますので、私が言う「疑問」の生じる余地がありません。さらに言えば、詳細は略しますが、「汝が」を採る群書類従本は、別の幾つかの箇所から推しても「意味不明な箇所」については「合理的」「論理的」な整合性を求めていると推測されますので、群書類従本はまさに江戸時代の近代的思考の産物と見られます。

例えば、「てまもなく」の条、群類本は「ひまもなく」を採っていますが、他の箇所でも、

一八番　陽明文庫本・実践女子大学本「筑紫に肥前といふ所」の条、いささかこなれない印象があるかもしれませんが、群類本は「筑紫の肥前といふ所」と分かりやすくなっています。

二一番　歌「磯隠れ」について、陽明本・実践本は「人や」と問いかけになっていますが、群書類従本は「人は」とありこれも他人事のようになっています。

六九番　歌「ひとりゐて」の結句、陽明本・実践本は「影やいづれぞ」と詰問の形をとっていますが、群書類従本は「影やいづれと」とあり、これもまるで他人事のようになっています。

など、このように幾つか拾ってみますと、陽明本・実践本という有力な善本が共通に持つ表現から見れば、群類本が「合理的」、いわば「分かりやすさ」を基準に改変しているのではないかと、勘ぐりたくなってしまいます。

ちなみに、「なが思ひ出づ」について、「汝が」と主語となる事例は、『新編国歌大観』によると勅

撰集、私家集編Ⅰとも用例は見当たりません。「汝が鳴く」の事例はいくらか存在しますが、ここでは検討について略します。

(9) 廣田收「『紫式部集』旅の歌群の読み方」注(1)に同じ、一四五～一四七頁。なお、『萬葉集』羇旅歌の事例から、『紫式部集』二一番歌の詞書における「磯」は普通名詞ではなく、地名であり有名な港であると思います。

(10) 「声々鳴くを」について、『源氏物語』の「声々」の用例は次のようです。

[1] ほどなき庭に、ざれたる呉竹、前栽の露は、猶、かゝる所もおなじごときらめきたり。虫の声〲みだりがはしく、壁の虫の蟋蟀《きりぎりす》だに間遠に…　(夕顔、一巻一四〇頁)

[2] 虫の音のさだめをし給ふ。御ことゞもの**声々**かきあはせて、おもしろきほどに、(光源氏)「月見る宵の、いつとても、物あはれならぬ折はなき中に…　(鈴虫、四巻八五頁)

[3] にはとりも、いづかたにかあらん、ほのかに音なふに、京思ひ出らる。
(薫)「山里のあはれ知らるゝ**声〲**にとり集めたる朝ぼらけかな　(総角、四巻三九三～三九四頁)

これらの事例は、虫や鳥がめいめい勝手に声を出していて、声に統一性や協調性などがなく、ばらばらであることが分かります。一方、和歌の事例は略します。

(11) 「同じ心に」については、早く『萬葉集』や『拾遺和歌集』などに用例が見られます。(旧大系)

1　巻一二　正述心緒

たわやめは**同じ心に**しまくしも止む時もなく見てむとそ思ふ　(二九二一)

2　巻一六　有由縁雑歌（竹取翁）

死にも生きも**同じ心と**結びてし友や違はむ我も寄りなむ　四　（三七九七）

3　巻一九　水鳥を越前判官大伴宿祢池主に贈りし歌一首

天離る鄙にしあれば　そこここも**同じ心そ**　家離り　年の経ゆけば　うつせみは　物思ひ繁し
そこ故に　心なぐさに…　（四一八九）

『拾遺和歌集』　恋三

1　月あかかりける夜、女の許につかはしける　源さねあきら

こひしさは**おなじ心に**あらずとも今夜の月を君見ざらめや　（七八七）

返し　中務

さやかにも見るべき月を我はただ涙にくもるをりぞおほかる　（七八八）

恋三

2　題しらず　よみ人しらず

こぬ人をまつちの山の郭公**おなじ心に**ねこそなかるれ　（八二〇）

平安時代の勅撰集の事例の多くは、恋の歌ですが、右は景物の郭公と私が同じ心で鳴くことを歌っています。紫式部独自の表現にとって唯一の前史的事例と言えます。以下、私家集の用例を略します。

（12）　一般化して言えば、同じ心を共有するという詠まれ方になっていますが、**紫式部歌のように、眼前の景物と同じ心性を共有するというような事例は少ないので、紫式部の孤独を表現する形式として注目できます。**なお、ここで『紫式部集』歌とのみ限定せず、紫式部歌という場合は、『紫式部日記』

と共有される歌もありますから、紫式部が表現者として詠出する歌という意味として用いています。また『源氏物語』の中にも、登場人物が眼前の景物に寄せて、自らの存在と同じだと認め、存在の意味や根拠を問う事例があります。これとも響き合うものでしょう（廣田收『『源氏物語』における風景史』『文学史としての源氏物語』武蔵野書院、二〇一四年。同『『源氏物語』存在の根拠を問う和歌と人物の系譜』『古代物語としての源氏物語』武蔵野書院、二〇一八年）。

（13）「なに思ふ」と類句表現を探すと次のようです。

『後撰和歌集』恋五、九四九

1　左大臣河原にいであひて侍りければ　内侍たひらけい子

たえぬとも何思ひけん涙河流れあふせも有りけるものを

この1と次の4は、何を考えていたのか、なぜ考えていたのか、両方に解釈ができます。

『後撰和歌集』秋中、二八一・二八二

2・3大輔が後涼殿に侍りけるに、ふぢつぼよりをみなへしををりてつかはしける　右大臣

折りて見る袖さへぬるるをみなへしつゆけき物を今やしるらん

返し　大輔

よろづよにかからんつゆををみなへしなに思ふとかまだきぬるらん

『後拾遺和歌集』恋二、七〇一

4　中関白女の許よりあか月にかへりて、うちにもいらでとにゐながら、かへりはべりにければ

よめる　　　　　　　　　　　　高内侍
あか月のつゆはまくらにおきけるをくさばのうへとなにおもひけん

以下は私家集の事例です。

『斎宮女御集』一二四

1　内の御
うらむべきこともなにはのうらにおふるあしざまにのみなにおもふらん

『斎宮女御集』二〇四

2　たかくらにわたらせ給へるに、さうのことをいとおもしろくひくを、きくきくかへらせ給ひて、かの大君に
あかざりしことにこころをとどめしをかへしのこゑになにおもひけむ

『為頼集』六三

3　人にかはりて、をとこのたうたるころ、はぎをみて
かれはつるふゆもありけるあきはぎのした葉のいろをなにおもひけん

『一条摂政御集』六〇・六一

4　ほどなくたえたまひにければ、女ありて御ふみのはしにかきて
わすれぐさとしつむやどにすみよしのきしいぶかしくなにおもひけむ
おとど、かへし
わすられずなほすみよしのきしながらいまはまつはといふ人ぞなき

『公任集』五〇一～五〇三

5 かへし

世中の花をはなとや思ふらんそのはかなさは知る人ぞ知る

御返し、花山院のとも

おくれぬと何思ふらんその花は時のいたりて有るにやはあらぬ

御返し

その時を何れの時としらぬまはまつやつねなき時や今こん

『和泉式部続集』一二六二

6 いかがはなどうたがはしくおもふ人の、おとせぬに

なき身ともなにおもひけんおもひしにたがはぬ事は有りけるものを

『経信集』二〇三・二〇四

7 中宮に、出羽弁といひける人に

かずしらぬなみだのたまのみだるるとそでのこほりといづれまされり

返し 又、出羽

こなたにはかくたなびかぬくものうへにたちのぼれどもなにおもひけむ

『古今和歌六帖』第三、一四六五

8 水 ただみね

きみがよにあふさかの山のいはしみずこがくれりたと何おもひけん

略しますが中世の事例は、「なぜ」の用法が優勢であるように見えます。

これらを参照しますと、『紫式部集』二一番歌は、「なにおもひいつる人やたれそも」とありますから、「なに」は何をと目的的な対象ではなく、なぜと問いかけているとも見えて、落ち着かない表現と見えます。

ちなみに、「人やたれそも」について、少しばかり拡張して類句表現とともに列挙してみましょう。

『拾遺和歌集』哀傷、一三二六

1　世のはかなき事をいひてよみ侍りける　　したがふ

草枕**人はたれと**かいひおきしつひのすみかはの山とぞ見る

『後拾遺和歌集』春上、三六

2　後冷泉院御時皇后宮歌合によみ侍ける　　中原頼成妻

つみにくる**ひとはたれとも**なかりけりわがしめしののわかななれども

『千載和歌集』恋歌一、六四七

3　題しらず　　徳大寺左大臣

ひとめみし**人はたれとも**しら露のうはのそらなるこいもするかな

『新勅撰和歌集』雑歌一、一〇七〇

4　実方朝臣承香殿のおまへのすすきをむすびて侍りける、たれならむとて女房のよみ侍りける

よみ人しらず

秋風の心しらず花すすきそらにむすべる**人はたれぞも**

勅撰集では、4が同じ表現ですが、次の1・4は、古代の事例として注目できます。

『古今和歌六帖』第三、一四八

1　夏冬幷四十首

くらぶ山こずゑもみえずふる雪に夜半にこえくる**人やたれぞも**

『長能集』一〇三・一〇四

2　はやう賀茂のまつり見侍るとて、あやしき人を車にのせて侍りしを、むかへによしまさの朝臣たちてかくいひ侍りし

そのかみのながよしとただしりぬれば人のかずともおもほえぬかな

かへし

ことわりやしかうき身なりしかあれどもよしまさるらん**人はたれかは**

『輔親集』六二

3　女房に藤雑色保男がかたらひたえて、またあらためて、うちはしからしのびてかよふをみて

かづらきのたえとたえにしいはばしをしのびにわたる**人はたれそも**

『高遠集』三七四

4　家のみかしぎの、きこりにやりたりけるに、うぐひすの、すくひたりけるきの枝ありけるを、たてまつれるを見て

しばきこるかまどとやまのうぐひすのこゑききふるす**人やたれそも**

（14）廣田收『紫式部は誰か』武蔵野書院、二〇二三年。私は、寄物陳思とはいえ、景物に同化するとこ

ろに紫式部の独自性が認められる、と考えています。

ちなみに、神谷かをる氏の次の考察は、私にはいささか難解ですが、平安時代の「言語行動を示す語彙」として「言ふ」「聞く」「かく」「よむ」の「四本柱が中心になっている」と述べています。すなわち、神谷氏は、特に「「よむ」とは、ことばを音声に上すこと」であり、「歌は、文字のない時代からあり、本来うたうものであろう」と説かれます（一五九頁。傍点・廣田）。しかし一方で、「宴席でよまれたと思われる歌は、その場で口頭に上せて作ることもあっただろう。が、公の宴席での歌は書かれもしたであろう」（一六〇頁。傍点・廣田）とも述べています。「公の宴席」で「書かれ」たことは、おそらく詠じられた歌を記録したことを意味したものでしょう。

ただ、私が重要だと考える問題は以下の点です。神谷氏は「現実の歌制作の場では、「よむ」「いふ」「かく」方法で作られたと思われる」と述べています（一六一頁）。さらに、『古今和歌集』の成立の段階では、「歌の作り方が、「よむ」というよりむしろ「いふ」「かく」方法が多かったことを示唆していよう」と述べていることです（神谷かをる「「よむ」歌から「いふ」歌「かく」歌へ」『講座平安文学論究』第二輯、風間書房、一九八五年、一六一頁）。

概観するに、「よむ」「いふ」の差異は、時代的な変化の問題ではなく、おそらく歌の調べが音律やリズムが強いか希薄か、あるいは儀礼性の強い弱いが関係するのではないでしょうか。

また、神谷氏は論の後半で、「当時の人々は、我々以上に聞いてわかる時代に生きていたであろう。音声言語・音声文学が、まだまだ生きていた時代であったろう」（一六七頁）と述べています。おそらくそうに違いありません。

私の考えるところ、「時代的な変化」の問題というよりも、「よむ」「いふ」の差異は、歌の詠まれる場の晴・褻の差異に対応している共時的な問題であり、「かく」は「よむ」「いふ」に対して、場の性格の差異によるものであると思います。

つまり、

声に出して詠む／聞く

書く／読む

という文脈がそれぞれ違うことを言うべきでしょう。

この問題を考えるために『伊勢物語』『源氏物語』などにおける、歌を記すのに「いふ」「うたふ」「よむ」などの表現がどのような差異を持つのか、さらなる検討が必要ですが、今は用意がなく他日を俟《ま》ちたいと思います。

(15) 注（9）に同じ。
(16) 注（7）に同じ、二二五～二二六頁。
(17) 佐伯梅友校注『古今和歌集』岩波書店、文庫版、一九八一年、一〇四～一〇五頁。
(18) 私はすでに詠歌主と景物との同化ということが、紫式部歌の特徴であると指摘してきましたが、その事例は『紫式部日記』における土御門殿の池に浮かぶ水鳥との同化を詠んだことから見ても、独詠的なものだと思います（「『源氏物語』存在の根拠を問う和歌と人物の系譜」注（12）に同じ。前出『紫式部は誰か』一七～一九頁、など）。注（12）参照。
(19) 廣田收『『紫式部集』冒頭歌考」注（4）に同じ。

（20）近年、『萬葉集』における宴と和歌との関係については、森淳司「万葉宴席歌試論」（『万葉集研究』第一三集、塙書房、一九八五年）における「万葉宴席歌」の理解は、研究史を見通した、実に周到で明晰なものです。私のような、「専門外」の者にも、目に触れ得る事例について殆ど全て説明できるものと映るのですが、惜しむらくは、この当時、批判の対象となった研究の具体的な論考や、森氏の所見が具体的にどのような表現に対するものなのか、注がないために分かりにくい憾《うら》みが残ります。
さて、本書をなすにあたり、佐佐木幸綱氏がすでに「宴席での歌のありよう」について「基本パターン」を示しておられることを知りました。すなわち、

1　主人の挨拶歌（ここで宴の主題が提示される）
2　主賓の返礼歌
3　参加者の歌（主人を讃える歌、座を盛り上げる歌、流行歌・古歌の披露など）
4　納め歌　　（佐佐木幸綱『万葉集の〈われ〉』角川学芸出版、二〇〇七年、七四～七五頁）

というものです。きわめて妥当なものだと思います。さらに、この表に対して、前向きな提案があるとすれば、主・客の役割をさらに強く意識して宴を考えることが明快ではないかと愚考するものです。

また上野誠氏は、新たに「宴の歌の型」の案として、真鍋昌弘氏の分類案を紹介し、

始めの歌　　（（主人側）迎え歌、勧酒歌）（（客人側）挨拶の歌、謝酒歌）
　↓
座興歌謡　（土地の俗謡、流行歌謡、思い出の歌謡、ナンセンス歌謡）
　↓

終り歌　（（主人側）送り歌）（（客人側）立ち歌）

という構成を図示しておられます（『万葉びとの宴』講談社、現代新書、二〇一四年、三八頁）。上野氏の用いる学的概念は、土橋氏の考えを踏まえる真鍋氏の論考「酒宴と歌謡」『口頭伝承の世界』（三弥井書店、二〇〇三年）に基くものですが、明確に「座興歌謡」を評価することが上野氏の論のポイントです。

さらに上野氏は、「宴を構成する部分要素」を、

1　型を守る部分　（不変性）
2　型のなかにある変更可能な部分（可変性）
3　型そのものを破る部分　（逸脱性）

と分け、1は「乾杯などの形式や儀式」で、2は「個々人の工夫で行う趣向」、3は「型破りの乱痴気騒ぎ」と解説しています（二二七頁）。そうすると前の図式の「座興」は、3に相当します。

これは、例えば祭の実修において、昔からの形を守る厳粛な1と、乱暴と見えて活発なエネルギーの発現される3とが、宴の祭総体を構成するものであることは、経験的に了解されます。あるいは、『宇治拾遺物語』第三話では、鬼たちが「酒まゐらせ、あそぶ有様」で「たびくかはらけ」が始まります。すると、「わかき鬼」たちが「折敷をかざして」「くどき」始め、首領とされる横座の鬼の前に出で「ねりいでゝくどく」ことをします。これが繰り返され、鬼の座の順に「次第に下より舞ふ」と、横座の鬼は「さもめづらしからんかなでを見ばや」と所望します。それゆえ、翁が祭の庭に走り出て乱痴気《らんちき》騒ぎの舞い踊りを展開する運びとなります（三木紀人・浅見和彦校注『新日本古典文学大

系　宇治拾遺物語』岩波書店、一九九〇年、九～一三頁）。つまり、最初は粛々と飲み、鬼たちは順に舞い踊るのですが、宴の主である首領の鬼が、もっと珍しい趣向を凝らした舞を所望すると、それをきっかけに、主の喝采《かっさい》を受ける翁の舞が披露されるわけです。そこが「座興」の極点です。ただ、『宇治拾遺物語』は説話ですから、必ずしも和歌を重視していないと見られます。

翻って**『紫式部集』の旅の饗宴の歌は、上野氏の後者の構成案において、1と3の段階に対応する歌の詠み方が違ってくると思います。**平安時代の紫式部歌がこの宴の構成とどう対応するか、検討する必要があります。特に、若き日の紫式部の秀句的な歌こそ、上野氏の前者の構成案において、座興として会衆に喝采を受けたものだと考えることができます。

(21)　土橋寛『古代歌謡の世界』塙書房、一九六八年、一四二～一四八頁。

(22)　土橋氏は『源氏物語』の和歌は「作中人物の抒情的自己表現である」と評されています（注(21)『古代歌謡の世界』三二一頁）が、指摘される立ち歌・送り歌の様式は、平安時代の『源氏物語』の中にも「生きて」いることが分かります。つまり、平安時代においても、饗宴歌の儀礼性は残っていると考えられます（『源氏物語』における和歌の儀礼性」『表現としての源氏物語』武蔵野書院、二〇二一年）。

(23)　『土佐日記』『伊勢物語』については後述するとして、**儀礼性を構成する饗宴の座**について、佐佐木幸綱氏は、『萬葉集』三九二二～三九二六番歌において「出席者の名前が確認できる肆宴《しえん》の例」に注目し、天平一八（七四六）年正月に左大臣が、大納言、諸王諸臣を率いて、太上天皇のもとを訪ねると、「酒を賜ひ肆宴」が行われたと言います（注(20)、六七～六八頁）。

このとき、「どういう順番でどう着座したかは諸説あって不明だが、それぞれのグループが、それぞれの部屋の両側に一列に座ったようだ。つまり正殿では太上天皇と橘諸兄以外の十人が、五人ずつ対面するかたちで部屋の両側に着座したようだ」と言います（注（20）に同じ、『万葉集の〈われ〉』六九頁）。

参考になるかどうか分かりませんが、三九二二番歌の題詞には「汝諸王卿等、聊《いささ》かにこの雪を賦して各その歌に奏せ」という語に応えた歌五首が並んでいます。座は歌の詠み手の身分階層の順に序列化されていたでしょうし、天皇に向き合う形で横に二列で並んだでしょうが、平安時代の大臣大饗における「横座」を想起させるところです。

(24) 古く澤瀉久孝氏は、武田祐吉氏の考え、すなわち「巻十七以下の四巻は普通家持の家集といはれてゐる」が細かく見ると「家持以外の人の手の入つて居る例証」があり、「撰集の事には家持以外の人があたつてゐる」可能性を述べておられること等々から説きおこし、「巻一、二が早く撰集として纏《まと》められてゐたもので、然もそれは勅撰集であつたかもしれないといふ説には、自分も賛同する」とする一方、「多くの人の手に成つた種々の歌集が天平十六七年頃に、家持の手によつて一先づ整理せられ、其後四巻の増補がなされて二十巻となつた。然も其後も手が加へられてゐるらしい」（「編纂論序説」和田利彦編輯『萬葉集講座』第六巻、編纂研究篇、春陽堂、一九三三年、一九～二四頁）と述べています。

このような理解は、おおむね現在の研究状況の下敷きとなっているように思われます。それゆえ、最近の成果を瞥見《べっけん》しても、『萬葉集』巻一・二は「古代天皇制に支えられて編纂された」（村田右富実

「歌のしわけとなりたち」上野誠他編『万葉集の基礎知識』角川書店、二〇二一年、二二頁）ことが想像されます。一方、巻一九・二〇は越中時代から平城京在住時代の「家持の歌日記」の性格が強い（三〇頁）とされています。

（25）帝が催す宴（四二五四、四二六四・五、四二七三、四三〇一、四四五二、四四八六、四四九五、など）や防人歌などは一旦除外しておきましょう。

紫式部の羇旅歌を考察するには、『萬葉集』の羇旅歌との比較が必要だと、すぐに思い付かれるでしょうが、その分析の一端は本書第二章に記しました。

（26）第五節参照。『紫式部集』における歌群構成」注（1）に同じ、九九〜一〇二頁。

（27）横座については、参考までに載せました。「横座」という語について注目された早い論考は、奥村悦三「癭《こぶ》をなくす話」（『研究紀要』光華女子大学、第二三集、一九八五年一二月）です。ちなみに、『日本国語大辞典』によると、『宇津保物語』吹上巻下、『北山抄』大饗事、などが古い事例だと分かります（第一三巻、第二版、小学館、二〇〇二年、五八六頁）。なお、『時代別国語大辞典　上代編』に「横座」は立項されていません（三省堂、一九六七年）ので、おそらく平安時代の儀式語と考えてよいと思います。『宇治拾遺物語』表現の研究』笠間書院、二〇〇三年。ただ、奈良時代すでに儀式や饗宴における座の序列は存在していたと考えられます。

（28）注（14）に同じ、二二一頁。和歌における日常語の位置付けに関係しています。ちなみに、紫式部が『萬葉集』を読んでいた可能性について、小川靖彦氏が論じています（「紫式部と複数の『万葉集』『万葉集と日本人』ＫＡＤＯＫＡＷＡ、二〇一四年）。あるいは紫式部が『萬葉集』歌を撰録、考証したとされる散逸『類聚歌林』や、藤原敦隆編『類聚古集』（一一二〇年迄に成立か）のような、二次的文献を学んだ可能性もあります。ただ、本章では両者の影響・受容を論じることが目的ではなく、『萬葉集』の題詞と類歌を対照させることによって私家集を読み直すことが目的ですからここでは問わないことにします。

(29) 土橋寛、注(21)に同じ。『源氏物語』では、三位中将が須磨の光源氏を訪れたとき、宴の閉じ目に立ち歌・送り歌を交わしています（須磨、二巻五〇〜五一頁）。

(30) 折口信夫「『万葉人の生活』第一　万葉分類の意義」『古事記の研究』中央公論社、文庫版、二〇一九年、二六七頁。

(31) 佐竹昭広他編『新日本古典文学大系　萬葉集索引』岩波書店、二〇〇四年、四六〇〜四六一頁。

(32) 藤原実資の『小右記』に少しばかり事例を求めますと、宴において和歌を詠む機会は、寛和元（九八五）年二月一三日条、円融上皇の紫野御幸に「和歌人」を御前に召し「題」を賜り歌を献上した（第一巻八一頁）、同年三月一六日条、上皇が「西山花」を御覧のため「御車」にて大井方面に出御、盃を賜り和歌を詠ませた（第一巻八七頁）、同年三月二四日条、石清水臨時祭に舞人・歌人を召した、永祚元（九八九）年二月二七日条、賀茂祭の試楽に夜、「和歌事」があった、など、御幸や観桜花、祭に伴って舞や和歌が求められた事例などがあります。

一方、遊覧と見られる事例は（第三章三―二3、参照）、摂政兼家以下が大井川の「川辺」において「和歌」のことがあったとき（第一巻一四四頁）、同二年一〇月六日条、権中納言道長以下侍臣たちが車や馬で大井川に出掛け、舟に乗ったが、暮れて「和歌合」を催したとき（第一巻一四七頁）、

実資が右兵衛督高遠と共に、「坂下」いわゆる西坂本に「会合」「飲食」を行い、「有和歌」したとき（第一巻一六六頁）、などがあります（『大日本古記録　小右記』第一巻、岩波書店、一九五九年）。

右に挙げた事例はわずかですが、このかぎりでも、宮廷祭祀には、倉林正次氏の御指摘（本章、注（1））のとおり、直会《なおらい》の後に楽や歌が求められることが多く記されており、そこにはしばしば元輔など職業歌人が召されています。

ただ、兼家の大臣大饗に歌の記事がないこともあります（『小右記』第二巻二一九頁）。儀式書としての『江家次第』においても、大臣大饗には「糸竹興」は式次第にありますが、和歌を詠むことは記されていません（『増訂故実叢書　江家次第』吉川弘文館、一九二九年、四〇頁）。

それは、そもそも大臣大饗に和歌の詠まれる場がないのか、『小右記』が大臣の日記だという性格にかかわるからなのかどうか、よく分かりません。行事や節会の細部が、詳細には記されなかったり、省かれたりした可能性もあります。一方では、大饗に「無楽」と記されている場合もあります（第一巻二五九頁）から、むしろ大饗には楽の行われることは通例だったと思います。

いずれにしても、**遊覧は単なる見学や散歩ではなく、宴と和歌を詠むことを伴っていた可能性は高いと思います。むしろ、漢詩・漢文に見える「逍遥」に近いと思います。「逍遥」という語は、『詩経』や『荘子』などに事例が見えますが、漢詩をものすることがその目的です。**本朝においては、和歌を詠むことも目的とされるでしょう。

本朝の事例としては、『萬葉集』第五巻八五三番歌の序文「遊二於松浦河一序」（大伴旅人）に、

余以下暫往二松浦之県一逍遥、聊臨二玉嶋之潭一遊覧上。忽値二釣レ魚女子等一也。

（新大系、第一巻四八〇頁）

とあります。逍遥、遊覧して和歌を詠んでいるわけです。

そのことから展開させますと、離別歌の場合で、『古今和歌集』詞書に「むまのはなむけ」を行ったと書かれている場合なら、歌が詠まれている場合（三六九番歌、紀利貞、三九一番歌、藤原兼輔）などは必ず、あるいは「盃をとりて」詠んだと記されている場合（三九七番歌、紀貫之）は、間違いなく**離別歌が饗宴の場で披露された可能性**があります。ただ、このような語の徴し付けがない場合では、消息による贈歌もあり得ることになります。

つまり、遊覧の場合、詠まれた歌は音声による特性を備えているということになります。そうすると、遊覧の歌にそのような特性がどこに認められるのか、改めて問われることになります。なお、注（80）の『平中物語』にも「逍遥」の例が見えています。

（33）『赤染衛門集』の旅の歌との比較については、先に触れたことがあります。第二章注（50）に同じ。

（34）『栄華物語』に後三条院が御幸する記事（延久五（一〇七三）年三月条）があります。上皇後三条は各地を遊覧の後、住吉社に参詣、天王寺に参詣した後、三月二五日に「御幣島」を御覧になり「歌ども講ぜさせ給」（松村博司・山中裕校注『日本古典文学大系　栄華物語』下巻、松のしづゑ巻、岩波書店、一九六五年、五〇〇頁）とあります。「住吉の神もあはれと思ふらん」という上皇の御製の後、関白、春宮大夫、左兵衛督、左大弁、宰相中将以下、順番に女房に至るまで、詠んだ歌が記録されています。『源氏物語』なら省略に及ぶ（本章、注（35））ところ、『栄華物語』は宴の歌を記録することで盛儀を讃美しようとしています。

（35）『源氏物語』における饗宴の機会は、公・私にわたる、幾つかの事例が認められます。例えば、①若菜下巻に、光源氏の住吉詣における東遊の折は、舞とともに多くの歌が詠まれる機会だったことが分かります。紫上、明石女御、紫上付き女房である中務の君の歌が紹介され、

次々数知らず多かりけるを、何せむにかは聞きおかむ。かゝる折節の歌は、例の上手めきたまふ男たちも、中〱出で消えして、「松の千年」より離れて今めかしきことなければ、うるさくてなむ。（若菜下、三巻三三三頁）

この記事で、参詣後の宴において、参加者によって多数の歌が詠まれ、専門の歌人たちも詠じたわけですが、「松の千年」というふうに讃美の定型化の例として引かれるように、住吉神の讃美と祝意の形式を持つ歌などは、この時代にはどうやら飽きられていて、傍線の箇所にあるように「新鮮味のある現代的な歌は少なかったので、紹介するには省略に及んだ」とあります。つまり、逆に言えば、このような折には、まずは御決まりの詠み方をするものだという儀礼性が働いていたことがうかがえる一方、御決まりの歌を詠むといった儀礼性は、物語の語るべきことからは疎《うと》んじられつつあったことが分かります。

②胡蝶巻では、六条院完成後の春の殿における舟楽の宴には、女房たちの歌四首が記されています。その直後に、

などやうの、はかなきことども、わが心々に言ひかはしつつ、行くかたも、帰らん里も忘れぬべう、若き人々の心をうつすに、ことわりなる水の面になん。（胡蝶、一巻三九七頁）

この饗宴が主・客の歌をもって代表されるわけでなく、女房たちの歌で象徴されているところに特徴

があります。

③**乙女巻**の朱雀院行幸においては、「かはらけ」を重ねる「大御遊び」の折に、光源氏、朱雀帝、帥宮、冷泉院が次々に歌を詠んでいます（乙女、三巻三一七〜三一九頁）が、これは特殊な事例でしょう。物語はこの四人の現在の関係を示すために、宴の設定を企図していると見られます。

また、④**梅枝巻**の明石姫君裳着の折、楽と盃があり、蛍宮・光源氏・柏木・夕霧の歌四首が詠まれていますが、この場合も、会衆は緩やかに身分の上位から歌を詠んでいます（梅枝、三巻一六六頁）。

一方、きわめて私的な宴としては、⑤**藤裏葉巻**で藤花宴に主である内大臣は、客人の夕霧や柏木に盃を加えて互いに歌を詠んでおり、

つぎ〳〵にみな順流るめれど、酔ひのまぎれに、はか〴〵しからで、これよりまさらず。

（藤裏葉、三巻一八五〜一九〇頁）

と語られています。「順」とあることがポイントです。**主・客とともに、身分関係が働きつつ、会衆の全員が、順番に詠むことが求められるところに、宴の儀礼性があります。**

（36）　大岡信『うたげと孤心』集英社、一九七八年。再掲、『昭和文学全集』第二八巻、小学館、一九八九年。本章の引用は後者に拠っています。

なお「宴居」の語義について、例えば三八一七・八番歌の「宴居」について、新編全集は饗宴の意味ではなく、「閑居に同じ。この「宴」は、安らか、の意」（第四巻一〇九頁）と注しています。

そのことから、次の1・2は「宴居」の語が見えますが、本章では参照すべき事例からは除外しています。ただし、1・2は双方が琴とともに歌を「誦ひ」「吟詠」するというのは、創作された歌

ではなく、古歌もしくは歌謡的な性格の歌かと見られます。

(37) 渡部泰明『和歌史』KADOKAWA、二〇二〇年、二六～二七頁。

(38)『萬葉集』巻第一、一六番歌。新大系、第一巻二五頁。

(39) 序詞については、巷間《こうかん》呼ばれているような、単に形骸的な修辞と見るだけでは、歌の生態的な構成が曖昧になってしまうと思います。その意味で、私は、土橋寛氏の論考の中で、『萬葉集』における序詞は寄物陳思の中にあるという指摘（「序詞の概念とその源流」『古代歌謡論』三一書房、一九六〇年）が重要だと思います。

土橋氏は、序詞を「発想形式」と見ています（三五五頁）。すなわち、基本的には「心情表現の部分が主想部であり、寄物部分はその従属部であり、修飾部である」と述べています（三五六頁）。そして「序詞に用いられる景物」の中には「嘱目《しょくもく》の景物ないし歌の場に即した景物」が多いことに注目しています（三五六頁）。つまり「歌の場ないし環境に即した景物―即境的景物」だと規定しています（三五八頁。傍点ママ）。

特に重要な点は、土橋氏が「序詞は元来、ある語を引出すためのものでも、心情の表現形式でもなく、即境的景物ないし嘱目の景物から陳思部へと転換してゆく発想形式として理解すべき」（三六六頁。傍点・廣田）だと述べていることです。

この「境」という用字は、「即興的」の誤植ではなく、土橋氏自身の説明によると「いったい儀礼歌は、儀礼の場にある景物そのものをほめるか、それにひっかけてほめるのが古代からの儀礼歌の約束で、私はこれを環境に即した景物という意味で「即境的景物」と呼びたい」と述べています（「民謡の原理」前出『古代歌謡論』四〇頁)。本書は、この立場を踏まえて立論しています。

そして土橋氏は「序詞の基本的性格である「場所＋景物」の形式による即境的景物の提示」が「どこから来ているか」を「記紀歌謡中の寿歌と、万葉の寿歌系統の儀礼歌や社交歌、及び今日の民謡」に求めています（三六八頁）。そして、文学史的には「序詞の即境的発想から嘱目発想へ、さらに心情の具象的表現へという発展」を見通されています（三七六頁。傍点・廣田）。

本章では、土橋氏の言われるこの「発展」という理解が妥当かどうかの議論は今措くとして、**序詞が宴の場において効果的な機能を果したのではないかと考える**ものです。

(40) 小島憲之他校注・訳『日本古典文学全集　萬葉集』第四巻、小学館、一九七五年、二六頁。
(41) 大濱眞幸「万葉集の場と表現」『和歌文学講座　万葉集Ⅰ』勉誠社、一九九二年、三一五頁。
(42) 鈴木知太郎校注『土左日記』岩波書店、文庫版、一九七九年、七～八頁。
(43) 萩谷朴『土佐日記全注釈』角川書店、一九六七年、五六頁。
(44) 新編全集は「饗宴《あるじ》しのしりて」と漢字を宛てています。菊池靖彦校注・訳『新編日本古典文学全集　土佐日記』小学館、一九九五年、一六頁。
(45) 同書、一七頁。
(46) 土橋寛、注（21）四二～四八頁を参照。廣田收「『源氏物語』における和歌の儀礼性」注（22）に同じ、三八七頁。注（9）に同じ、一七三～一七四頁。
(47) 浩瀚《こうかん》な注釈書、萩谷朴『土佐日記全注釈』（角川書店、一九六七年）には、餞にかかわる饗宴と和歌との関係については、残念ながら言及がありません。前出『表現としての源氏物語』三八七頁。

（48）大津有一校注『伊勢物語』岩波書店、文庫版、一九六四年、一三〜一四頁。

（49）稲田利徳「人が馬から下りるとき」『国語と国文学』一九七八年八月。

（50）注（9）に同じ。なお、秀句という語については、地口《ぢくち》・洒落《しやれ》といった技巧、言語遊戯的な歌の意味で用いています。これに対して、例えば『無名抄』の「秀句」は、用例を略しますが、優れた修辞の意味で用いられています。

（51）「並行」あるいは「並行記事」の概念については、廣田收『源氏物語』伝承と様式」前出『文学史としての源氏物語』一七九頁、同「説話研究の目的と方法」前出『表現としての源氏物語』四四九頁、同「昔話と説話分析」『民間説話と『宇治拾遺物語』』（新典社、二〇二〇年、二一一頁）、同『今昔物語集』との同一説話考」（同書、五〇〇頁、五四〇頁）などを参照。

　私は、**テキストから取り出される（「主語＋述語」をひとつの単位とする）事項の配列を共有する関係を「並行」と呼んでいます。**

　すなわち、テキストの表現から取り出した事項という単位を基に、どのような事項群が基層をなし、テキストの重層性を構成しているかを見る方法です（廣田收『『源氏物語』系譜と構造』笠間書院、二〇〇七年、一二五〜一二七頁。前出『民間説話と『宇治拾遺物語』』一九〜七七頁。前出『表現としての源氏物語』七七〜一〇〇頁）。

　ちなみに、私が伝播《でんぱ》や影響について留保するのは、現在にまでさまざまな歴史的条件のもとで遺されてあるテキスト同士の間に限定して、一対一の関係だけで論じてよいのかという疑問から逃れ得ないと考えるからです。

例えば、中国の詩文と古代日本の文芸との間だけで、しかも彼から此へという一方的な「影響」を云々する考察が危ういのは、無限に存在したはずの資料からピンポイントでどのような線引きができるというのか、とても想像できないからです。さらに言えば、影響論の最終目標は、影響の有無を推定するだけでなく、いかに日本的な表現を獲得しているかに言及する必要があると思います。表現が類似しているということは、何らかの影響の痕跡でしょうが、場合によると彼の詩文と此の文芸との間には、さらに両者の深層において東アジアとかユーラシアとかといった広大なスケールで共有される枠組み―神話、神話的発想などがあった可能性だってあり得るからです（「神話とは何か　伝承の古層と基層」『講義日本物語文学小史』金壽堂出版、二〇〇九年、三六頁、五一頁）。さらに、遠い何がしかの伝承から彼と此へと派生した可能性だってあるかもしれない。とすれば、時間軸を排して、この三者の間に基層と表層、古層と新層の間の重なりと異なりを見る、構築的な視点が有効であろうと愚考するからです。

（52）『古今和歌集』は『新編国歌大観』（第一巻、勅撰集、角川書店、一九八三年、一八頁）に拠っています。

ところで、池田彌三郎氏は『伊勢物語』における「業平」の旅が「ともとする人一人二人して」という表現について、同様の記事を伝える『古今和歌集』、『伊勢物語』第八・九段、塗籠本第八・九段の間に異同があり、「一人旅でなかった」ことと、「ともは、友かお伴の人か」（傍点ママ）と表現に幅があることに注意喚起しています（『日本の旅人　在原業平』淡交社、二〇一九年、六八～六九頁）。結局、池田氏は「ここは、友とみていいだろう」（六九頁）と判断しています。むしろ上記の異同は、昔男の旅について諸テキストそれぞれがどう理解し、どうあるべきかをめいめいが主張している、と考えてよいと思います。いずれにしても、私は『伊勢物語』と『在中将集』とが、歌「唐衣」を核に「業平」の事蹟として、あるいは「昔男」の物語として織られたものだ、と考えておきたいと思います。

(53)『新撰和歌』『新編国歌大観』第二巻、私撰集、角川書店、一九八四年、一九一頁。

(54) 片桐洋一『伊勢物語の研究〔資料篇〕』明治書院、一九六九年、三四頁。

(55)『古今和歌六帖』注（53）に同じ、二四五～二四六頁。

(56) 廣田收「『伊勢物語』の方法」前出『表現としての源氏物語』。初出、一九九一年。

(57) 廣田收「まえがき」前出『民間説話と『宇治拾遺物語』』。**伝承の概念**について、A→Bだけの伝達であれば、一回きりの（断片的な）情報の受け渡しもあり得るのですが、A→B→Cと継承されるものは、内容と主題に一定の纏まりがあることが求められることになるのです。

(58) 物語の基層をなす神話を、私はあえて古代天皇制以前の神話を遺す古代『風土記』から探すことで、次のようなものを見出すことができると考えています。今、話型で示せば、

隣爺型、蛇婿型、天人女房型、猿神退治型

などを挙げることができると思います（「『風土記』の在地神話と昔話、そして中世説話」前出『民間説話と『宇治拾遺物語』』。初出、二〇一七年）。

言葉そのものがすでに伝承であるというのは、簡単に言えば、「私」が生まれたとき、すでに世界は言葉で溢れていた。そこで、幼い「私」は言葉の使い方を場や文脈に即して用いられることを学ん

だ、と言えます。それゆえ、ひらかなによる大和言葉で書かれると、古くからの在来の思考や精神性、発想などが入り込んでいることはたやすく予想できます。前出『表現としての源氏物語』九頁、三七頁、四七頁など。

(59) 大津有一校注『日本古典文学大系　伊勢物語』岩波書店、一九五七年、一一六頁。

(60) 大津有一『日本古典鑑賞講座　伊勢物語』角川書店、一九五八年、一八六頁。

(61) 南波浩校註『日本古典全書　伊勢物語』朝日新聞社、一九六〇年、二六七頁。

(62) 福井貞助校注・訳『日本古典文学全集　伊勢物語』小学館、一九七二年、一四〇頁。

(63) 片桐洋一編『鑑賞日本古典文学　伊勢物語』角川書店、一九七五年、七〇頁。

(64) 渡辺実校注『新潮日本古典集成　伊勢物語』新潮社、一九七六年、二二一頁。

(65) 石田穣二訳注『伊勢物語』角川書店、文庫版、一九七九年、一六五頁。

(66) 福井貞助校注・訳『新編日本古典文学全集　伊勢物語』小学館、一九九四年、一二〇〜一二二頁。

(67) 秋山虔校注『新日本古典文学大系　伊勢物語』岩波書店、一九九七年、八七頁。

(68) 永井和子訳・注『原文&現代語訳シリーズ　伊勢物語』笠間文庫、二〇〇八年、三五頁。初出、一九七八年。

(69) 大井田晴彦校注『伊勢物語　現代語訳・索引付』三弥井書店、二〇一九年、二四頁。

(70) 論理的に読もうとすると、「旅をしぞ思ふ」という表現に対する違和感が残ります。「旅を思ふ」という表現は『新編国歌大観』の勅撰集・私家集編Ⅰの索引で見るかぎり、この事例しか認められません。つまり、これは和歌の伝統的な表現ではないと思います。歌「唐衣」が旅の饗宴の場で披露されたものとすると、結句は旅にある現在を強く印象付けようとしたものと了解できます。

　考えるに、折句の「旅をしぞ思ふ」という表現は、論理として見ると難解です。「し＋ぞ」と過剰に強調されていて生硬で、表現としては言葉足らずの印象を受けますし、詠者の心情を忖度《そんたく》すれば、旅への強い思いを表現しようとしたものとも見えます。いわば**折句の修辞を完成させるために結句に「無理」が生じた、しかしそれは場に居る人々には、折句の見事さに免じて「許容」されるものとして受け入れられた**、と見るべきかもしれません。

　ちなみに、物語と伝承との関係について付言しますと、**物語は構成的に一定の纏まりをもつ伝承的な部分と、伝承的な部分と伝承的な部分とを繋ぐ説明的な部分との組み合わせだと見ることができます。**さらにテキストを重層的な構成として見ますと、物語を構成する深層的な枠組みは伝承的な性質を強く帯びていますが、主題的なものはどちらかというと表層を担っています。また表層にも、伝承的な表現が組み込まれていることがあります（廣田收「源氏物語の作られ方」前出『古代物語としての源氏物語』、前出『紫式部は誰か』）。

（71）山本登朗「「かれいひ」の意味」『伊勢物語の生成と展開』笠間書院、二〇一七年、一〇七～一〇八頁。初出、二〇〇五年一二月。

（72）折句の事例については、すでに多くの指摘がありますが、代表的なものを紹介しておきます。なお、勅撰集は『新編国歌大観』に拠りますが、他も読みやすさを勘案して適宜、表記を整えています。
　1　『古今和歌集』第一〇巻、物名、四三九番歌
　　朱雀院のをみなへしあはせの時に、をみなへしといふ、いつもじをくのかしらにおきてよめ

る
つらゆき

をぐら山みねたちならしなくしかのへにけむ秋をしる人ぞなき
（『新編国歌大観』の『貫之集』にナシ。『拾遺和歌集』雑秋、一一〇二番に同歌あり。第四句「へにける秋を」、第五句「しる人の《ぞ》なき」）

2 『栄華物語』巻第一、月の宴

この御中にも、廣幡の御息所ぞ、あやしう心ことに心ばせあるさまに、みかどもおぼめいたりける。内よりかくなん、

あふ坂もはては往来《ゆきゝ》のせきもゐずたづねて訪ひこ来なば帰さじ

といふ歌を、同じやうにかゝせ給て、御方〳〵に奉らせ給けるに、この御返事を方〳〵さま〳〵に申させ給けるに、廣幡の御息所〔更衣計子〕は、薫物をぞ参らせ給たりける。さればこそ**猶心ことに見ゆれ**と、おぼしめしけり。いとさこそなくとも、いづれの御方とかや、いみじくしたてゝ参り給へりけるはしも、なこその関もあらまほしくぞおぼされける。御おぼえも日頃に劣りにけりとぞ聞え侍し。

（松村博司・山中裕校注『日本古典文学大系　栄華物語』上巻、岩波書店、一九六四年、三三〜三四頁。なお、一部表記を整えています）

新編全集は、「十文字の語句を各句の上下に据えて詠んだ折句沓冠の歌」で「「あはせたきものすこし」（合薫物をください）の意」（山中裕他校注・訳『新編日本古典文学全集　栄華物語』①、小学館、一九九五年、二八頁）としています。

3
『古今著聞集』巻第五（和歌第六）
弘徽殿女御歌合に、花かうじ・しらまゆみといへる文字鎖を、歌のかみにすへて折句の歌によませられける、**めづらしかりける事也**。大かたの題には四季の恋をこそもちゐられ侍れ。
（永積安明・島田勇雄校注『日本古典文学大系　古今著聞集』岩波書店、一九六六年、一四一頁。なお、一部表記を整えています）

4
『千載和歌集』雑歌下、折句歌、一一六七・八番歌
二条院御時、こいたじきといふ五字をくのかみにおきて、たびのこころをよめる
源雅重朝臣
こまなめていざみにゆかんたつた川しら浪よするきしのあたりを
なもあみだの五字をかみにおきて、たびの心をよめる
仁上法師
なにとなくものぞかなしきあきかぜのみにしむよはのたびのねざめは

5
『千載和歌集』雑歌下、一一九九番歌
阿弥陀の小呪のもじをうたのかみにおきて、十首よみ侍りける時、おくにかきつけ侍りける
源俊頼朝臣
かみにおけるもじはまことのもじなればうたもよみぢをたすけざらめや
ちなみに歌「唐衣」の折句については、池田彌三郎氏は「病的な技巧」（注（52）に同じ、七三頁。傍点・廣田）と言えるものであって、「旅の実話なのかだいぶくさい」（「怪しい」の意。廣田注）と

して『古今集』に伝えるような、業平作のものがあったとしても、『伊勢物語』への導入において、編者は読者の哄笑を誘っているのではないか」（七六頁。傍点・廣田）と評しています。

そのような物語生成の過程に対する評価が妥当かどうかは、直ちに結論を導くことは私にはできませんが、折句のような言語遊戯が盛行する中世から後は、このような修辞に対する嗜好《しこう》が働いたとすると、いまだ古代にあっては「猶ことに見ゆれ」とか「めづらしかりける事」と顕彰された、優れた出来栄えに評価の高い**折句がまずもって先に存在し、これが昔男（場合によれば業平）の物語として組み入れられて『伊勢物語』や『在中将集』は成立しているのではないかという推測ができます。**つまり、歌「唐衣」は伝承的存在として『伊勢物語』や『在中将集』に先行し、これを核として物語が構成されたと見る、そのようなテキストの重層的理解はこの場合も可能です。

なお折句には、他にも、歌作に苦吟し、努力したと思しき事例として、**『隆信集』**（広本）には「折句歌」（四四〇〜二番歌）、「沓冠《くつかむり》」歌（四四三〜五〇番歌）、「廻文歌《かいぶん》」（四五一〜五番歌）などがあります（『新編国歌大観』第四巻、私家集編Ⅱ、角川書店、一九九六年、五五頁）。藤原隆信は定家の異父兄で、『新古今和歌集』時代の和歌所寄人《よりうど》だったとされています（同書、「解題」六八八頁）ので、隆信にとっては折句を制作することが目的であって、作られた折句が核となって物語に組み込まれるような、古代的な生成とは無縁でしょう。

（73）近藤信義「延喜宴歌考」『万葉遊宴』若草書房、二〇〇三年、一五九頁。

『類聚国史』「曲宴」によると、桓武天皇の歌は、次のように記されています。

（桓武天皇）十四年四月戊申〔十一〕。曲宴。天皇誦二古歌一曰。**以邇之弊能。能那何浮流弥知。阿**

良多米波。阿良多麻良武也。能那賀浮流弥知。勅㆓尚侍従三位百済王明信㆒令㆑和㆑之。不㆑得㆑成焉。
天皇自代和曰。記美己蘇波。和主黎多魯羅米。爾記多麻乃。多和也米和礼波。都祢乃詩羅多麻。
侍臣称㆓万歳㆒。（『国史大系　類聚国史』前篇、吉川弘文館、一九三三年、三八八頁）

近藤氏の訓読によると、桓武天皇の歌は「古の野中ふる道あらためばあらたまらむや野中ふる道」とされています（一六二頁）。『類聚国史』の表現では「古歌」と記されていますが、歌「古の」には、二句・五句に繰り返しがありますから、どちらかと言うと、歌謡の性格を強く帯びています。

（74）近藤信義「桓武天皇歌各論」注（73）に同じ、一八五頁。

（75）南波浩『紫式部集の研究　校異篇・伝本研究篇』笠間書院、一九七二年、一二三頁。

（76）「手間」という語義について、「手数のかかる時間」（『新潮国語辞典』新潮社、一九六五年、一三二四頁）、「事をなすに要する時間」（『岩波古語辞典』岩波書店、一九七四年、八九〇頁）と定義しています。また用例として、『貫之集』三「さ苗取る——うち置きてあはれとぞ聞く」の事例を挙げています。これは紫式部に先行する事例だと思います。

「てまもなく」の用例は略しました。

宮内庁乙本、古本系也足本などは「ひまもなく」とあり、実践本・陽明本はともに「てまもなく」とあって難解。序詞と下句とのつながりから見ると、文脈的、論理的には「いつも」の意味で「ひまもなく」に整合性がある、と見えます。

ただ『新編国歌大観』勅撰集・私撰集・私家集編Ⅰの範囲では、「てまもなく」の用例は認められない。すなわち、古代の用例が希薄であり歌語的表現としては登録されていなかったと思います。

また、『夫木抄』はどのような伝本に拠ったものか不明ですが、「てまもなく」を採用しています。「網引く民の」とありますから、「手間」と続いても表現としては成立します。

「手＋間＋も＋なく」が「雲間なく」と同様の語構成を持っているとすれば、「手の空く暇もなく」「手の空くこともなく」という意味かと考えています。

平安時代の事例としては、「ひまもなく」が優勢です。

『家持集』二四〇

1　雑歌

きりわけてかりはきにけりひまもなくしぐれやいまはのべにそそかむ

『和泉式部集』八三六

2　しぐれいたうふる日、はやうみし人に

ひまもなくしぐれ心ちはふりがたくおぼゆる物はむかしなりけり

『和泉式部集続集』五九七

3　つとめて、はしのかたをながむれば、空いとようはれて、かりのつらねてなきわたる

とふかとてみどりのかみにひまもなくかきつらねたる雁がねをきく

『和泉式部集全釈　続集篇』には「まるでみどりの紙にびっしりと字を書きつらねたやうな感じで」と訳出しています（佐伯梅友他編、笠間書院、一九七七年、三七四頁）。

『好忠集』一五二・一七九

4　五月はて

ひまもなくものおもひつめるやどなれどするわざなしになつぞすずしき

5　六月中

ひまもなくしげれる夏のやまぢかなあけぬにこゆるここちのみして

『相模集』四八二

6　十二月

思ひやれゆきげのたまひ**ひまもなく**かつがつぞきくやどのつららを

(77) 注(9)に同じ、一四四頁、一四八頁、一六九頁。

(78) 増田繁夫校注『枕草子』和泉書院、一九八七年、九一頁。

(79) 徳原茂実『紫式部集の新解釈』和泉書院、二〇〇八年、六〇頁。

(80) 遠藤嘉基校注『日本古典文学大系　平中物語』岩波書店、一九六四年、八一頁。なお、一部表記を整えています。『平中物語』の本文に見える「逍遥」については、本章注(32)参照。

(81) 松村博司・山中裕校注『日本古典文学大系　栄華物語』下巻、「御裳ぎ」、岩波書店、一九六四年、一一〇〜一一二頁。

(82) 廣田收『家集の中の「紫式部」』新典社、二〇一二年、一〇〇頁。廣田收・横井孝・久保田孝夫『紫式部集からの挑発』（笠間書院、二〇一四年）における、横井孝氏との対談の中の発言。

(83) 注(82)に同じ、『家集の中の「紫式部」』一九九頁以下。

(84) 注(76)に同じ、『和泉式部集全釈　続集篇』五〇八頁。『拾遺和歌集』巻一〇、神楽歌、五九五

粟田右大臣家の障子に、からさきに祓したる所に、あみひくかたかける所

平祐挙

みそぎするけふからさきにおろすあみは神のうけひくしるしなりけり

『拾遺和歌集』雑春、一〇六〇

屛風のゑに、花のもとにあみひく所　菅原輔昭

浦人はかすみをあみにむすべばや浪の花をもとめてひくらん

ちなみに『好忠集』には、

三月をはり

みほのうらのひきあみのつなのたぐれどもながきははるのひとひなりけり　（八七）

という事例がありますが、これは即境の景物であるよりは、伝統的な比喩として成立していると見られます。

(85) 注（9）に同じ、一七九頁。
(86) 注（9）に同じ、一六一～一六二頁。
(87) 注（1）に同じ、『紫式部集』の地名」、本書第一章に改稿して再掲。
(88) 南波浩『紫式部集全評釈』笠間書院、一九八三年、一一八頁。
(89) 清水好子『紫式部』岩波書店、新書版、一九七三年、二四頁。
(90) 注（7）に同じ、一一九頁。
(91) 上原作和氏によると、『権記』長保五（一〇〇三）年五月一五日条に、土御門殿で催された道長の

「左大臣家歌合」で、為時は、「いりぬるかあけぬやと」（一三）、「わが里にまだ訪づれぬ」（二七）、「目に近く浮かべる」（四一）などの歌を詠んでいることが紹介されています（「歌人としての為時」『紫式部伝』勉誠社、二〇二三年、四六〜四八頁）。したがって、**為時が旅の宴において主《あるじ》として歌を詠んだことも考えられます。**

『紫式部日記』に主上の殿上における「御遊び」のもとから早々に退出した為時のかたくなしさを咎めた、「例の酔はせ給へり」さまの道長が紫式部に、帰った父の代わりに歌を詠めと求める条があります。その為時の行動が、為時の道長への忌避なのか、遊宴に馴染めない為時の人柄のゆえなのか、考えさせられるところです。

(92)　廣田收『『紫式部集』歌の場と表現』前出『『紫式部集』歌の場と表現』。

(93)　河野多麻校注『日本古典文学大系　宇津保物語』第一巻、岩波書店、一九五九年、三二九〜三三一頁。

(94)　『宇津保物語』の中で、本文に掲げた事例以外に、宴と和歌が関係する主な事例には次のようなものがあります。

行幸・御幸　一巻三六七頁、一巻三七七頁。
年賀　二巻四五四頁。
春日参詣　一巻二七八頁。
相撲　二巻一五九頁。
花宴　一巻三二六頁、一巻三〇二頁。

藤花宴　一巻三三二頁。
歌合　二巻一〇四頁。
季節　「秋立つ日」二巻一四六頁、「七月七日」一巻二二六頁、「八月十五夜」二巻二二八頁、「月夜」一巻一七七頁、「秋晦日」一巻二二九頁、「三月三日」一巻三二〇頁、「三月上巳」二巻五九頁、「春尽日」一巻三四五頁、「納涼」一巻四〇九頁。
婚儀　一巻一五九頁。
産養　二巻二七八頁、二巻三三八頁。
送別宴　一巻三四八頁。

『宇津保物語』の事例で興味深いことは、平安時代の私家集の詞書からは見えにくいのですが、儀式や年中行事以外にも、季節の折節に宴が開かれ、和歌を詠む機会があったということです。そうすると、さしたる機会のないように見える独白的な詠歌を、改めて饗宴との関係において見直す必要があります。例えば、季節の詠歌については、私家集の詞書の理解が進む可能性があるでしょう。

(95)　第二章には、二二番歌「かきくもり」は、紫式部の存在の不安を詠んだものとして論じましたが、『萬葉集』には旅の歌に「舟」を詠んだ事例は多いので、『萬葉集』羇旅歌と『紫式部集』の旅の歌との比較については、別に検討したいと思います。

(96)　本書第二章、注(50)参照。注(9)に同じ、一六九頁。なお、『萬葉集』第一五巻三六七八番歌、新羅使の離別歌、特に三六〇二～三六一〇番歌は、「当㆑所誦詠古歌」は羇旅歌で、『紫式部集』の旅の歌群との比較といったテーマも考えられるのですが、これからの課題としたいと思います。

(97) 例えば今井源衛氏は「式部が珍しい湖岸風景自体よりもむしろそこに働く人間の姿に興味を寄せている」（『紫式部』吉川弘文館、一九六六年、七六頁）と述べていますが、そのような批評は、少し文脈が違うかもしれません。なお、『和泉式部集』六六九番に、同様の状況で詠まれた歌があります。身分意識については、むしろ和泉式部のほうが、身分を超えて衆生の苦を見るまなざしを持つことが認められるでしょう。

(98) 注（87）に同じ。

(99) 清水好子氏は「僧侶が陰陽師のすること」を「怪しからぬと、公憤抑えがたく一首をものした」が、「ここにこの歌を置く式部には、過去の若さの意味が苦く反芻されていた」と述べています（注（8）に同じ、二二九〜二三〇頁）。

若き日の生意気さと、編纂時の老境の自嘲とを分けて考える清水氏に敬意を表したいと思いますが、一四番歌の上巳の祓の秀句は、「公憤」を言う前に、宴における「座興」の歌を詠む、場の役割をまず言うべきでしょう。

(100) さらに駄言を重ねますと、『紫式部集』における旅の歌の特徴は、陽明本で、

二三　初句　知りぬらん
二四　三句　いさむらん
七一　三句　声かはせ
七三　二句　あなかたじけな

と句切れが多く見えることです。これは句切れの上と下とが、「謎／謎解き」といった形式をとって

います。それゆえ、これもまた会衆の人々を引き込む歌の特徴を持っていると思います。

そのことで思い出されるのが、和泉式部の追悼歌群は初句切れが多い、ということです。その場合、

主題の提示とその説明

謎と謎解き

という形式をとることが多いという事実があります。おそらくそれは、和泉式部が夫の死に直面し、溢れ出るように（文字に書いて遺すというよりも）声に出して歌を詠んだことと関係しているに違いありません。まず心情をひとことで示し、そのわけを以下に説明するといった形式は、声に出して歌い、耳で聞く場合に効果的だったと考えられます。

この問題は、和泉式部の歌の特徴である**句切れの形式**とよく似ています（「帥宮追悼歌群における和泉式部の和歌の特質」注（82）に同じ、『紫式部集からの挑発』）。それは、何を意味するのか、これらの和泉式部歌は、書かれた歌ではなく、声に出して詠まれた歌であることに由来するかもしれません。

なお、**句切れの認定**については、文法上切れていることを基準とすることが一般的でしょうが、韻律や調べで取る立場もあります。そこで『紫式部集』二一番歌「磯隠れ」、二四番歌「老津島」、二六番歌「小塩山」などの初句の提示を、どう取るか問題は残ります。

むしろ句切れを明確に定義できないところに、和歌の非論理的性格を認めるべきでしょう。

（101）注（39）に同じ、『古代歌謡論』、同『古代歌謡の世界』塙書房、一九六八年。

（102）土橋理論を詳細に紹介し、丁寧に問題点を示した最近の一例として藤原享和『上代歌謡と儀礼の表現』（和泉書院、二〇二二年）を挙げることができます。

すでに指摘されているかどうか、研究史について承知していないのですが、私は学生時代この理論を初めて耳にして以来抱いている疑問として、実際にこの仮説を方法として用いるとき、もともと物語と歌謡との間に齟齬《そご》がある場合「独立歌謡」だと判断され、齟齬のない場合は「物語歌」と判断されてきたように思うのですが、はたしてこれを決定的な基準として良いか、危ういところがあると思います。例えば、齟齬がない場合でも、独立歌謡である場合もあり得ると思うからです。

したがって『古事記』とは別箇に歌謡が伝承的存在として存在していた可能性はあるとは思うのですが、何より土橋理論に学ぶべきことは、仮説の是非よりも、テキスト生成の原理的な仕掛けに触れようとしていることを評価したいと思います。

(103)　紫式部にとって他者の認識を抱える『竹取物語』や『伊勢物語』が愛読書であったことは、『源氏物語』の表層から基層に至る重層的な枠組みにおいて、両物語が中間層を形成していることで明らかです。言わば三者は物語の系譜をなしています。廣田收「光源氏の生き方から見る『源氏物語』」日本古典文学研究会編『日本古典文学の研究』新典社、二〇二一年。同「平安京の物語・物語の平安京」前出『表現としての源氏物語』。

〔注記〕　本章では、『萬葉集』の本文は岩波書店刊『新日本古典文学大系』(新大系)の訓読を用い、現下の課題対象とする『紫式部集』だけは、『紫式部集大成』(笠間書院、二〇〇八年)の影印に拠っています。他の歌集は、原則として『新編国歌大観』(角川書店)に拠っています。なお、『源氏物語』は『日本古典文学大系』(旧大系)を用いています。他は、引用ごとに注に明記しています。いずれも読みやすさを考えて表記を整えています。

おわりに

（1）廣田收「おわりに」『家集の中の「紫式部」』新典社、二〇一二年、二〇九頁。

（2）益田勝実「和歌と生活」『国文学　解釈と鑑賞』一九五九年四月。

（3）藤井知昭「歌垣の世界」佐々木高明編著『雲南の照葉樹のもとで』日本放送出版協会、一九八四年。NHK取材班『雲南少数民族の天地』日本放送出版協会、一九八五年、など。

（4）廣田收「『源氏物語』「独詠歌」考」『『紫式部集』歌の場と表現』笠間書院、二〇一二年。

（5）『紫式部日記』の冒頭近く、中宮御産の近づく土御門殿で庭を眺めていた私（紫式部）に、殿（藤原道長）が女郎花を一枝「几帳のかみ」から差し出して「これ遅くては悪からむ」と歌を求めます。試されているのだと思います。私は「硯のもとによりぬ」とあって、歌「女郎花」を詠むと、殿は「あな疾《と》」と褒《ほ》めて「硯召しいづ」とともに歌「白露は」を詠んでいます（池田亀鑑・秋山虔校注『日本古典文学大系　紫式部日記』岩波書店、一九五八年、四四四頁）。

このような「当為即妙」の贈答・唱和が、わざわざ紙に記されてやりとりされていることは、実に興味深いものがあります。おそらく道長筆の詠歌は紫式部の手許に残ったのでしょうが、屈折する思いはあったにせよ、光栄の記録としてそれこそ晩年の家集編纂の資料として用いられたものと想像できます（注（4）に同じ）。

（6）「上臈中臈ほどぞ、あまり引き入り上衆めきてのみ侍るめる。さのみして、宮の御ため、**もののかざり**にはあらず、見ぐるしとも見侍り」注（5）に同じ、四九一頁。

初出一覧

第一章

・論文『『紫式部集』の地名―旅中詠考―』『『紫式部集』歌の場と表現』笠間書院、二〇一二年。なお、本書では、全体にわたって細かな説明を加えています。
・初出論文『『紫式部集』の地名』『同志社国文学』第三一号、一九八九年一一月。

第二章

・論文『『紫式部集』旅の歌群の読み方』廣田收・横井孝編『紫式部集の世界』勉誠出版、二〇二三年。なお、本書では『紫式部は誰か』（武蔵野書院、二〇二三年）と重複する『『紫式部集』歌の重層性』の一部分について、改稿し差し替えています。
・研究発表『『紫式部集』の編纂原理―旅の歌群の読み方をめぐって―』古代文学研究会、二〇二二年九月、於京都市。

第三章

・研究発表「紫式部歌の解釈―詠歌の場としての饗宴をめぐって―」古代文学研究会、二〇二三年一二月、於同志社大学。なお、本書では、発表資料に掲げた用例を大幅に削除しています。

あとがき

大変ありがたいことですが、去る二〇一二年に同じく新典社から同じ選書の形で『家集の中の「紫式部」』を出版していただきました。その時のモティフは、紫式部はこの家集の中に居る、紫式部像は家集の編纂において構築されたものだということでした。

あれから、一〇余年を迎えました。今回もまた、やはり紫式部はテキストの中に居るという考え方そのものは変わっていないのですが、従来考えられてきた紫式部像を修正する必要があるのではないか、ということに主旨があります。

というのは、かねてより『紫式部集』の注釈を進めようとしながら、個別の歌の類歌の分析や語句の用例を尽くすだけでは不充分で、そもそも家集に載せられた和歌をどう読めばよいのか、深く悩み込んでしまったからです。その中で、どうやら和歌に対する考え方そのものをもっと深めなければならないのではないか、と思い至った次第です。

もうひとつ、言い訳めいたことを申せば、本書は注の分量がやたらと多いなと思われるかもしれません。しかしながら、一冊の本で言おうとしているのは、たったひとつのことなのですが、それを説明しようとしたり、論証しようとしたりすると、手続きとしては事例を積み上げなければならないということを分かっていただきたいということです。

とはいえ、この間、老いの坂を下るほどに、体のあちこちは悪くなるばかりで、最近は緻密な論理構成に基く考証などというものをめざすには、集中力を欠くために大変辛くなって来ました。そこで、どうしてもこれだけは申し述べておきたいと考えることだけを書き留めることにしました。

そのような中、拙い内容の論考を、再び活字にしていただける光栄に浴することができましたことは、ひとえに岡元学実社長の御恩情によるものと心から御礼を申し上げます。また、体調がすぐれず辛い校正にあたって、編集部の加藤優貴乃さんには、隅々まで行き届いた内校を賜りましてありがとうございました。私の生来の粗忽さやいい加減さゆえに生じた形式的な不統一を整えていただいたり、文体の妙な癖を直していただいたり、書誌情報の点検から引用箇所を出典に戻って直していただいたりと、申し訳ないほどの御世話を頂き、本当に恐縮いたしております。ありがとうございました。

これまであまり注目されなかったこの家集をめぐって、これから盛んに議論できる日が来ることを望んでやみません。

廣田　收

二〇二四年六月

廣田　収（ひろた　おさむ）
1949年　大阪府豊中市生まれ
1973年３月　同志社大学文学部国文学専攻卒業
1976年３月　同志社大学大学院文学研究科国文学専攻修士課程修了
専攻／学位　古代・中世の物語・説話の研究／博士（国文学）
現職　同志社大学文学部名誉教授
単著　『『源氏物語』系譜と構造』（2007年，笠間書院）
『講義 日本物語文学小史』（2009年，金壽堂出版）
『家集の中の「紫式部」』（2012年，新典社）
『『紫式部集』歌の場と表現』（2012年，笠間書院）
『文学史としての源氏物語』（2014年，武蔵野書院）
『古代物語としての源氏物語』（2018年，武蔵野書院）
『表現としての源氏物語』（2021年，武蔵野書院）
『紫式部は誰か』（2023年，武蔵野書院）など
共編著　『紫式部集大成』（久保田孝夫・廣田收・横井孝編，2008年，笠間書院）
『新訂版　紫式部と和歌の世界』
（上原作和・廣田收編，2012年，武蔵野書院）
『紫式部集からの挑発』
（廣田收・横井孝・久保田孝夫，2014年，笠間書院）
『紫式部集の世界』　（廣田收・横井孝編，2023年，勉誠出版）など

旅《たび》の歌《うた》びと　紫式部《むらさきしきぶ》　　新典社選書 122

2024年7月26日　初刷発行

著　者　廣田　收
発行者　岡元　学実

発行所　株式会社　新典社

〒111-0041　東京都台東区元浅草2-10-11　吉延ビル4F
ＴＥＬ　03-5246-4244　ＦＡＸ　03-5246-4245
振　替　00170-0-26932
検印省略・不許複製
印刷所　惠友印刷㈱　製本所　牧製本印刷㈱

ISBN 978-4-7879-6872-2 C1395
https://shintensha.co.jp/　E-Mail:info@shintensha.co.jp

新典社選書

B6判・並製本・カバー装　＊10％税込総額表示

㉑	明治、このフシギな時代 3	矢内賢二	一五四〇円
㉒	ゆく河の水に流れて ―人と水が織りなす物語―	山岡敬和	二三一〇円
㉓	『源氏物語』忘れ得ぬ初恋と懸隔の恋 ―朝顔の姫君と夕顔の女君―	小澤洋子	一八七〇円
㉔	文体再見	半沢幹一	二二〇〇円
㉕	続・能のうた ―能楽師が読み解く遊楽の物語―	鈴木啓吾	二九七〇円
㉖	入門　平安文学の読み方	保科　恵	一六五〇円
㉗	百人一首を読み直す2 ―言語遊戯に注目して―	吉海直人	二九一五円
㉘	戦場を発見した作家たち ―石川達三から林芙美子へ―	蒲　豊彦	二五八五円
㉙	『建礼門院右京大夫集』の発信と影響	日記文学会 中世分科会	二五三〇円
⑽	鳳朗と一茶、その時代 ―近世後期俳諧と地域文化―	金田房子 玉城　司	三〇八〇円
⑽	賀茂保憲女　紫式部の先達	天野紀代子	二二一〇円
⑽	「宇治」豊饒の文学風土 ―成立と展開に迫る決定七稿―	日本文学 風土学会	一八四八円
⑽	とびらをあける中国文学 ―日本文化の展望台―	高芝・遠藤・山崎 田中・馬場	二五三〇円
⑽	後水尾院時代の和歌	高梨素子	二〇九〇円
⑽	鎌倉武士の和歌 ―雅のシルエットと鮮烈な魂―	菊池威雄	二四二〇円
⑽	古典文学をどう読むのか ―シェイクスピアと源氏物語と―	廣田　收 勝山貴之	二〇九〇円
⑽	東京裁判の思想課題 ―アジアへのまなざし―	野村幸一郎	二二〇〇円
⑽	日本の恋歌とクリスマス ―短歌とJ‐pop―	中村佳文	一八七〇円
⑽	なぜ神楽は応仁の乱を乗り越えられたのか	中本真人	一四八五円
⑾	女性死刑囚の物語 ―明治の毒婦小説と高橋お伝―	板垣俊一	一九八〇円
⑾	古典の本文はなぜ揺らぎうるのか	武井和人	一九八〇円
⑾	『源氏物語』の時間表現	吉海直人	三三〇〇円
⑾	五〇人の作家たち 日本文学って、おもしろい！	岡山典弘	一九八〇円
⑾	アニメと日本文化	田口章子	二〇九〇円
⑾	円環の文学 ―古典×三島由紀夫を「読む」―	伊藤禎子	三七四〇円
⑾	明治・大正の文学教育者 ―黒澤明らが学んだ国語教師たち―	齋藤祐一	二九七〇円
⑾	ナルシシズムの力 ―村上春樹からまどマギまで―	田中雅史	二三一〇円
⑾	『源氏物語』の薫りを読む	吉海直人	三三〇〇円
⑾	現代文化のなかの〈宮沢賢治〉	大島丈志	三三〇〇円
⑿	言葉で繙く平安文学	保科　恵	二〇九〇円
⑿	「源氏物語」巻首尾文論	半沢幹一	一九八〇円
⑿	旅の歌びと　紫式部	廣田　收	二六四〇円